当代文学：创新与传承的对话

姜 静 ◎ 著

中国华侨出版社
·北京·

图书在版编目（CIP）数据

当代文学：创新与传承的对话 / 姜静著. -- 北京：中国华侨出版社, 2024. 10. -- ISBN 978-7-5113-9325-8

Ⅰ. I206.7

中国国家版本馆 CIP 数据核字第 2024JZ6444 号

当代文学：创新与传承的对话

著　　者：姜　静
责任编辑：姜　军
封面设计：徐晓薇
开　　本：710mm×1000mm　1/16 开　印张：13　字数：192 千字
印　　刷：北京四海锦诚印刷技术有限公司
版　　次：2025 年 3 月第 1 版
印　　次：2025 年 3 月第 1 次印刷
书　　号：ISBN 978-7-5113-9325-8
定　　价：68.00 元

中国华侨出版社　北京市朝阳区西坝河东里 77 号楼底商 5 号　邮编：100028
发行部：(010) 88893001　　　传　真：(010) 62707370

如果发现印装质量问题，影响阅读，请与印刷厂联系调换。

导 言

当代文学的创新不仅体现在形式和语言上，也在主题和叙事策略上不断突破传统界限。与此同时，文学的传承价值在全球化和多样化的浪潮中变得更加重要，传统文学不仅是文化的积淀，更是现代文学创新的根基。如何在尊重传统的基础上推动创新，是当代文学发展的核心问题。本书的研究目的在于全面探索当代文学中的创新实践与传承背景，并揭示这两者之间的辩证关系。书中将深入剖析当代文学创作的趋势，识别其中的创新路径与突破，以揭示文学创作中新兴的表达方式和主题。通过对文学批评的创新视角和传承维度的分析，提供对文学作品更深刻的理解和评价。书中还将探讨作家在这一过程中所扮演的角色和承担的责任，揭示他们如何在创作中平衡创新与传承。最终希望为学术界和文学爱好者提供一个系统的研究框架和深入的分析，促进对当代文学现象的理解和讨论。

本书的研究内容结构为六个章节，深入探讨当代文学的各个方面。第一章开篇探讨当代文学的多元化发展与传统文学的传承价值，分析创新与传承之间的辩证关系并探讨当代文学的创作趋势。第二章集中于当代文学创作的实际创新，包括小说、诗歌、戏剧以及网络文学的最新发展。第三章则深入探讨当代作家的作品，分析他们在创新与传承方面的表现及其作品的跨文化交流与影响。第四章聚焦于作家的创新理念与传承意识。讨论作家在全球化背景下如何构建自身的创作理念，并平衡创新与传承的关系。本章还考察作家在社会中的责任与担当，探讨他们对社会变迁和文化发展的回应。第五章探讨当代文学批评的创新视角和传承维度。分析文学批评如何适应新的创作形式和观念，并维持其传统的评价标准。讨论跨学科的批评方法及其对文学理论的贡献，展示文学批评如何推动文学发展。第六章展望当代文学的未来发展趋势及其面临的挑战与机遇。通过总结前述章节的研究成果，本章提出对未来文学发展的预测，讨论创新与传承的共生策略以及文学在未来社会中的可能角色。本章旨在为当代文学的持续发展提供前瞻性建议和理论支持。

本书的研究意义在于填补当代文学领域中对创新与传承辩证关系的研究空

白，为未来文学发展提供理论支持。通过系统分析当代文学创作与批评的各个方面，本书为文学创作者、批评家和学术研究者提供了宝贵的参考资料和理论框架。它不仅关注当代文学的创新实践，还强调对传统文学的尊重与传承，致力于在文学创新与传统之间找到一个平衡点。这种综合视角不仅丰富了对当代文学现象的理解，还促进了文学理论的发展和学术讨论，最终期望推动文学领域的深入研究，为文学的持续发展做出实质性贡献。

目　录

❖ 第一章　当代文学的创新语境与传承背景 …………………… 1

第一节　当代文学的多元化发展 …………………… 1
第二节　传统文学的传承价值 …………………… 11
第三节　创新与传承的辩证关系 …………………… 20
第四节　当代文学的创作趋势 …………………… 27

❖ 第二章　当代文学的创新实践与分析 …………………… 35

第一节　小说创作的创新路径 …………………… 35
第二节　诗歌的创新与突破 …………………… 42
第三节　戏剧文学的创新实践 …………………… 51
第四节　网络文学的创新现象 …………………… 60

❖ 第三章　当代作家作品论与创新传承 …………………… 68

第一节　作家作品在当代的意义 …………………… 68
第二节　作家作品中的创新与传承 …………………… 77
第三节　作家作品的跨文化交流与影响 …………………… 84

❖ 第四章　当代作家的创新理念与传承意识 …………………… 95

第一节　作家的创新理念解析 …………………… 95
第二节　作家的传承意识探讨 …………………… 103
第三节　当代作家的跨文化交流 …………………… 112
第四节　当代作家的社会责任与担当 …………………… 120

- **第五章 当代文学批评的创新视角与传承维度** …………… 128
  - 第一节 文学批评的创新路径………………………… 128
  - 第二节 文学批评的传承维度………………………… 137
  - 第三节 当代文学批评的跨学科探索………………… 145
  - 第四节 文学批评的社会功能与影响………………… 155

- **第六章 当代文学的未来发展与传承展望** ……………… 164
  - 第一节 当代文学的发展趋势………………………… 164
  - 第二节 文学传承的未来挑战与机遇………………… 173
  - 第三节 文学创新与传承的共生策略………………… 181
  - 第四节 当代文学的传承使命与未来展望…………… 190

- **结　　语** ……………………………………………………… 199

- **参考文献** ……………………………………………………… 200

第一章
当代文学的创新语境与传承背景

第一节 当代文学的多元化发展

一、全球化对当代文学的影响

全球化的深入发展对当代文学产生了深刻的影响，推动了文学的交流、融合与创新。在全球化背景下，各种文化之间的互动变得更加频繁，文学作品开始探索跨文化主题，并融入多样化的叙事方式。从哈金（本名金雪飞）的《等待》到 J. K.罗琳的《哈利·波特》系列，从保罗·科埃略的《牧羊少年奇幻之旅》到卡勒德·胡赛尼的《追风筝的人》，这些作品不仅展示了全球化对文学主题和风格的塑造，也揭示了全球市场对文学创作的影响。现代科技和数字平台的普及进一步加速了这种全球文学互动，丰富了文学创作的视角和形式。

（一）全球化背景下的文学交流与融合

在全球化背景下，文学交流变得愈加频繁和广泛，各种文化之间的互动与融合推动了文学的创新与发展。以哈金的《等待》为例，这部小说成功地将中国传统文化与西方叙事技巧融合在一起，呈现了一种独特的文学风格。哈金通过细腻的笔触展现了中国文化的深邃，同时又运用了西方的叙事结构，使其作品不仅保留了中国文化的精髓，还能被全球读者理解和接受。这种文化间的对话，不仅丰富了文学的表现形式，也提升了作品在国际上的影响力。现代科技和数字化平台的普及进一步促进了这种文学交流。网络文学、电子书和社交媒体等新兴平台，使世界各地的文学作品能够迅速传播并被广泛阅读。作家们能够通过在线出版和国际交流活动，将其作品推向全球，从而促进不同文学传统的相互学习和借鉴。

这种快速的全球文学互动，不仅推动了文化的融合，也为文学创作带来了新的视角和灵感。

(二) 全球市场对文学创作的影响

全球市场对文学创作的影响非常显著，促使作家们越来越关注创作出能够吸引国际读者的作品。以奇幻文学作家 J. K. 罗琳的《哈利·波特》系列为例，这一系列不仅在英国引发了巨大的阅读热潮，还迅速在全球范围内获得了广泛的认可。罗琳将英国的魔法世界与丰富的文化背景相结合，使《哈利·波特》不仅仅是一部普通的儿童文学作品，更成为全球读者共享的文化现象。这种作品的全球成功证明了市场驱动的创作趋势对文学的重要影响。为了迎合国际读者的需求，作家们在创作过程中往往需要考虑更广泛的文化和社会背景。很多作家在创作时会融入具有全球吸引力的主题，如普遍的人性、道德冲突和跨文化交流。这种全球化视角不仅丰富了文学创作的内容，也使作品能够在不同文化中找到共鸣。出版商和市场的需求也推动了作家们在叙事结构、语言风格等方面进行创新，以适应多样化的国际市场需求。

(三) 跨国文学作品的兴起与传播

随着全球化的深入，跨国文学作品逐渐获得了广泛关注。巴西作家保罗·科埃略的《牧羊少年奇幻之旅》通过简单而富有哲理的叙述风格，成功打破了语言和文化的障碍。这部作品融入了多种文化元素，如阿拉伯的神秘色彩和西方的梦想追求，展现了跨文化交流的创新成果。《牧羊少年奇幻之旅》被翻译成多种语言，并在全球范围内广泛传播，体现了文学在全球化背景下的融合与创新。这种跨国文学作品不仅丰富了全球读者的文化体验，还促进了不同文化之间的相互理解。通过融合不同文化的主题和叙事手法，这些作品能够在多个文化圈内引发共鸣。科埃略通过讲述一个关于追求梦想和个人成长的故事，使无论是来自哪个文化背景的读者都能够找到自己所能感受到的情感和哲理。这种现象反映了全球化带来的文学融合趋势，使跨国文学作品成为全球文化交流的重要载体。

（四）全球化对文学主题和叙事方式的塑造

全球化对文学主题和叙事方式的塑造产生了深远的影响，文学作品越来越倾向于探讨全球性问题，如移民、跨文化冲突和环境保护，这些主题反映了全球化带来的普遍关切。卡勒德·胡赛尼的小说《追风筝的人》以阿富汗为背景，但其核心主题却是普遍的人性和情感问题，如友谊、背叛和赎罪。这种关注普遍人性的叙事使得《追风筝的人》能够在全球范围内引起共鸣，超越了文化和地理的界限，成为能让全球读者共同体验的文学作品。全球化还促使作家们在叙事方式上进行创新，以更好地呈现复杂的全球化现实。传统的线性叙事结构逐渐被打破，非线性叙事和跨时间线的结构被广泛应用。大卫·米切尔的小说《云图》通过多个时间段和不同角色的交织叙述，展现了全球化背景下的相互联系和因果关系。这种叙事方式不仅使作品在结构上更具层次感，也更好地反映了全球化带来的复杂性和多样性。通过这些创新的叙事手法，文学作品能够更全面地展示全球化时代的挑战与机遇。

全球化对当代文学的影响是深远的，它促进了文学的跨文化交流与融合，推动了作家们在创作中融入全球化视角。通过结合不同文化的元素和创新的叙事方式，文学作品在全球范围内获得了更广泛的认可和传播。作家们不仅需要考虑国际读者的需求，还需在叙事结构和主题上进行创新，以适应全球市场的多样性。全球化不仅提升了文学的国际影响力，也为文学创作带来了新的挑战与机遇。

二、新媒体与文学的互动关系

在数字化时代，新媒体的崛起对文学领域产生了深远的影响。数字化平台和社交媒体的普及不仅改变了文学创作、传播和阅读的方式，还引发了传统文学与网络文学之间的融合。数字平台为作家提供了更大的创作空间和即时反馈机制，推动了文学形式的创新。社交媒体则改变了文学作品的传播途径，使读者与作家之间的互动变得更加直接和频繁。新媒体也对阅读习惯带来了显著变化，电子书和在线阅读平台的兴起改变了传统纸质书的阅读方式。这一系列变革不仅丰富了文学创作的表现形式，也重新定义了作家与读者之间的关系。

（一）数字化平台对文学创作的影响

数字化平台的兴起对文学创作产生了深远的影响。数字化平台为作家提供了更加广阔的创作和发表空间。同时，数字化平台还提供了实时反馈机制，这使作家能够根据读者的反馈即时调整和改进作品。举例来说，网络小说平台如起点中文网，允许读者在阅读过程中发表评论并进行打分，这些反馈能够帮助作家了解读者的偏好，从而优化创作方向和内容。这种互动性不仅加快了创作的迭代过程，还增强了作品的市场适应性。数字化平台还推动了文学形式的创新，互动小说和多媒体小说逐渐兴起，作者们可以结合文字、图像、音频和视频等多种形式，创造出更加丰富和沉浸式的阅读体验。某些互动小说通过嵌入游戏元素，让读者在阅读过程中参与故事的决策，从而改变了传统的阅读体验和叙事方式。

（二）社交媒体对文学传播的作用

社交媒体在现代文学传播中扮演了重要的角色，它不仅改变了文学作品的推广方式，也对读者的阅读习惯产生了深远影响。社交媒体平台使文学作品能够通过病毒式传播迅速扩散。网络小说《全职高手》的成功部分得益于其在社交媒体上的广泛讨论和分享。读者的积极互动和推广大大提高了该书的知名度，推动了其在全球范围内的传播。社交媒体为作家提供了直接与读者互动的渠道，作家可以通过微博或博客与读者分享创作过程、发布预告和回应评论。这种直接的互动不仅增强了读者对作品的关注度和忠诚度，也为作家提供了宝贵的反馈意见。作家江南（本名杨治）在微博上分享了《龙族》系列的创作心得，并与粉丝进行互动，这种方式不仅提升了读者的参与感，也增加了作品的曝光度。社交媒体平台的"话题标签"功能使文学讨论更加集中和高效。读者可以通过特定的标签参与相关讨论，从而发现和分享感兴趣的作品。这种机制帮助文学作品在网络上形成了社区效应，使文学讨论更加多元化和全球化。

（三）网络文学与传统文学的对比与融合

网络文学和传统文学各自拥有独特的特点和优势，但它们的融合也为文学创作带来了新的可能性。网络文学以其易于传播和互动性强的特点，吸引了大量的读者。网络小说如《择天记》和《全职高手》，以快速的更新频率和与读者的互动赢得了广泛的欢迎。这些作品通常具有强烈的娱乐性和市场导向，通过在线平台迅速积累人气，并形成了自己的粉丝群体。相比之下，传统文学强调深度和经典性，通常需要经过严谨的编辑和审稿过程。传统文学作品如鲁迅的《阿Q正传》和莫言的《蛙》，以其丰富的思想内涵和艺术价值被广泛认可。这些作品往往在文学界具有重要地位，对社会和文化的影响也更为深远。然而网络文学与传统文学的融合趋势日益明显，一方面是许多网络作家开始借鉴传统文学的经典结构和写作技巧，以提升作品的艺术性和深度。网络作家猫腻（本名晓峰）在情节设计和人物刻画上借鉴了传统小说的精髓，创作了具有深度的网络文学作品《择天记》。另一方面，传统作家也开始利用数字平台进行创作和传播，使作品能够更快地触及读者。作家余华通过电子书形式发布了新作，将传统文学与现代数字平台结合起来。

（四）新媒体对文学阅读习惯的改变

新媒体的兴起对文学阅读习惯产生了显著的影响，数字化阅读的普及使传统纸质书的阅读方式逐渐被电子书和在线阅读所取代。以 Kindle 和 iPad 为例，这些设备不仅方便携带，而且可以随时随地访问大量的书籍和文章。研究表明，越来越多的读者选择通过电子书阅读平台进行阅读，这种便捷的方式改变了人们的阅读习惯和时间分配。新媒体平台的互动功能使阅读体验更加多样化，读者可以在阅读过程中随时发表评论、进行标记或与其他读者讨论。在许多在线阅读平台上，读者可以通过评论区与作者及其他读者进行交流，这种互动性增强了阅读的参与感和社群感。一些平台还提供了个性化推荐算法，根据读者的阅读历史和偏好推荐相关书籍，使读者能够发现更多感兴趣的作品。新媒体对阅读时间的碎片化也产生了影响，随着移动设备的普及，读者可以在碎片化的时间段内进行阅读，在地铁上、等待时或短暂的休息时间。电子书的便捷性使读者能够利用零碎的时间进行阅读，从而改变了传统的阅读习惯。这种变化虽然提高了阅读的频率，但也可能导致阅读深度和专注度的下降。新媒体对文学阅读习惯的改变是双向的，既提供了更多的便利和选择，也带来了新的挑战和思考。

新媒体的出现彻底改变了文学创作、传播和阅读的格局，数字化平台的广泛应用使作家能够实时获取反馈并优化作品，同时推动了多媒体文学形式的兴起。社交媒体的互动性加速了文学作品的传播，使其能够迅速获得读者的关注和参与。而新媒体对阅读习惯的影响，则表现为电子书的普及和阅读碎片化的促进。尽管这些变化带来了新的机遇，也提出了挑战，但新媒体也在推动文学发展的同时促使传统文学与现代创作之间实现了融合与创新。

三、多元文化在文学中的体现

在全球化背景下，多元文化的融合与创新已成为文学创作的重要趋势。作家们通过跨文化的叙事风格、少数民族与边缘文化的表现以及全球文化交流的影响，创造出具有新颖性的文学作品。这种文学表现不仅丰富了作品的表现形式，也加深了读者对不同文化背景的理解和尊重。从萨尔曼·鲁西迪的《午夜之子》到托妮·莫里森的《宠儿》，以及村上春树的《挪威的森林》，这些作品通过跨文化的融合与交流，展现了多元文化在文学中的深远影响。

（一）跨文化背景下的文学创作风格

跨文化背景下的文学创作风格常常呈现出独特的融合与创新。作家在不同文化的交会点上，往往会将多种文化元素结合起来。印度裔英国作家萨尔曼·拉什迪的《午夜之子》便是一个典型的例子。鲁西迪将印度的历史背景与西方的现代叙事技巧结合起来，形成了具有跨文化特色的叙事风格。他在书中不仅讲述了印度从殖民地到独立的历史变迁，还融入了魔幻现实主义的元素，使故事充满了奇幻色彩和多重文化层次的冲击。这种风格的融合不仅丰富了文学表达的形式，也促使读者对不同文化背景下的人物和事件有更深刻的理解和感受。另一位作家，玛格丽特·阿特伍德，在其作品《使女的故事》中也体现了跨文化背景下的文学风格。尽管她的作品主要聚焦于西方社会的未来设想，但其作品中的权力结构、性别问题和宗教极端主义等元素也与其他文化和历史背景中的类似问题产生了对话。这种对不同文化和历史情境的借鉴，使她的作品既具有本土化的深度，又拥有全球化的普遍性。

（二）少数民族与边缘文化在当代文学中的表现

在当代文学中，少数民族和边缘文化的表现逐渐受到更多关注。这些文学作品不仅揭示了少数民族的文化特色，还对社会中的不平等现象进行深刻反思（见表1-1-1）。美国作家托妮·莫里森的《宠儿》通过描绘非洲裔美国人后裔的生活，探讨了奴隶制度对个体和群体的深远影响。莫里森将非洲裔美国人的历史与文化融入文学叙事中，揭示了种族压迫和文化遗产的交织，并赋予边缘化群体声音和形象。同样，阿根廷作家豪尔赫·路易斯·博尔赫斯在其作品中也表现了少数民族文化的丰富性和复杂性。在他的短篇小说《亚美利加的古物》中，博尔赫斯利用拉丁美洲的历史和文化背景，构建了一个充满神秘和幻想的世界，通过这种方式表达了对拉丁美洲文化身份的探索与反思。这种创作不仅丰富了文学的表现形式，也促进了对边缘文化的理解和尊重。

表1-1-1 少数民族与边缘文化在当代文学中的表现

观点	总结
少数民族与边缘文化的文学表现	当代文学中，少数民族和边缘文化的表现逐渐受到关注，揭示了这些群体的独特文化及社会不平等现象
托妮·莫里森的作品	莫里森在《宠儿》中通过描绘非洲裔美国人后裔的生活，莫里森探讨了奴隶制度对个体和群体的影响，将非洲裔美国人的历史与文化融入文学叙事，揭示了种族压迫与文化遗产的交织，并赋予边缘化群体声音和形象
豪尔赫·路易斯·博尔赫斯的作品	博尔赫斯在《亚美利加的古物》中通过拉丁美洲的历史和文化背景构建神秘幻想的世界，探索了拉丁美洲文化身份的复杂性和丰富性，促进了对少数民族文化的理解和尊重
文学对边缘文化的影响	这种文学创作不仅丰富了文学表现形式，还促进了对边缘文化的理解和尊重，提高了社会对少数民族和边缘文化的关注

（三）全球文化交流对文学主题的影响

全球文化交流对文学主题的影响不可忽视，随着全球化的推进，文学作品越来越多地涉及跨国和跨文化的主题①。这种交流带来了新的叙事视角，也促使文学创作探索多样化的题材。日本作家村上春树的作品《挪威的森林》融合了西方文学的元素和日本文化的背景，描绘了全球化背景下个体的孤独和寻求。这种跨文化的创作使作品能够触及不同文化中的普遍人性问题，引发全球读者的共鸣。加拿大作家阿利斯·门罗的短篇小说《亲爱的生活》同样展示了全球文化交流对文学主题的影响。门罗的作品常常在加拿大的地方背景中融入全球化的主题，如家庭关系和个人成长，这种融合使她的作品在探索地方性经验的同时，也能够与全球读者产生共鸣。全球文化的交流使文学创作不再局限于单一文化背景，而是展现出更加丰富和多维的叙事层次（如图 1-1-1 所示）。

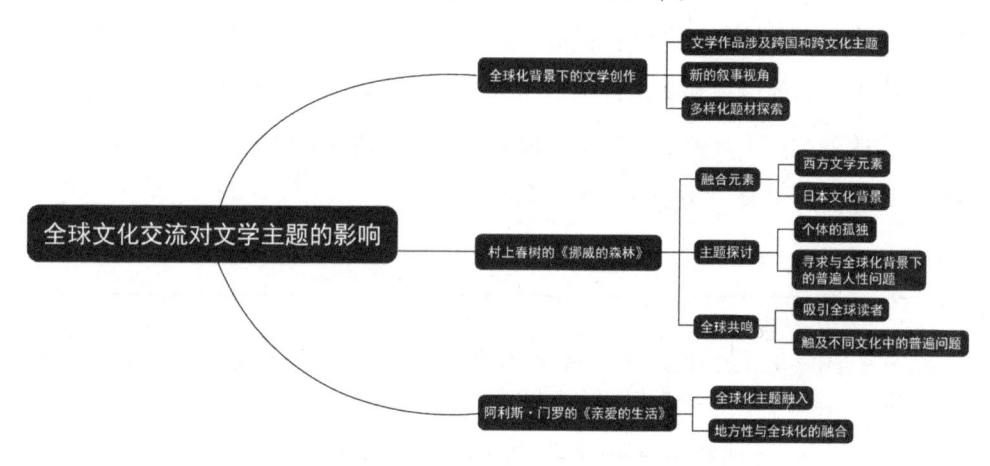

图 1-1-1　全球文化交流对文学主题的影响思维导图图示

（四）多元文化在文学叙事中的体现与挑战

多元文化在文学叙事中的体现表现为多种文化元素和视角的融合，这种融合可以为读者带来新的体验和理解。然而这种融合也伴随不少挑战。一方面，多元文化叙事能够通过不同的文化视角提供更加全面的故事和角色。美国华裔作家艾米·谭的《喜福会》通过多角度的叙事展现了中美文化的冲突与融合，反映了移民家庭的复杂性和文化认同问题。另一方面，多元文化叙事也面临着如何公平和准确地呈现不同文化的问题。文学创作者需要在尊重和理解各种文化的基础上，

---

① 丹珍草.原创·互融·多元——当代藏语文学的传承创新发展[J].西藏研究,2023(5):43-52.

避免刻板印象和文化挪用。在多文化背景的文学作品中，如何准确描绘少数民族的文化和历史，而不落入刻板印象是一个重要挑战。创作者需要深入研究和体验相关文化，以确保对其表现的真实性和尊重。

多元文化在文学中的体现是为文学创作带来了丰富的表现形式和深刻的主题探索，通过跨文化的叙事风格，少数民族和边缘文化的表现，以及全球文化交流的影响，文学作品不仅展现了文化的多样性，也推动了对全球化背景下普遍人性问题的探讨。然而这种融合也面临挑战，比如如何准确地呈现不同文化并避免刻板印象。文学创作者需在尊重和理解各文化的基础上，深入挖掘和表现文化的真实性，以确保多元文化叙事的丰富性和深度。

四、文学创新的必要性探讨

文学创新是其持续发展的关键因素之一，创新不仅赋予文学作品新的生命力，也推动了文学形式和内容的变革。在当代文学创作中，如何在创新与传统之间找到平衡，如何回应读者不断变化的需求，都是值得深入探讨的问题。文学创新不仅有助于保持文学的活力，还促进了文学创作模式的多样化。下面将探讨文学创新的重要性，分析创新对文学活力的作用，探讨如何在创新与传统之间保持平衡，考察文学创新对读者需求的响应，并讨论当代文学创作中的创新模式与实践。

（一）文学创新对保持文学活力的作用

文学创新是保持文学活力的核心驱动力。文学的生命力在于其不断的变革和发展，创新使文学作品能够与时俱进，反映社会变迁和人类情感的多样性。20世纪初的现代主义文学，通过打破传统叙事结构，采用意识流技术，表现了人类内心深处复杂的心理状态，极大地推动了文学的发展。创新不仅引领了文学潮流，也使文学作品能够更好地贴近当代读者的心理需求和社会背景。无论是詹姆斯·乔伊斯的《尤利西斯》还是马赛尔·普鲁斯特的《追忆似水年华》，这些作品的创新手法都极大地丰富了文学语言和表现形式，使文学更具活力和影响力。

（二）创新与传统之间的平衡问题

在文学创作中，创新与传统之间的平衡是一个重要课题。创新能带来新的视角和表现手法，但过度的创新可能会脱离传统文化的根基，使作品失去共鸣。以中国古典文学为例，鲁迅的作品在继承传统文学精髓的基础上，进行了大胆的创新，如《狂人日记》通过反叛的叙事方式揭示社会问题，同时保留了传统文学的语言风格和思想内涵。这种创新与传统的平衡，既保留了文化的根基，又使作品具有现代性和批判性，是文学创作中一种有效的策略。

（三）文学创新对读者需求的响应

文学创新在回应读者需求方面发挥着重要作用。随着社会的快速发展，读者的审美和心理需求不断变化，文学作品必须与时俱进，以满足这些需求。近年来，网络文学的兴起就是对传统文学形式的一种创新回应。网络文学通过快速更新的连载模式和互动性强的读者参与，满足了现代读者对快节奏和个性化内容的需求。像《全职高手》这种网络小说，不仅在内容上创新，还在传播方式上进行了大胆尝试，使其成为广受欢迎的作品，这种创新显然回应了当代读者的需求和阅读习惯（如图 1-1-2 所示）。

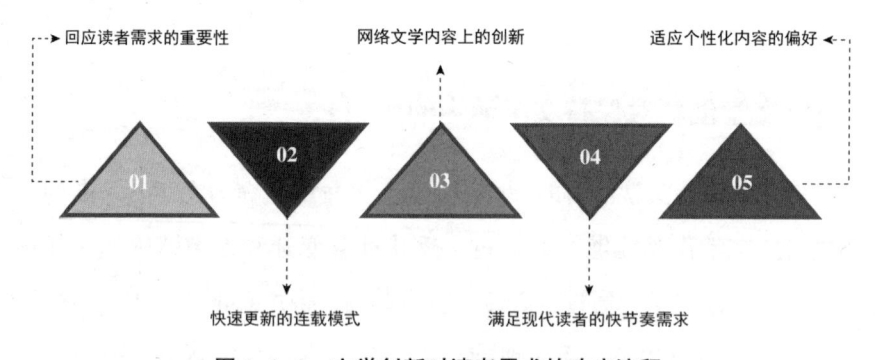

图 1-1-2　文学创新对读者需求的响应流程

（四）当代文学创作中的创新模式与实践

当代文学创作中，创新模式和实践不断涌现。以多媒体融合为例，许多现代作家开始尝试将文字与图像、音频等多种元素结合，如网络文学中的"图文小说"和"音频小说",这种模式打破了传统文本的界限,为读者提供了全新的阅读体验。虚拟现实(VR)技术的应用也在一些文学作品中得到了实践,使读者能够身临其境地体验故事情节。这些创新模式不仅丰富了文学表现形式,也为创作者提供了更多的创作空间和灵感,推动了文学的不断发展(见表1-1-2)。

表1-1-2 当代文学创作中的创新模式与实践行动方案及措施

行动方案	具体措施	预期效果
推广多媒体融合的文学创作	举办多媒体文学创作工作坊,邀请作家、设计师共同探讨图文小说和音频小说的创作技巧。在文学创作课程中加入多媒体元素的应用培训,提升创作者的技术能力	提高文学创作者的多媒体整合能力,丰富文学表现形式
探索虚拟现实技术在文学中的应用	资助虚拟现实技术相关的文学项目,鼓励作家探索VR文学创作。组织VR技术与文学创作的研讨会,分享成功案例和技术经验	扩展文学创作的技术边界,提升读者的沉浸式阅读体验
支持创新模式的推广与普及	设立专门的创新文学奖项,奖励使用创新模式的作品。通过在线平台推广创新模式的文学作品,扩大其受众范围	鼓励更多作家尝试创新模式,增加创新作品的市场曝光度

文学创新对于保持文学活力至关重要,它使文学能够适应时代变迁并反映社会的复杂性。然而创新与传统之间的平衡也是关键,过度的创新可能会使文学作品脱离其文化根基。因此在进行文学创新时,既要尊重和继承传统,又要大胆探索新的表现形式和叙事技巧。文学创新还需紧密回应读者需求,现代读者的审美和心理需求变化迅速,创新的文学作品能够更好地满足这些需求。在当代文学创作中,各种创新模式如多媒体融合和虚拟现实技术的应用,不仅丰富了文学表现形式,也为创作者提供了新的创作空间。文学创新是文学发展的动力源泉,既推动了文学的进步,也为读者带来了更为丰富的阅读体验。

第二节 传统文学的传承价值

一、古典文学的智慧与启示

古典文学不仅塑造了历史上的文化和思想体系,也深刻影响了现代文学创作和教育。无论是儒家经典《论语》中的伦理观，古希腊悲剧《俄狄浦斯王》对命运的探讨，还是莎士比亚和《红楼梦》的艺术风格，这些作品均体现了古典文学的智慧和深远影响。它们不仅提供了关于人性、社会和哲学的独特视角，也在现代文学和教育中继续发挥着重要作用。

（一）古典文学中的哲学思想与伦理观

古典文学承载着丰富的哲学思想和伦理观，这些思想不仅影响了当时的社会，也对后世产生了深远的影响。以《论语》为例，它是儒家思想的重要经典，通过孔子及其弟子的言行记录，展现了儒家关于仁爱、礼义和道德的核心观念。《论语》中的"己所不欲，勿施于人"和"温文尔雅，君子之风"不仅塑造了儒家伦理的基础，也影响了中国社会几千年的道德标准。在古典文学中，哲学思想往往通过人物对话和故事情节自然地展现出来，不仅使其成为理论的传递，更成为生活的指南。古希腊的悲剧如索福克勒斯的《俄狄浦斯王》则展示了古希腊对命运和道德的理解。剧中的主人公俄狄浦斯虽然努力追求真理和公正，但最终陷入了命运的安排，这体现了古希腊哲学中关于命运和自由意志的思考。这些经典作品中的哲学思考，不仅提供了伦理的镜鉴，也帮助理解人类行为的复杂性和社会运作的规则。

（二）古典文学对现代文学创作的影响

古典文学对现代文学创作有着深远的影响，其经典主题、叙事方式和人物塑造方式，仍然在当代文学创作中得到延续和发展。莎士比亚的戏剧，如《哈姆雷特》和《罗密欧与朱丽叶》，通过复杂的人物关系和深刻的心理描写，为现代文学创作提供了丰富的素材。莎士比亚对人性的探讨和剧作中的语言艺术，不仅影响了戏剧文学的发展，也在小说、电影等多种文艺形式中得到了广泛的应用。中国古典文学，如《红楼梦》，其细腻的人物刻画和丰富的社会描写，影响了后来的文学创作。《红楼梦》中贾宝玉和林黛玉的爱情故事，探索了人性、社会地位和个人命运的问题，这些主题被许多现代作家借鉴，用以构建复杂的叙事结构和人物关系。现代作家如鲁迅和莫言，都在他们的作品中融入了对人性的深刻剖析和社会批判，这些都可以追溯到古典文学的传统。

（三）古典文学的叙事技巧与艺术风格

古典文学的叙事技巧和艺术风格在文学史上具有重要地位，其独特的表现手法至今仍然被现代作家所借鉴[①]。古希腊史诗《伊利亚特》和《奥德赛》的叙事方式，采用了长篇叙事诗的形式，通过神话故事和英雄人物的冒险经历，展现了古代英雄的壮丽画卷。这种宏大的叙事风格和英雄主义的描写，为后来的文学作品提供了丰富的叙事资源。在中国古典文学中，《红楼梦》中的叙事技巧尤为值得关注。曹雪芹通过细腻的心理描写和复杂的家庭关系，展示了贾府的盛衰及人物的内心世界。这种叙事技巧不仅使作品具有极高的艺术价值，也为后来的文学创作提供了独特的参考。《水浒传》和《西游记》通过生动的故事情节和鲜明的角色设定，展现了中国古代小说的艺术风格和叙事方式。

（四）古典文学在当代教育中的应用与传承

古典文学在当代教育中扮演着重要角色，其传承不仅涉及文学课程的教学，也影响了学生的价值观和思维方式。在中国，古典文学作品如《论语》《孟子》《红楼梦》常被纳入中小学的语文教材中，通过学习这些经典作品，学生可以了解中国传统文化和伦理观念。《论语》的教学不仅帮助学生理解儒家思想，还培养了他们的道德观和礼仪意识。西方古希腊和古罗马的文学经典，如荷马的《伊利亚特》和维吉尔的《埃涅阿斯纪》，也被广泛地纳入文学和历史课程。这些作品不仅帮助学生了解古代希腊、罗马的文化背景，也激发了他们对文学艺术的兴趣和探索精神。通过对这些古典作品的学习，学生能够更加深刻地理解人类社会和历史的演变，同时培养批判性思维和文化素养（见表1-2-1）。

[①] 黄晓娟，郑雪竹.当代满族女性文学的传统文化传承与创新——以全国少数民族文学创作骏马奖获奖作品为例[J].民族文学研究,2021(1):8.

表 1-2-1　古典文学在当代教育中的应用与传承实施方案

行动方案	具体措施
加强古典文学在教育中的应用	将《论语》《孟子》《红楼梦》《伊利亚特》《埃涅阿斯纪》等古典文学作品纳入课程标准和教材中。组织教师培训，提升古典文学教学的能力和方法
丰富古典文学教学资源	开发多媒体和互动教学资源，如古典文学的音频讲解、电子书和在线讨论平台。引入古典文学的相关讲座和文化活动，激发学生的学习兴趣
培养学生的批判性思维和文化素养	设计以古典文学为基础的批判性思维训练课程，鼓励学生分析和讨论经典文本中的伦理和文化问题。开展跨学科项目，将古典文学与历史、哲学等领域相结合，拓展学生的综合素养

古典文学以其丰富的哲学思想、叙事技巧和艺术风格对人类文化产生了深远的影响，古希腊和中国的经典作品不仅在其时代塑造了社会价值观，也为现代文学创作和教育提供了宝贵的资源。通过学习这些古典作品，不仅能深入理解人类历史和文化，还能获得对伦理、命运以及社会运作的深刻洞察。这些经典的智慧和艺术风格依旧在当代文艺创作和教育中发挥着重要作用，成为理解和探索人类经验的桥梁。

二、近现代文学的传承与变革

近现代文学的演变是传统与创新交织的过程，传统文学元素在近现代文学中得到了传承，同时现代作家也勇于尝试创新，借鉴西方文学的技巧和风格，推动了文学的多样化和深度。重大历史事件、文学流派的演变，以及跨文化影响，都深刻地影响了这一时期文学的发展，使其既保留了传统的精髓，又融入了现代的活力和全球视野。

（一）近现代文学中的传统元素与创新尝试

近现代文学在继承传统元素的同时也进行了诸多创新尝试。传统文学元素如诗词的形式、文学题材以及人物塑造等在近现代文学中得以保留。鲁迅在《呐喊》中融入了古典文学的表现手法，通过细腻的心理描写和社会批判展示了新的文学风貌。与此同时，现代作家们也积极尝试创新，借鉴西方文学的技巧和风格，如巴金在《家》中运用了现实主义手法，突破了传统文学的框架，将家族故事与社会变迁结合，展现了新的叙事方式。这种结合传统与创新的尝试，使近现代文学既保留了历史的沉淀，又充满了时代的活力。

（二）文学流派的演变与传统价值的延续

近现代文学中的流派演变体现了传统价值的延续和发展的过程，早期现代主义文学如徐志摩的诗歌和陈独秀的散文，都在继承古典文学的审美基础上，吸纳了西方现代主义的影响，形成了具有时代特征的新风格。新文化运动中的作家如鲁迅，通过对传统文化的批判和再造，将传统价值观念转化为现代文学的表现力。这种演变不仅是对传统文学的延续，也是对其内涵的丰富和深化。文学流派的变化反映了社会的变迁和文化的融合，使传统价值在不断地创新中得以保留和发扬。

（三）重大历史事件对文学传承的影响

重大历史事件对近现代文学的传承产生了深远的影响，1919年的五四运动带来了文学的革新和思想的觉醒，推动了白话文运动和新文学的兴起。抗日战争时期，许多作家如巴金和老舍将战争的惨烈与民族的悲壮融入创作，形成了特有的抗战文学。但在这些历史事件的影响下，文学不仅在风格和内容上发生了变化，也在创作方式和文学观念上体现出坚韧和适应力。重大历史事件推动了文学的不断自我调整和重塑，使其更具社会现实感和历史厚度。

（四）近现代文学中的跨文化影响与本土化

近现代文学中的跨文化影响与本土化表现出文学创作的全球化和本土化相结合的趋势，20世纪初西方文学思想如现实主义和现代主义对中国文学产生了深远的影响。作家如鲁迅、张爱玲通过对西方文学理论的吸收，创新了中国文学的表现形式。其文学创作也始终坚持本土化，将中国传统文化元素融入现代文学中。张爱玲在其小说《倾城之恋》中，结合了西方现代叙事技巧与中国传统社会背景，展现了独特的文化融合。这样的跨文化影响与本土化的结合，使近现代文学在全球化进程中保持了自身的文化独特性和多样性。

近现代文学在传承传统元素的基础上，通过对创新的积极尝试，展现了丰富的文学面貌。文学流派的演变不仅延续了传统价值，也加深了对其内涵的理解。历史事件对文学的影响表现为风格和内容上的不断调整与重塑，而跨文化的影响与本土化则使文学在全球化进程中保持了文化的独特性。通过这些维度的深入探讨，可以更好地理解近现代文学的复杂性及其在历史长河中的重要地位。

三、地域文化与文学的关联

地域文化对文学创作具有深刻的影响，塑造了作家的创作风格和作品内容。地域文化背景不仅为文学提供了丰富的素材，还影响了文学作品中的文化符号和主题。在全球化背景下，地方文学面临着保护与发展的双重挑战，同时也展现了地方文化在全球文化交流中的独特表现。通过探讨地域文化与文学的关联，可以更好地理解文学作品如何反映和传承地域文化，并在全球化进程中保持其文化独特性。

（一）地域文化背景对文学创作的影响

地域文化背景对文学创作的影响深远且显著，作家的地域背景不仅塑造了其文化视角，还决定了其创作中的语言、主题及表现手法。沈从文的《边城》深刻体现了湘西地域的自然风光与民俗风情，小说通过描写湘西小镇的生活，展现了当地特有的风土人情和人际关系。沈从文以湘西独特的自然环境和人文背景作为创作基点，将地域文化融入文学作品中，使作品既具地方色彩，又充满了普遍的人文关怀。这种地域文化对文学创作的影响，帮助读者更好地理解和感受不同地方的文化特色和社会风貌。

（二）地方文学作品中的文化符号与主题

地方文学作品往往充满了地域特有的文化符号和主题，这些元素在作品中起到了标志性作用。鲁迅的《阿Q正传》通过对一个虚构的"鲁镇"地方的刻画，反映了中国社会的众多弊端。小说中的文化符号如"阿Q"的形象、风俗习惯以及地方方言，深刻揭示了当时社会的文化病态和人性缺陷。作品中的主题如对自我认同的挫折和社会压迫的反思，也在地方文化背景下得到了独特的表达。地方文学中的这些文化符号和主题，使文学作品不仅具有地方性，还具有深刻的社会和文化意义。

（三）地域文学传统的保护与发展

地域文学传统的保护与发展是文化传承的重要方面，许多地方文学作品中蕴含着丰富的地方传统和历史记忆，如传统的民间故事、地方戏剧以及古老的风俗习惯。以福建为例，闽南语文学和福建地方戏剧如闽剧，都是地方文化的重要组成部分。为了保护这些地域文学传统，许多地方政府和文化机构积极开展文献整理、戏剧传承和语言教学等工作。通过文学创作和学术研究，将这些传统与现代文化相结合，使地域文学在保留传统精髓的同时得以不断发展和创新。这样的保护与发展，不仅有助于文化的延续，也促进了地域文学在当代社会中的再生和活跃。

（四）地方文化在全球化背景下的文学表现

在全球化的背景下，地方文化在文学中的表现呈现出新的特征。全球化带来了文化的交流与融合，使地方文学在全球化的语境中找到了新的位置。莫言的《蛙》通过描写中国农村的生育问题，既展示了地方特色，又涉及了全球化背景下的社会问题。地方文学作品通过跨文化的视角，不仅保留了地方文化的独特性，还在全球化的文化交流中引起了广泛的关注和讨论。这样的全球化背景下的文学表现，使地方文化得以在更广泛的文化交流平台上展现，同时也促进了全球读者对地方文化的理解和认同。

地域文化背景为文学创作提供了丰富的资源，使文学作品在内容和风格上体现了地方特色。地方文学中的文化符号和主题不仅展示了地域文化的独特性，还反映了社会的现实问题。保护和发展地域文学传统是文化传承的重要举措，而全球化背景下的地方文化表现则为文学创作带来了新的机遇和挑战。这些因素共同作用，使地域文学在全球化进程中既保持了传统文化的根基，又融入了全球文化的多样性。

四、传统文学在当代的意义

传统文学在当代社会中具有深远的意义,它不仅塑造了现代社会的价值观,还在当代创作中焕发了新的生命力。通过经典文学作品,能够感受到诸如忠诚、仁爱、正义等核心价值观的影响;同时,传统文学也为当代文学教育提供了丰富的素材,并在全球化背景下维护了文化身份和认同。对传统文学的深入探讨,有助于更好地理解其在现代社会中的重要作用及其不断演变的表现形式。

(一)传统文学对当代社会价值观的影响

传统文学深刻地影响着当代社会的价值观,经典文学作品通过其故事情节和人物塑造传达了诸如忠诚、仁爱、正义等核心价值观。《红楼梦》中的贾宝玉和林黛玉的爱情故事,探讨了人际关系中的忠诚与真挚,触发了对社会道德与人性的深刻反思。这种对传统美德的强调,塑造了人们的道德观念和行为准则。在现代社会,尽管科技进步,生活方式发生了巨变,但传统文学中的伦理观念和人文关怀依然具有强大的引导作用,它们通过文学作品对社会道德和个人行为产生着持久的影响(见表1-2-2)。

表1-2-2 传统文学对当代社会价值观的影响

观点	总结
传统文学对当代社会价值观的影响	传统文学通过其故事情节和人物塑造传达核心价值观,如忠诚、仁爱、正义等,对当代社会的价值观产生深远影响
《红楼梦》的影响	《红楼梦》通过贾宝玉与林黛玉的爱情故事探讨忠诚与真挚,引发对社会道德和人性的深刻反思,影响了人们的道德观和行为准则
传统美德的持久影响	尽管现代社会科技进步,生活方式发生巨变,传统文学中的伦理观念和人文关怀依然对社会道德和个人行为有持久的引导作用

(二)传统文学在当代创作中的再现与创新

传统文学在当代创作中不断被再现和创新,许多现代作家将传统文学中的元素融入他们的作品中,形成了新的文学风格。余华的《活着》虽为现代作品,但其叙事手法和主题深受传统文学影响,尤其是对命运和人性的探讨。作家们通过对传统故事的重新演绎或现代化改编，使传统文学的精髓得以保留，同时又注入了当代社会的现实关怀。这样的再现与创新不仅使传统文学在现代背景下焕发新生，也让传统文化更好地融入当代社会的文化语境。

（三）传统文学对当代文学教育的作用

传统文学在当代文学教育中发挥着重要作用，通过对经典作品的学习，学生能够深入理解文学的历史背景、文化内涵和艺术表现形式。学生通过研读《西游记》，可以了解中国古代的宗教信仰、社会习俗及其文化价值观。传统文学不仅丰富了学生的文化知识，还培养了他们的文学鉴赏能力和批判性思维。教学中对传统文学的关注有助于学生建立文化认同感，同时也提升了他们对传统文化遗产的尊重和传承意识。这种教育方式不仅维系了文学的历史连续性，也为学生的全面发展提供了重要的文化基础。

（四）传统文学在全球化时代的文化身份与认同

在全球化时代，传统文学在维护文化身份和认同方面扮演着关键角色。传统文学不仅反映了一个民族的历史和文化，还成为全球文化交流中的独特符号。日本的《源氏物语》在国际上被认为是古典文学的瑰宝，它不仅展示了日本的古代文化，还促进了对日本文学的全球认知。在全球化的背景下，各国通过传统文学展示自身文化的独特性，同时也在跨文化交流中强化自己的文化身份。这种文化认同不仅有助于保留和传播传统文化，还促使世界各国形成对不同文化的理解和尊重，从而形成多元的文化共生局面。

传统文学在当代社会中发挥了重要作用，它不仅通过经典作品影响了社会价值观，还在当代创作中进行了再现与创新，使传统文化焕发新生。传统文学在教育中对学生的文化理解和批判性思维的培养也至关重要。在全球化的背景下，传统文学作为文化身份的载体，帮助各国展示自身独特的文化特征并促进文化交流。传统文学的这些意义，确保了它在当代社会中依然具有强大的影响力和价值。

第三节 创新与传承的辩证关系

一、创新是文学发展的动力

在文学的发展历程中，创新与传承之间的辩证关系始终是推动文学前行的重要动力。创新不仅推动了文学形式和内容的不断演变，也回应了社会变迁与读者需求的挑战。通过创新，文学风格和叙事手法得到了丰富和多样化的表现，而成功的创新案例也为后来的文学创作提供了宝贵的示范效应。探讨这些方面，有助于深入理解文学发展的内在动力和未来方向。

（一）创新对文学形式和内容的推动作用

创新在文学发展中扮演了至关重要的角色，它不仅推动了文学形式的演变，还对内容的丰富性和多样性起到了促进作用。传统的文学形式如诗歌、散文、小说等，在长期发展过程中经历了各种创新。现代诗歌在语言表达和结构形式上的突破，如徐志摩的"自由诗"形式，打破了古典诗歌的严格格律，将诗歌的表现手法从固定模式中解放出来。小说在叙事结构上的创新，如玛格丽特·阿特伍德的《使女的故事》，通过非线性叙事和多重视角，为读者呈现了更加复杂的故事层次。这些创新使文学形式和内容更加多样化，也使文学作品能够更好地反映社会和个体的复杂性。

（二）文学创新如何回应社会变迁与读者需求

文学创新常常是对社会变迁和读者需求的积极回应，在快速变化的社会中，文学作品需要及时反映社会现实和时代精神。以鲁迅的《呐喊》为例，该作品通过对旧社会的批判和对社会病态的揭示，回应了当时中国社会的急剧变迁和读者对社会进步的渴望。近年来，网络文学的兴起也是对读者需求的直接回应。网络作家通过快速更新的连载形式和互动性强的内容，满足了现代读者对即时性和参与感的需求。这种创新不仅拓宽了文学的受众，也推动了文学创作和出版的现代化进程。

（三）创新推动文学风格与叙事手法的多样化

文学创新对风格和叙事手法的多样化起到了关键作用，创新使文学作品在风格上展现出丰富的变异性，如现代主义、后现代主义等风格的出现，各自展现了不同的艺术追求和表达方式。以后现代主义文学为例，博尔赫斯的《迷宫》以其非线性叙事和文本自反的特征，挑战了传统的叙事逻辑，开创了全新的叙事手法。这种风格的多样化不仅让文学作品的表现力得到了极大的扩展，也为读者提供了更多的阅读体验和思考方式。

（四）成功创新对文学发展的示范效应

成功的创新案例往往具有显著的示范效应，推动文学的发展和变化。村上春树的小说《挪威的森林》将西方文学的叙事技巧与东方文化的元素结合，创作出具有全球影响力的作品。这种跨文化的创新不仅赢得了广泛的读者群体，也激励了许多作家在文学创作中尝试新的风格和主题。成功的创新案例通过其显著的艺术成就和市场反响，向文学创作者展示了创新的可能性和价值，从而促进了文学创作的多元化和进步。

创新在文学中扮演着核心角色，它推动了文学形式和内容的演变，回应了社会变迁和读者需求，促进了文学风格和叙事手法的多样化。通过成功的创新案例，可以看到创新对文学发展的示范效应。创新不仅为文学注入了新的活力，也推动了文学在不断变化的社会环境中持续前行。理解创新与传承的辩证关系，有助于把握文学发展的脉动和未来的发展趋势。

二、传承是文学创新的根基

传承是文学创新的重要根基，在文学创作中，传统文学元素和经典技法不仅为现代文学提供了丰富的素材，还帮助作家在创新过程中保持文化的连续性。传统文化的价值观对当代文学的影响显而易见，而传统文学知识体系则为创新创作提供了理论支持。探讨这些方面有助于理解文学创新如何在传承中生根发芽，从而推动文学的持续发展。

（一）传统文学元素对现代文学创作的影响

传统文学元素在现代文学创作中仍然发挥着重要作用，这种影响体现在文学主题、叙事技巧和象征符号等多个方面。传统文学的主题如爱情、忠诚、英雄主义等，常被现代作家在新的背景下重新演绎。现代小说《龙族》系列作者江南在其作品中融入了中国古代神话与传说元素，通过现代幻想与传统文化的结合，创造了一种全新的文学体验。许多现代作家在创作中也继承了传统文学的叙事技巧，如运用比喻、象征等修辞手法，这不仅增强了作品的艺术性，也使传统文学的精髓在现代作品中得以延续。

（二）传承经典作品与传统技法在新作品中的应用

经典文学作品和传统技法在新作品中的应用是对文学传承的重要体现，许多现代作家在创作过程中，故意引入经典文学的结构和技巧，以传达对传统的尊重并创新表达方式[①]。作家韩寒的《三重门》受到了古典小说结构的启发，采用了分章叙事和内心独白等传统技巧，使故事更具层次感和深度。现代戏剧和小说中也经常可以看到传统文学技法的影子，如《大红灯笼高高挂》中就继承了古典戏曲中的舞台美学和人物刻画方式，通过现代电影的手法对传统技艺进行了创新和延续（见表1-3-1）。

表1-3-1　传承经典作品与传统技法在新作品中的应用行动方案及措施

行动方案	具体措施
推广经典文学技法的应用	在文学创作课程中加入经典文学结构和技巧的学习模块。组织作家和创作者研讨会，分享经典文学技法的现代应用案例
支持传统技法在现代作品中的创新	为现代戏剧和小说创作者提供对古典技法的指导和资源。设立创作资助项目，鼓励将传统技法融入现代作品
加强经典作品的现代解读和分析	开展经典文学作品的现代解读课程，分析其在当代作品中的影响。编制经典文学技法的应用案例研究报告，供创作者参考

① 贺仲明.在民族文化传承创新中建构中国当代文学经典[J].中国文学批评,2023(1):114-123.

（三）传统文化价值观对当代文学的影响

传统文化价值观深刻地影响了当代文学创作，这种影响体现在对伦理、道德和人性的探讨上。现代作家在作品中往往融合了传统的道德观念和价值观，以回应当代社会的伦理问题。余华的《活着》通过描述主人公福贵的一生，反映了传统的"家和万事兴"观念以及个人在困境中的坚韧与勇敢。这些传统文化价值观在现代文学作品中的体现，不仅丰富了文学的内涵，也让读者产生了对生活的深刻思考和人性的理解。

（四）传统文学知识体系对创新创作的支撑作用

传统文学知识体系为创新创作提供了坚实的基础，对传统文学的深入研究，帮助作家在创新过程中更好地把握文学创作的历史脉络和艺术精髓。作家莫言在创作《蛙》时，深受中国古代文学和民间传说的影响，通过对传统文化的细致研究，他在小说中巧妙地融合了魔幻现实主义元素。这种对传统文学知识的运用，不仅提升了创作的深度和广度，还使作品在创新的同时保持了文化的根基。

传承在文学创新中扮演着至关重要的角色，它不仅影响了现代文学创作的主题和技巧，也为新作品的创作提供了坚实的基础。经典作品和传统技法的应用，传统文化价值观的融入，以及传统文学知识体系的支撑，使文学在创新中能够保持深厚的文化根基。通过这种辩证的传承与创新关系，文学得以在新时代中不断发展和演进，呈现出丰富多彩的面貌。

三、创新与传承的相互促进

在文学创作中，创新与传承之间的相互促进是推动文学发展的关键因素。将传统元素融入创新中可以丰富创作的层次，对传统文学的重新解读与应用能够赋予经典作品新的生命，而跨时代对话与文化融合则展现了文学创作的多维度和深层次的文化内涵。这些机制不仅推动了文学的创新发展，也确保了文化传统的有效传承。

（一）如何在创新中融入传统元素以丰富创作

在文学创作中，将传统元素融入创新之中是丰富创作的重要途径。这一过程不仅能为作品注入文化内涵，还能使创新与传承相互融合。现代作家在创作时可以借鉴古典文学中的叙事结构、符号系统和主题元素。中国作家刘慈欣在《三体》系列中，将中国古代哲学如《道德经》的思想融入科幻叙事，创造了一种既具现代科学性又具传统文化深度的作品。这种做法使创新的科幻故事在保持现代性的同时也展现了深厚的文化底蕴。通过这种方式，传统元素不仅丰富了创作的内涵，也为读者提供了全新的阅读体验。

（二）创新实践中对传统文学的重新解读与应用

在创新实践中，对传统文学的重新解读与应用能为作品赋予新的意义和表现形式。现代作家通过对经典文学作品的解读，能够将传统文化的精髓与当代社会的需求结合，创造出具有时代感的文学作品。现代诗人海子在其作品《面朝大海，春暖花开》中，对中国古代诗歌的意象和情感进行了创新性应用，将传统的"田园诗"转化为一种表达现代人内心渴望和对美好生活向往的全新方式。这种对传统文学的创新解读不仅保留了传统的艺术特质，还赋予其新的表现力和时代价值。

（三）文学创作中的跨时代对话与文化融合

跨时代对话和文化融合是文学创作中的重要趋势，能使作品在历史与现代之间架起桥梁。文学作品通过与不同历史时期和文化背景的对话，展示出多层次的文化融合。作家格非（本名刘勇）的《人面桃花》中，融入了中国古典小说中的人物设定和情节结构，同时结合了现代社会的背景和问题。这种跨时代的对话使作品不仅展现了传统文化的独特魅力，也反映了当代社会的复杂性与多样性。通过文化融合，文学创作能够在保持文化传统的同时探索新的表现形式和主题，从而实现创新与传承的良性互动。

创新与传承的相互促进体现在多个层面，通过在创新中融入传统元素、重新解读传统文学以及进行跨时代的文化融合，文学作品不仅得以保持文化的深厚根基，还能在新的创作实践中焕发活力。这种互补关系确保了文学在不断演进的过程中，能够既尊重传统，又勇于创新，从而推动文学的持续发展和丰富多彩。

四、平衡创新与传承的策略

平衡创新与传承的策略是推动文学持续发展的关键，通过设定合理的创新目标与传承要求、在创作与批评中找到平衡、在文学教育中实施双向策略，以及通过政策支持和社会倡导，可以有效促进文学在保留传统文化精髓的同时勇于进行创新。这种策略的实施，不仅有助于文学的多样化发展，也能够确保文化传统的有效传承。

（一）设定创新目标与传承要求的合理框架

在文学创作中，设定创新目标与传承要求的合理框架是确保创作既具有现代性又尊重传统的重要策略。创新目标应明确具体，如拓展新的表现形式、探索前沿主题等，同时要确保这些目标不会忽视传统文学的精髓。传承要求则需要建立一个系统的评估标准，确保创作能够准确传达传统文化的核心价值。作家莫言在创作《蛙》时，明确设定了通过现代叙事手法传达中国农村传统的创新目标。通过结合现代叙事技巧与传统故事背景，他不仅实现了创新，还保留了对传统文化的尊重。合理框架的设定可以帮助创作者在创新过程中不偏离传统的核心，同时推动文学创作向多样化和深度发展。

（二）创作与批评中如何平衡创新与传统

在创作与批评中平衡创新与传统，要求创作者和评论家都具备对两者的敏感性和理解力。创作者在进行创新时，应充分理解并尊重传统文学的基础，避免形式上的创新脱离传统的根基。批评者则需要对作品进行综合评价，既考量其创新之处，也评估其对传统的忠实度。批评者的评价既肯定了其创新的艺术价值，也关注了其对传统文化的继承与表达。这样，创作与批评能够在对创新和传统的双重关注中找到平衡，从而推动文学的全面发展。

(三) 文学教育与培养中的创新与传承双向策略

在文学教育与培养中，创新与传承的双向策略至关重要。教育应注重培养学生对传统文学的理解，同时鼓励其进行创新性的探索。这可以通过设计课程，既包括对传统文学经典的深入学习，又涵盖现代文学创作技巧的训练。文学课程中可以设置传统文学名著的分析与现代创作实践相结合的项目，让学生在研究传统的同时进行创新性的创作实验。通过这种双向策略，学生能够在掌握传统文学知识的基础上，开发自己的创作风格，推动创新与传承的结合，实现文学教育的全面发展（见表1-3-2）。

表1-3-2 文学教育与培养中的创新与传承双向策略

观点	总结
创新与传承的双向策略	文学教育需兼顾传统文学的理解和现代创作技巧的训练，通过课程设计实现创新与传承的结合，推动学生在传统基础上开发创作风格
课程设计的双向策略	课程应包括对传统文学经典的深入学习和现代创作技巧的训练，设置结合传统名著分析与现代创作实践的项目
学生创作风格的开发	学生在掌握传统文学知识的基础上，通过创新性的创作实验，推动个人创作风格的形成，促进文学教育的全面发展

(四) 政策支持与社会倡导对平衡创新与传承的作用

政策支持与社会倡导在平衡创新与传承方面发挥了重要作用，政府和相关机构可以通过制定支持传统文化的政策，鼓励文学创作中的创新和传承。政府可以设立专项基金支持传统文学的保护和现代创新项目，同时推动相关的文化活动和研讨会。社会倡导则可以通过媒体宣传和公众活动，提升对传统文化和创新文学的关注度。以《中华优秀传统文化传承发展工程》为例，该项目通过多种渠道促进了传统文化与现代创作的结合，为文学创作提供了政策和社会支持的保障。这种政策和社会倡导的双重作用，有助于确保文学创新和传统的平衡发展。

在文学创作和研究中，平衡创新与传承是至关重要的。通过设定合理的框架、平衡创作与批评、在教育中实施双向策略以及借助政策和社会支持，文学作品可以在保持传统文化精髓的基础上进行创新。这种平衡策略不仅推动了文学的多样化发展，还确保了文化传统的传承与延续，从而实现文学创作的持续进步和繁荣。

第四节　当代文学的创作趋势

一、跨界融合的创作现象

当代文学创作呈现出跨界融合的趋势，这种趋势不仅体现在文学与其他艺术形式的结合，还包括跨界合作、多媒体技术的应用以及跨文化合作。通过这些方式，文学作品得以丰富表现形式，突破传统创作的局限，展现出更加多样化和创新的风貌。这些创作趋势不仅推动了文学的发展，也为读者提供了全新的体验和视角。

（一）文学与其他艺术形式的融合表现

当代文学创作日益呈现出跨界融合的趋势，与其他艺术形式的结合成为一种重要表现形式。这种融合不仅丰富了文学作品的表现力，也扩展了艺术创作的边界。文学与视觉艺术的结合在当代图画书和插画小说中尤为明显。著名作家村上春树的《1Q84》系列中，除了文字叙事，还通过与艺术家合作的插图和封面设计，增强了作品的视觉冲击力。文学与戏剧的结合也较为常见，如莎士比亚的经典作品被改编为现代话剧或音乐剧，创新地呈现了传统文学的新面貌。这种艺术形式的融合，不仅使文学作品更具多样性，也吸引了不同背景的观众和读者。

（二）跨界合作对文学创作的影响

跨界合作对文学创作产生了深远的影响，促进了文学作品的多样化和创新。通过与电影、音乐、游戏等领域的合作，文学作品能够探索新的叙事方式和表现形式。作家宫部美雪在其小说《模仿犯》中，与游戏设计师合作，将小说内容扩展到互动游戏领域，创造了一个沉浸式的阅读体验。这种跨界合作不仅为文学创作注入了新的活力，也提高了文学作品的传播力和影响力。文学作品通过与其他领域的融合，不仅能够突破传统创作的限制，还能触及更广泛的受众群体。

（三）多媒体技术在文学创作中的应用

多媒体技术的迅猛发展为文学创作带来了深刻的变革，使作品的表达形式更加丰富和多样化。现代作家利用数字化工具进行互动小说、电子书以及增强现实文学作品的创作。作家李浩在其作品《飞翔故事集》中，利用增强现实（AR）技术，结合虚拟现实环境，使读者能够在虚拟空间中与故事情节互动。这种应用不仅丰富了文学创作的表现手法，也增强了读者的沉浸感和参与感。多媒体技术的应用使文学作品能够超越传统纸质书籍的限制，为创作和阅读提供了全新的视角和体验（见表1-4-1）。

表1-4-1　多媒体技术在文学创作中的应用实施方案

行动方案	具体措施
推动多媒体技术在文学创作中的应用	开展多媒体创作技术培训，提升作家和创作者对数字化工具的掌握。设立专项资助项目，支持互动小说、电子书及增强现实文学作品的创作
促进多媒体文学作品的展示和推广	组织多媒体文学作品展览和发布会，展示新型创作成果。利用社交媒体和数字平台推广多媒体文学作品，扩大读者群体
提升读者沉浸感和参与感	开发并应用增强现实和虚拟现实技术，创建沉浸式阅读体验。设计互动功能，让读者能与作品情节进行互动

（四）跨文化合作对创作风格的丰富

跨文化合作在当代文学创作中发挥了重要作用，丰富了创作风格和内容。不同文化背景的作家和艺术家通过合作，能够将各自文化中的独特元素融入创作中，创造了具有多元文化色彩的作品。作家哈金在其小说《等待》中，将中国传统文化和西方现代主义文学技巧结合，通过跨文化的视角探讨人性和社会问题。这种合作不仅拓宽了创作的视野，也为读者提供了跨文化的理解和体验。通过跨文化合作，文学作品不仅可以展现不同文化的交融，还能够促进全球文化的交流与理解。

跨界融合的创作现象在当代文学中具有重要意义，通过文学与其他艺术形式的融合、跨界合作、多媒体技术的应用以及跨文化合作，文学作品不仅展现了丰富的创作风格，也开拓了艺术创作的新领域。这种融合与创新的趋势，使文学能够在多元化的背景下不断发展，为读者带来了更加丰富和多样的文学体验。

二、现实主义与魔幻主义的交织

现实主义与魔幻主义的交织在当代文学中展现了新的创作趋势，这种交织不仅体现在基本特征和表现形式的对比上，也体现在两者融合后的创新作用和叙事效果中。通过这种结合，文学作品能够在真实与幻想之间创造出丰富的叙事层次，探索更加深刻的主题，提供全新的艺术体验。

（一）现实主义与魔幻主义的基本特征与对比

现实主义和魔幻主义是文学创作中两种重要的表现手法，现实主义以其关注社会现实、细致描绘生活细节和真实反映人类经验为特征，强调在创作中再现现实世界的真实性。典型的现实主义作品如巴尔扎克的《人间喜剧》便通过细腻的描写揭示了19世纪法国社会的各种矛盾和冲突。相比之下，魔幻主义则融入了超现实的元素，通过将现实与幻想混合，创造出一种奇幻的叙事效果。加布里埃尔·加西亚·马尔克斯的《百年孤独》就是魔幻主义的经典之作，通过超现实的情节与真实的社会背景交织，塑造了一个充满魔幻色彩的世界。两者的主要对比在于，现实主义强调真实性和社会批判，而魔幻主义则以幻想和超现实的元素构建新奇的叙事空间。

（二）现实主义与魔幻主义的融合分析

现实主义与魔幻主义的融合在当代文学中逐渐显现出独特的风貌，这种融合通常在现实的基础上加入魔幻元素，创造出一种既真实又超凡的叙事效果。小说家三毛（本名陈平）的《撒哈拉的故事》通过现实主义的手法描写北非沙漠中的实际生活，同时融入了魔幻主义的神秘元素，讲述了一个充满神秘色彩的故事。这种融合不仅保留了现实主义对社会的真实反映，还引入了魔幻主义带来的奇异感和超现实感，使作品在叙事上更具深度和层次感。通过现实与幻想的交织，创作者能够更好地探讨复杂的人类情感和社会问题，同时提升作品的艺术魅力和吸引力。

(三) 魔幻现实主义对当代文学的创新作用

魔幻现实主义作为现实主义与魔幻主义的结合体，在当代文学中发挥了重要的创新作用。它将现实与幻想融为一体，挑战了传统叙事的界限，提供了新的表达方式和视角。魔幻现实主义不仅能够突破传统文学的限制，还能够更深刻地反映社会现实和人类经验。加西亚·马尔克斯的《百年孤独》利用魔幻元素反映拉丁美洲社会的政治和历史，通过超现实的手法揭示了深层的社会矛盾。魔幻现实主义的创新使当代文学作品能够在处理现实问题时，运用更加丰富的表现手法和叙事结构，增强了作品的表达力和艺术性，同时也拓展了文学创作的边界（如图1-4-1所示）。

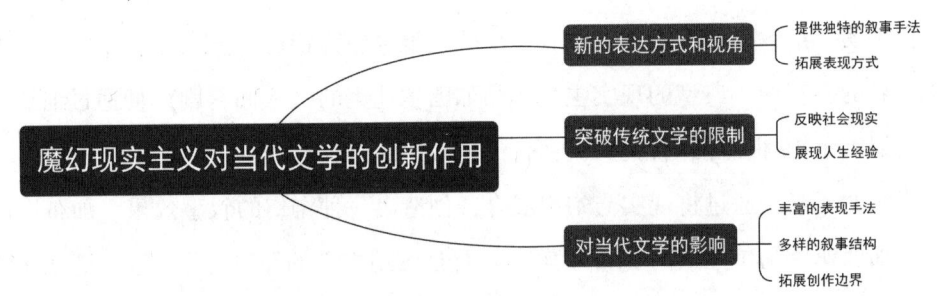

图 1-4-1 魔幻现实主义对当代文学的创新作用思维导图图示

(四) 现实主义与魔幻主义结合的主题与叙事效果

现实主义与魔幻主义的结合常常产生独特的主题和叙事效果，通过融合现实的社会问题与魔幻的奇幻元素，作品能够在现实的框架中展现超现实的想象，从而更深刻地探索人类的情感和社会的本质。以加西亚·马尔克斯的《百年孤独》为例，这部作品将魔幻的元素融入对现实社会的描写中，不仅展现了拉丁美洲的历史和文化，还创造了一个充满象征意义和神秘感的叙事空间。这种结合的叙事效果使作品在探讨主题时更具层次感和深度，同时通过幻想的描绘加强了对现实的反思和批判。现实主义与魔幻主义的结合，使文学作品能够在现实与幻想之间架起桥梁，产生了既真实又超凡的艺术效果。

现实主义与魔幻主义的结合在当代文学中显现出独特的创作趋势，这种交织不仅丰富了作品的表现形式，也为文学创作带来了新的视角和深度。通过现实与幻想的融合，文学作品能够更全面地探讨人类经验和社会问题，同时为读者提供更加多样化的阅读体验。这种创新的叙事方式使文学作品在表达主题时更具深度和艺术性。

三、女性主义文学的崛起

女性主义文学的崛起标志着当代文学的一个重要发展方向，通过核心议题的揭示、女性作家的影响力、对传统文学观念的挑战以及对文学创作和批评的贡献，女性主义文学不仅为文学创作注入了新的活力，也推动了社会对性别问题的深入思考和反思。

（一）女性主义文学的核心议题与主张

女性主义文学的核心议题包括性别平等、女性自我意识的觉醒和性别角色的解构，其主张在于揭示和批判传统社会中对女性的压迫与歧视，强调女性的独立性和自主性[1]。西蒙娜·德·波伏娃在其名著《第二性》中，系统地探讨了女性在社会中被边缘化的现象，提出"女人不是天生的，而是成为的"这一观点，挑战了传统性别角色的固有观念。女性主义文学作品不仅关注女性在家庭、职场和社会中的地位，还力图通过文学创作反映女性的真实声音和生活体验。通过这种方式，女性主义文学试图推动社会对性别不平等问题的关注与反思。

（二）女性作家在当代文学中的影响力

当代女性作家在文学领域中的影响力日益增强，她们通过各自独特的视角和声音，对文学创作产生了深远的影响。玛格丽特·阿特伍德在《使女的故事》中，通过描绘一个极权社会中的女性处境，深刻探讨了性别不平等和政治压迫的问题。她的作品不仅在文学界引起了广泛关注，还成为女性主义文学的重要代表。女性作家通过其作品挑战了传统性别角色，打破了文学创作中的性别界限，

---

[1] 张芳.浅论中国现当代文学对传统文化的探寻与传承[J].牡丹,2022(10).

使女性的声音得以更广泛地传播。她们的成功不仅提高了女性在文学中的地位，也促进了对女性经验和视角的更多探索。

（三）女性主义文学对传统文学观念的挑战

女性主义文学对传统文学观念提出了重要挑战，主要体现在重新审视和重构文学中的性别角色和叙事视角。传统文学常常将女性描绘为附属角色，围绕男性角色展开故事。女性主义文学则通过重新审视这些传统角色，展现女性的复杂性和多样性。弗吉尼亚·伍尔夫的《一间自己的房间》通过对女性创作空间和条件的探讨，质疑了男性主导的文学传统，呼吁为女性作家创造平等的创作环境。女性主义文学不仅在主题上挑战了性别偏见，也在叙事技巧上创新，使文学作品能够更全面地反映女性的生活经验和心理状态。

（四）女性主义文学对文学创作和批评的贡献

女性主义文学对文学创作和批评的贡献体现在多个方面，它推动了文学创作的多样化，鼓励作家从女性的视角出发进行创作，探索更广泛的主题和形式。在文学批评方面，女性主义文学引入了性别分析的视角，对经典文学作品中的性别问题进行重新解读和批判。艾丽斯·沃克在《紫色姐妹花》中，通过展现非洲裔美国女性的奋斗和成长，为传统文学批评带来了新的视角。这种贡献不仅丰富了文学批评的内容，也促使文学创作更加关注性别平等和社会公正，从而推动了文学领域的整体进步（见表1-4-2）。

表1-4-2　女性主义文学对文学创作和批评的贡献观点总结

观点	总结
推动文学创作的多样化	女性主义文学鼓励作家从女性视角进行创作，探索更广泛的主题和形式，丰富了文学创作的内容和表现方式
引入性别分析的批评视角	女性主义文学在文学批评中引入性别分析视角，重新解读和批判经典文学作品中的性别问题，带来了新的视角
促进性别平等与社会公正的关注	女性主义文学促使创作和批评更加关注性别平等和社会公正，推动了文学领域的整体进步和发展

女性主义文学的崛起在当代文学中发挥了重要作用，它通过揭示性别不平等

问题、赋予女性作家更多的创作空间和声音、挑战传统的性别角色，推动了文学创作和批评的创新，为文学领域带来了深刻的变革和发展。这一趋势不仅丰富了文学的表现形式，也促进了社会对性别平等的认知和进步。

四、生态文学的新发展

生态文学作为一种关注自然环境及人类生态关系的文学形式，近年来得到了迅速发展。它通过关注环境保护、生态意识、创作表现形式及社会倡导等方面，揭示了人类活动对自然环境的影响，并推动了环境保护的行动。

（一）生态文学的基本概念与发展历程

生态文学是关注自然环境及其与人类关系的文学形式，旨在通过文学创作提升公众对环境保护和生态平衡的意识。这一概念起源于20世纪60年代的环境运动，受到了自然文学和环境哲学的影响。生态文学的早期代表作包括亨利·戴维·梭罗的《瓦尔登湖》，它通过梭罗在自然中生活的经历探讨了人与自然的关系。20世纪80年代，生态文学得到了进一步发展，随着全球环境问题的加剧，生态文学开始关注生态危机对人类社会的影响。此后，生态文学逐渐融入更多现代元素，如生态女性主义和深层生态学，形成了多样化的创作风格和主题。生态文学的不断演变不仅反映了社会对环境问题的重视，也推动了文学创作的创新（如图1-4-2所示）。

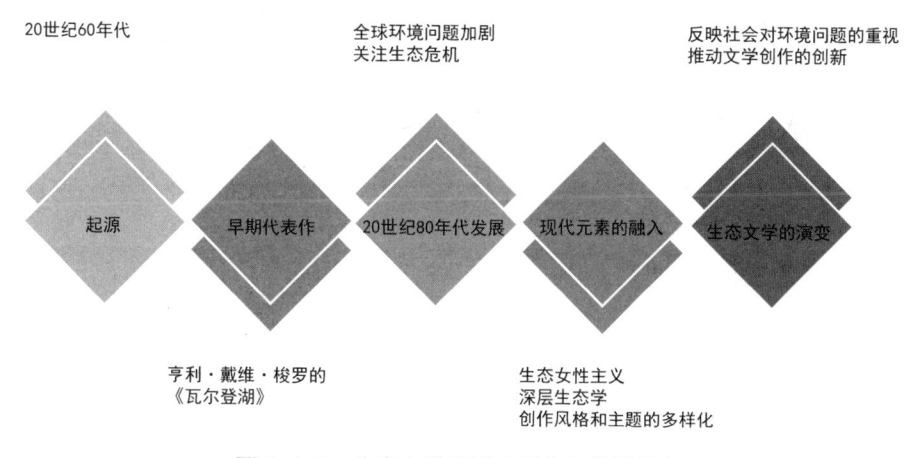

图1-4-2 生态文学的基本概念与发展历程

(二) 生态文学中的环境保护与生态意识

生态文学不仅关注自然景观的描写,更强调环境保护和生态意识的提升。它通过生动的故事和细腻的描写,引导读者认识到人类活动对自然环境的影响,呼吁对生态系统的保护。梭罗的《瓦尔登湖》中的人物与自然的互动反映了生态意识的觉醒,强调了保护自然环境的紧迫性。生态文学作品通过这种方式增强了读者的环境保护意识,鼓励人们采取行动以应对全球环境问题。

(三) 生态文学创作中的表现形式与主题

生态文学在创作上表现出多样化的形式和主题,包括自然描写、生态批评和环境主义等。在自然描写方面,生态文学往往通过细致的环境描写来营造与自然和谐共处的氛围。生态批评则对传统文学作品中的环境观念进行反思和批判。爱德华·艾比的《孤独的沙漠》通过描写美国西南部沙漠的生态环境,探讨了人类活动对这片土地的影响。环境主义主题则常涉及生态危机、环境保护和可持续发展等问题。生态文学通过这些表现形式和主题,能够引发读者对自然环境的深刻思考,并鼓励其积极参与环境保护行动。

(四) 生态文学对社会环境问题的反映与倡导

生态文学在反映社会环境问题方面发挥了重要作用,它通过文学创作揭示环境危机的现实,并倡导解决方案。爱德华·艾比的《孤独的沙漠》中的故事不仅展示了这些问题的严重性,还提出了应对这些挑战的具体措施。生态文学通过生动的叙事和感人的情节,使环境问题更具现实感和紧迫感,从而激发读者的环保意识和行动力。这种文学形式不仅促进了对环境问题的公众认知,也推动了社会对环境保护的实际行动。

生态文学的新发展不仅反映了人们对环境问题的关注,也促进了对生态保护的行动。通过对自然环境的细致描写、对环境危机的深刻探讨以及对解决方案的倡导,生态文学为社会提供了一个反思和应对环境问题的有效途径。这一文学形式在增强公众环保意识和推动社会行动方面发挥了重要作用。

第二章 当代文学的创新实践与分析

第一节 小说创作的创新路径

一、叙事技巧的创新尝试

当代小说创作中,叙事技巧的创新不断推动文学的发展。非线性叙事、多视角叙事、内心独白的新形式以及交互式叙事等创新尝试,不仅丰富了小说的表现形式,也提高了读者的阅读体验和参与感。通过这些创新,小说创作不仅突破了传统叙事的界限,还为文学艺术的表现和发展提供了新的路径和可能性。

(一)非线性叙事的应用与效果

非线性叙事是一种打破传统时间顺序的叙事技巧,通过错综复杂的时间结构来增强故事的深度和层次感。这种叙事方式常常采用闪回、倒叙或交错的时间线来展开情节,以呈现更为丰富的叙事视角和人物内心。加西亚·马尔克斯的《百年孤独》通过交错的时间线展示了布恩蒂亚家族的历史,使读者得以从不同时间点和角度理解故事的全貌。这种非线性叙事不仅增加了叙事的复杂性和吸引力,也使读者在重组碎片化的故事信息时体验到更深层次的情感和思考。非线性叙事能够打破传统时间顺序的限制,使小说在探索人物心理和叙事结构上具备更多可能性。

(二)多视角叙事方法的创新

多视角叙事方法通过不同角色的视角交替讲述故事,为读者提供了更全面的叙事视角。这种方法可以揭示人物间的复杂关系和不同的内心世界。威廉·福克纳的《我弥留之际》采用了多个叙述者的视角,展现了一个家庭的崩溃和个体的痛苦。通过不同角色的叙述，读者得以接触到各个角色的内心独白和观点，从而更深入地理解他们的动机和行为。这种叙事方法不仅丰富了故事的层次和深度，还增强了读者对人物心理的共鸣和理解。

（三）内心独白与心理描写的新形式

内心独白和心理描写是揭示人物内在世界的重要方式，在当代文学中，内心独白的形式已从传统的直接叙述发展为更加复杂的心理呈现。詹姆斯·乔伊斯的《尤利西斯》中采用了意识流技法，通过自由联想和内心独白的方式展现了人物复杂的思维过程和情感波动。这种新形式的心理描写能够更加细腻地捕捉人物的瞬间感受和内在冲突，使读者能够直接进入人物的内心世界，体验其独特的心理历程和情感变化。

（四）交互式叙事与读者参与的实践

交互式叙事是近年来小说创作中的一种新兴形式，它通过与读者的互动来推动情节发展。这种叙事方式通常涉及读者选择情节走向或对故事进行某种形式的参与。乔治·R.R.马丁的《冰与火之歌》系列在其官方网站上提供了丰富的背景资料和扩展故事，读者可以通过这些内容深入了解世界观和角色。另一个例子是《黑暗之魂》系列中的互动小说，读者在阅读过程中可以选择不同的路径和结局。这种互动性不仅增强了读者的参与感和沉浸感，还为小说创作带来了新的可能性，使故事的展现方式更加灵活和多样化（见表2-1-1）。

表 2-1-1　交互式叙事与读者参与的实践行动方案及措施

行动方案	具体措施
推广交互式叙事形式	开发和推出交互式叙事的创作工具和平台，支持作家进行互动小说创作。举办交互式叙事创作工作坊，培训作家和创作者
提升读者的参与感	在小说中设计选择路径和结局的机制，提升读者的参与感。提供丰富的背景资料和扩展故事，增加读者对世界观和角色的了解
推动新形式的实践和展示	组织交互式叙事作品的展示会和发布会，展示新型创作成果。利用社交媒体和数字平台推广交互式叙事作品，扩大影响力

小说创作中的叙事技巧创新，不仅丰富了小说的叙事结构和表现形式，还提

升了读者的参与感和阅读体验，使当代文学在表现和探索人类经验方面具有了更多的可能性和深度。这些创新实践为小说创作注入了新的活力，也为文学艺术的发展开辟了广阔的前景。

二、题材与主题的拓展

题材与主题的拓展在当代文学中体现为传统题材的再解读、边缘话题的融入、科幻与奇幻的创新以及跨文化的探索。这些拓展不仅丰富了文学的表现形式，也深刻反映了现代社会的多样性和复杂性，使文学创作更具时代性和全球视野。

（一）传统题材的再解读与创新

传统题材的再解读与创新是在保留经典元素的同时为其注入新的视角和现代感。近年来，许多作家通过对经典题材的重新审视，探索了其在当代社会中的新意义。托妮·莫里森的《宠儿》以奴隶制为背景，通过对家庭和个人创伤的深刻剖析，对传统的奴隶题材进行了重新解读。该书在保留了历史真实性的基础上，融合了魔幻现实主义的手法，揭示了种族和历史创伤对个人身份的深远影响。这种创新不仅赋予了传统题材新的生命力，也让读者在现代背景下重新审视历史与文化。

（二）边缘话题与社会问题的融入

边缘话题与社会问题的融入使小说能够更贴近现实，反映当代社会的复杂性。艾丽斯·沃克的《紫色姐妹花》深入探讨了种族、性别和家庭暴力等社会问题，通过主人公塞勒的视角揭示了这些边缘话题的社会背景和个人痛苦。小说不仅让人们关注到被忽视的社会问题，还通过强烈的叙事风格和深刻的情感描写，引发读者对这些问题的思考和关注。这种融入方式使小说不仅仅停留在艺术创作的层面，更成为对社会现实的有力反映和批判。

（三）科幻与奇幻题材的创新发展

科幻与奇幻题材的创新发展不断推动着文学的边界，这些题材通过构建异想天开的世界和设定，探讨了科技进步、未来社会和人类存在等问题。刘慈欣的《三体》系列通过对外星文明的设想和科技的极限探索，提出了宇宙文明的碰撞和人类命运的思考。该系列不仅以宏大的叙事结构和复杂的科学设定吸引读者，也引发了对科学伦理和未来社会的深刻反思。科幻与奇幻的创新不仅丰富了文学的表现形式，也拓展了对人类经验的探讨范围。

（四）跨文化与全球化背景下的主题探索

跨文化与全球化背景下的主题探索反映了世界各地文化交融的现状，揭示了全球化对个人和社会的影响。哈金的《自由生活》通过描写中国移民在美国的生活，探讨了文化身份和归属感的问题。小说中的角色既面临着文化冲突，也在寻求自己的身份认同。通过跨文化的视角，作品不仅展现了全球化时代的多元文化景观，还深刻反映了不同文化背景下的共同人性和社会挑战。这种主题探索使得文学作品能够更全面地呈现全球化背景下的多样性和复杂性。

当代文学在题材与主题上的拓展，涵盖了传统题材的创新再解读、边缘话题的深入探讨、科幻与奇幻的创新发展以及全球化背景下的跨文化探索。这些拓展使得文学作品不仅在艺术上得到了丰富和创新，也在社会和文化层面上提出了新的思考和挑战，为读者提供了更加多元和深刻的阅读体验。

三、语言风格的多样化探索

在当代文学创作中，语言风格的多样化探索已成为重要的创作方向。作家们通过引入方言与地区语言、混合风格与语言实验、现代俚语与网络语言，以及创新的叙事语气与风格，为文学作品注入了丰富的层次和独特的魅力。这些探索不仅反映了时代的变迁，也丰富了读者的阅读体验，使文学作品在表达上更具真实性和时代感。

（一）方言与地区语言的创作应用

方言与地区语言的创作应用为文学作品增添了地域色彩和文化深度，通过在作品中使用地方方言，作者能够更加真实地呈现角色的社会背景和生活状态。莫言的《红高粱家族》运用了山东地方方言，使小说中的人物语言更加贴近生活，增强了故事的真实性和亲切感。方言不仅为读者提供了文化背景的信息，还加强了人物性格的立体感。通过这种方式，文学作品不仅能够展现地方风俗，还能传递地域文化的独特魅力和生活气息。

（二）混合风格与语言实验的尝试

混合风格与语言实验在当代文学中显现出极大的创意和活力，作家们通过将不同风格和语言形式进行融合，创造了独特的叙事效果。村上春树在《1Q84》中结合了现代都市语言与古典文学风格，通过这种混合风格，小说不仅展现了现实与幻想的交错，还赋予了文本多层次的解读空间。语言实验可以突破传统叙事的界限，使作品在风格上独具一格，从而引发读者对语言与叙事的重新思考。

（三）现代俚语与网络语言的融入

现代俚语与网络语言的融入使文学作品更加贴近当下的社会语境，反映了新时代的语言风貌和文化动态。网络语言凭借其迅捷的传播和鲜明的表现形式，逐渐成为文学创作的重要元素。韩寒的《像少年啦飞驰》在语言表达上大量使用网络流行语和俚语，如"土豪"等，这些语言元素使小说充满了时代气息和年轻人的语境。这种融入不仅增强了作品的时效性和趣味性，还生动地描绘了当代青年的语言特征和生活方式。这种语言的运用，让作品在表达上更具真实性，使读者感受到更加贴近生活的交流方式。书中的人物对话中夹杂的网络用语和俚语，不仅增加了情节的真实感，还展现了角色的个性与情感。这种语言风格的创新不仅能够吸引年轻读者，也能帮助读者更好地与文本建立情感共鸣，使文学创作更加贴近当代社会的真实面貌（见表2-1-2）。

表 2-1-2　现代俚语与网络语言的融入

观点	总结
现代俚语与网络语言增强作品的时效性和趣味性	通过融入网络流行语和俚语，作品展现了新时代的语言风貌和文化动态，增加了小说的时效性和趣味性
语言的真实感与贴近生活	使用现代俚语和网络语言使作品的表达更具真实性，反映了当代青年的语言特征和生活方式，让读者感受到贴近生活的交流方式
吸引年轻读者与建立情感共鸣	创新的语言风格能够吸引年轻读者，并帮助他们更好地与文本建立情感共鸣，使文学创作更贴近当代社会的真实面貌

（四）叙事语气与风格的创新表现

叙事语气与风格的创新表现展现了作家在叙事方式上的独特性和多样性，不同的叙事语气可以为作品带来不同的情感色彩和叙事效果[①]。富有情感的语言、冷峻的反讽语境、叙述逻辑的暴露等创新的叙事风格不仅丰富了文本的表现力，也使故事的氛围和节奏更加引人入胜。通过叙事语气和风格的变化，文学作品能够展现出多样的情感层次和独特的叙事体验。

语言风格的多样化探索显著地推动了文学创作的创新与发展，通过方言与地区语言的应用，作品能够展现深厚的地域文化背景；混合风格与语言实验为叙事增添了新颖的表达方式；现代俚语与网络语言的融入使作品更贴近当代社会；而叙事语气与风格的创新则提升了文学作品的表现力。综合这些探索，文学作品不仅在形式和内容上获得了丰富的变革，也为读者提供了更加生动和多样的阅读体验。

四、小说结构的实验性变革

在当代小说创作中，结构的实验性变革不断推动叙事艺术的创新与发展。传统的线性叙事模式逐渐被打破，作家们通过采用碎片化结构与拼贴叙事、嵌套故事与递进式结构、开放式结局与非传统结尾以及结构多重视角的整合与运用等手法，探索更加多样化的叙事方式。这些实验性的结构不仅丰富了文学作品的表现形式，也使小说在叙事层次和读者体验上都得到了显著的提升。通过这些创新，

---

① 本刊评论员.传承与创新[J].2021(3):79-82.

小说能够展现出更为复杂的情节和更深刻的主题，从而为读者提供了更加丰富和多元的阅读体验。

（一）碎片化结构与拼贴叙事

碎片化结构与拼贴叙事是一种打破传统线性叙事模式的创新方法，这种结构将故事情节分解成若干独立但相互关联的片段，挑战了传统小说的连续性。读者需要拼贴这些碎片，才能逐渐揭示出完整的故事。这种叙事方式不仅增强了文本的复杂性，还激发了读者的主动参与感，使他们能够通过解构和重组文本来深入理解故事的多重含义。

（二）嵌套故事与递进式结构的应用

嵌套故事与递进式结构的应用为小说提供了层次丰富的叙事框架，这种结构通过在主要故事中嵌入次要故事，或者通过逐步递进的情节推进，创造出错综复杂的叙事效果。乔治·R.R.马丁的《冰与火之歌》系列中，每个章节通常以不同角色的视角讲述，他们的故事交织在一起，形成了一个宏大的叙事网络。通过递进式的情节发展，读者不仅能看到主要情节的演变，还能深入了解每个角色的背景和动机。这种结构增强了故事的层次感和复杂性，使小说呈现出更为丰富的叙事体验。

（三）开放式结局与非传统结尾

开放式结局与非传统结尾在小说中提供了一种不确定和开放的结局选择，打破了传统的结局模式。这种结局通常不给出明确的结论，而是留给读者更多的想象空间。加西亚·马尔克斯的《百年孤独》以一种开放式的方式结束，许多情节和人物的命运并未被完全揭示。这种结局的开放性使读者在故事结束后仍能对小说进行深刻的思考，探索不同的解读可能性。通过这种方式，小说不仅展示了复杂的叙事层次，还反映了人类对未知和不确定性的思考。

（四）结构多重视角的整合与运用

结构多重视角的整合与运用通过将多个视角融入一个统一的叙事中，丰富了故事的表达方式。这种结构允许不同的角色或叙述者从各自的视角讲述同一事件，呈现多维度的故事画面。威廉·福克纳的《我弥留之际》采用了多重视角的叙事手法，通过不同人物的内心独白和视角描绘出一个多层次的故事。每个视角不仅提供了对事件的不同理解，还增强了文本的复杂性和深度。这种结构使读者能够从多角度感受故事的情感和主题，从而获得更加全面和深入的阅读体验。

小说结构的实验性变革极大地推动了文学创作的进步，碎片化结构与拼贴叙事打破了传统的线性叙事模式，通过分解和重组片段，让读者参与故事的解构过程；嵌套故事与递进式结构则通过层层推进的情节和交织的故事网络，增强了小说的层次感和复杂性；开放式结局与非传统结尾提供了不确定的结局选择，使小说在结束后仍能激发读者的深思；而结构多重视角的整合与运用则通过不同视角的叙述，丰富了故事的表达层面，提供了多维度的叙事体验。这些创新不仅拓展了叙事的可能性，也为文学作品注入了新的活力，使其在表达上更加丰富多彩。

第二节 诗歌的创新与突破

一、现代诗歌的形式创新

现代诗歌的形式创新显著丰富了诗歌的表现力和艺术效果，相较于传统诗歌的固定韵律和格律要求，现代诗歌在自由诗、诗行长度与排版形式、视觉诗以及新媒体平台等方面进行了大胆的探索和突破。这些创新不仅让诗人能够更自由地表达情感和思想，还改变了诗歌的视觉呈现和传播方式。自由诗的兴起标志着诗歌形式的解放，而在诗行长度和排版形式上的实验则推动了诗歌的视觉表现力。视觉诗的结合更是将文字艺术与视觉艺术融合，创造了新的阅读体验。新媒体和数字平台的运用，则将诗歌创作带入了互动性和多媒体的新时代。这些形式创新共同推动了现代诗歌的发展，使其在内容和形式上都呈现出更多的可能性和活力。

（一）自由诗与传统韵律的对比

自由诗是现代诗歌创作中的一种重要形式，其特点是打破了传统诗歌的韵律和格律限制。这种形式不必拘泥于特定的节奏和韵脚。著名诗人艾兹拉·庞德的《A Pact》运用了自由诗的形式，诗中没有固定的韵律和节拍，反而通过自由的语言流动和图像来传达复杂的情感和思想。相比之下，传统诗歌如《唐诗三百首》中的诗作，往往严格遵循平仄韵律和固定的诗行长度。这种严格的韵律和格律对语言和表达提出了较高的要求，使传统诗歌在形式上具有一定的束缚性。自由诗的兴起既标志着现代诗歌对传统形式的突破，使诗歌创作变得更加多元和灵活，也为诗人提供了更大的创作空间。

（二）诗行长度与排版形式的实验

现代诗歌在诗行长度和排版形式上进行了大量的实验，这些创新不仅影响了诗歌的视觉效果，也改变了读者的阅读体验。诗行长度的变化可以打破传统的诗歌节奏，创造出更为独特的语言韵律。排版形式的实验，如诗歌的分段、字体的变化等，打破了传统的线性排版模式，让诗歌在形式上更加自由多变。这些创新使诗歌不仅在内容上进行突破，也在形式上展现出更多的可能性。

（三）视觉诗与文字艺术的结合

视觉诗是一种将文字艺术与视觉艺术相结合的诗歌形式，它通过文字的排布、形状和颜色等视觉元素，增强了诗歌的表达效果。视觉诗不仅关注文字的内容，还注重文字的表现形式，通过视觉手段传达诗人的情感和意图。法国诗人斯蒂芬·马拉美的《骰子一掷，不会改变偶然》通过独特的文字排布和颜色变化，将诗歌内容与视觉艺术紧密结合，创造一种全新的阅读体验。视觉诗的出现打破了传统诗歌对文字的单一依赖，使诗歌不仅在语言上有所创新，也在视觉上提供了更多的表现方式。这种结合方式不仅使诗歌在艺术表现上更加丰富，也为读者提供了一种多维度的阅读体验。

(四) 新媒体与数字平台上的诗歌创作

新媒体和数字平台的兴起为诗歌创作提供了新的平台和工具，使现代诗歌在传播和表现上出现了新的突破。网络诗歌、数字诗歌和多媒体诗歌通过网络平台传播，使诗歌创作不再受限于传统的纸质出版物。诗人可以利用视频、音频和互动元素，将诗歌创作与现代技术相结合，创造了具有高度互动性和视觉冲击力的作品。诗人凯特·普里查德通过数字平台发布的《虚拟梦境》结合了动画和音效，使诗歌不仅在内容上引人入胜，也在形式上大大拓展了诗歌的表现力。新媒体和数字平台的运用使诗歌创作进入了一个全新的领域，不仅改变了诗歌的创作方式，也重新定义了诗歌的传播和阅读体验（如图 2-2-1 所示）。

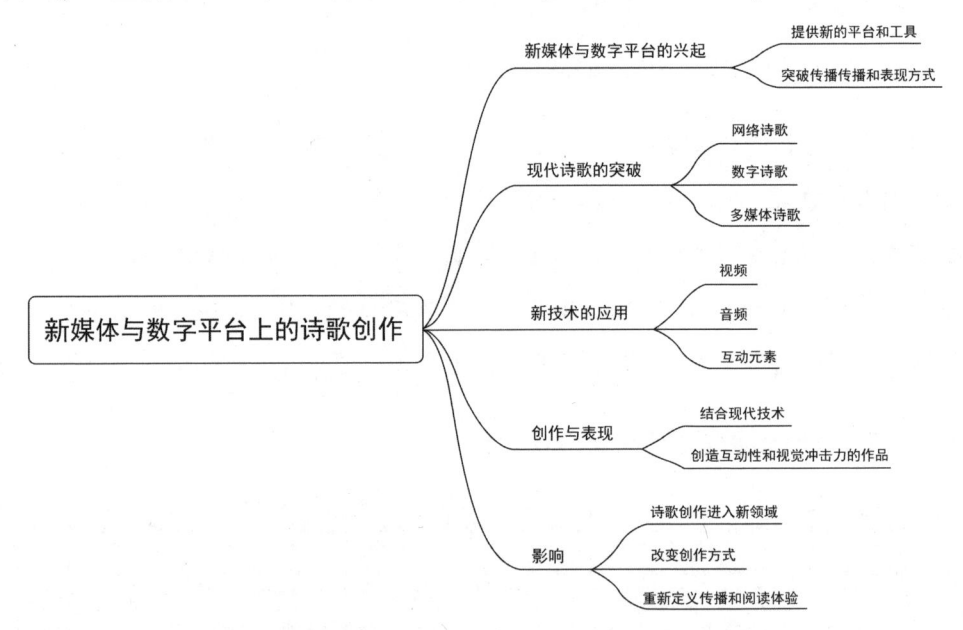

图 2-2-1　新媒体与数字平台上的诗歌创作思维导图图示

现代诗歌的形式创新突破了传统的束缚，为诗歌创作提供了更加丰富和多样的表现方式。自由诗的兴起，使诗人在创作中不再受限于固定的韵律和节奏，可以更自由地探索语言的流动性和表达深度。诗行长度与排版形式的实验则通过视觉效果和节奏感的变化，为诗歌创造了独特的艺术效果。视觉诗的出现，将文字与视觉艺术结合，拓展了诗歌的表现领域，使读者在视觉和语言上都能体验到创新的艺术魅力。新媒体和数字平台的应用，则为诗歌创作带来了新的可能性，通过互动性和多媒体元素，重新定义了诗歌的传播和阅读方式。这些创新不仅丰富了现代诗歌的表现形式，也使诗歌创作与阅读体验进入了一个全新的时代。

二、意象与意境的重新构建

在现代诗歌创作中，传统意象与意境的重新构建展现了诗人们在继承与创新之间的深刻思考。传统意象，如古典诗歌中的花、江南等元素，不仅承载了丰富的历史文化意义，也为现代诗人提供了丰富的创作素材。现代诗歌的创作不仅保留了这些意象的历史韵味，更通过重新解读和创新，使其融入当代人的情感与思考。与此同时，跨文化元素的应用拓展了诗歌的表现领域，通过融合不同文化中的意象和符号，诗人们创造出具有普遍性和共鸣的意境。情感表达与意象对比的创新手法使现代诗歌在情感表达上更加细腻、生动，而非线性叙事的运用则为意象构建提供了新的艺术形式和表现方式。通过对这些手法的探讨，可以更深入地理解现代诗歌在传统与创新之间的交融与突破。

（一）传统意象的现代转化与创新

传统意象在现代诗歌中经历了显著的转化与创新，使其不仅保留了历史的韵味，也赋予了新的意义。在古典诗歌中，如《红楼梦》中的"桃花扇底江南水"体现了浓郁的传统意象，这种意象通过花、江南等元素表现了柔情与哀愁。现代诗人对这些传统意象进行了重新解读和创新。现代诗人徐志摩在《再别康桥》中，以"康桥"作为意象，表达了对过去时光的怀念，并通过对传统意象的现代运用，展现了当代人的独特情感和思考。徐志摩将"康桥"这一传统的文化意象重新转化，不仅保持了其原有的浪漫色彩，还注入了现代人的复杂情感，使其在新的语境下焕发出新的生命力。这种转化与创新不仅使传统意象获得了新的表达形式，也使诗歌能够与现代读者产生更深的情感共鸣。

（二）意境营造中的跨文化元素应用

在意境营造中，跨文化元素的应用为诗歌创作带来了丰富的表现手法和新的视角。通过将不同文化中的意象和符号融入诗歌，诗人能够创造出具有跨文化共鸣的意境。中国诗人海子在其作品《面朝大海，春暖花开》中，融入了西方的自然景象和哲学思考，通过将"海"与"春暖花开"相结合，营造出一种具有普遍性的宁静和希望的意境。这种跨文化元素的应用，不仅丰富了诗歌的表现层次，也使其能够触及更广泛的读者群体，产生跨文化的情感共鸣。通过这种方式，诗人能够将不同文化的美学和思想融合在一起，创造出更加复杂和多元的诗歌意境（见表2-2-1）。

表 2-2-1　意境营造中的跨文化元素应用实施方案

行动方案	具体措施
引入跨文化元素丰富诗歌意境	鼓励诗人和作家在创作中融合不同文化的意象和符号。组织跨文化诗歌创作讲座和研讨会，分享成功案例和创作技巧
促进跨文化共鸣	推广跨文化诗歌作品，通过展览、出版和数字平台让更广泛的读者接触。开展读者互动活动，邀请读者分享他们对跨文化诗歌的感受
结合文化美学和思想进行创作	提供跨文化美学和思想的学习资源，帮助创作者了解和融入不同文化的艺术形式。组织跨文化创作交流项目，促进不同文化创作者之间的合作

（三）情感表达与意象对比的创新手法

在现代诗歌中，情感表达与意象对比的创新手法使诗歌在表现情感时更加细腻和生动。传统诗歌往往通过固定的意象来表达情感，而现代诗人则利用意象对比和冲突来强化情感的表达。这种方法通过意象之间的对比，既使诗歌在表达情感时能够更加直观和深刻，也使读者能够更好地理解诗人的情感世界。

（四）非线性叙事在意象构建中的应用

非线性叙事在意象构建中的应用，为现代诗歌提供了新的叙事手法和艺术表现形式[1]。传统的线性叙事往往按照时间顺序进行，而非线性叙事则打破了这种顺序，通过碎片化的叙事结构展现复杂的意象和情感。现代诗人顾城在《一代人》中，通过非线性的叙事方式，将不同时间和空间的意象碎片化地组合在一起，展现了一种具有深度和层次的诗意。这种手法不仅打破了传统叙事的单一线

---

[1]　杜乂涛.在民族文化传承创新中建构中国当代文学经典[J].东方娱乐周刊,2023(12):144-146.

性，使诗歌在时间和空间的表现上更加自由，也让读者在非线性结构中发现更深层次的意象和情感。这种创新应用，使诗歌的意象构建更加丰富和多维，也为读者提供了一种新的阅读体验。

表 2-2-2　非线性叙事在意象构建中的应用

观点	总结
非线性叙事提供新的叙事手法	非线性叙事打破了传统的时间顺序，通过碎片化的叙事结构展示复杂的意象和情感，为现代诗歌带来了新的叙事手法和艺术表现形式
增强诗歌的自由度和层次感	顾城的《一代人》运用非线性叙事将不同时间和空间的意象碎片化组合，展现了具有深度和层次的诗意，使诗歌在时间和空间上更加自由
提供新的阅读体验和更丰富的意象构建	非线性叙事使诗歌的意象构建更加丰富和多维，读者可以在非线性结构中发现更深层次的意象和情感，从而获得新的阅读体验

现代诗歌在传统意象与意境的重构中，展现了丰富的创造力与表现力。通过对传统意象的现代转化，诗人不仅保留了历史的文化底蕴，还赋予了这些意象新的情感内涵，使其在当代语境中焕发出新的生命力。跨文化元素的应用，则为诗歌创作提供了广阔的视野和多样的表现手法，使诗歌能够触及更广泛的读者群体并产生跨文化的情感共鸣。情感表达与意象对比的创新手法，使现代诗歌能够更加生动地传达诗人的内心世界，而非线性叙事的运用，则为诗歌的意象构建增添了新的层次和深度。这些创新与探索不仅使现代诗歌在形式和内容上得以丰富和拓展，也为读者提供了一种新的艺术体验和情感共鸣。

三、诗歌主题的多元化发展

现代诗歌的主题日益丰富，反映了社会的多元化和复杂性。诗人们不仅关注个人体验，还深入探讨了社会问题、科技进步、生态环境和性别身份等多个方面。通过将这些主题融合于诗歌创作中，现代诗歌不仅拓展了表现领域，也深化了对现实的思考和反映。这种多元化的发展，使诗歌能够触及当代社会的核心问题，呈现出更加丰富的情感层次和思想深度。

（一）社会问题与个人体验的主题融合

现代诗歌越来越注重将社会问题与个人体验相结合，从而深化对社会现实的关注与反思。这种融合不仅使诗歌在内容上更具现实性，也使个人体验与社会背景相互交织，产生出更为丰富的情感层次。诗人北岛在其诗作《回答》中，通过个人对社会现象的观察，描绘了一个在社会动荡中迷失的个体形象。诗中通过对社会问题的关注，如政治压迫和社会不公，展现了个人在这些宏大背景下的无奈与抗争。北岛将社会问题与个人感受紧密结合，使诗歌不仅反映了社会现实，也传递了深刻的个人情感。这种结合不仅使诗歌具备了社会批判的力量，也使个人体验更具普遍性和代表性，增强了诗歌的感染力和现实意义。

（二）科技与未来主义在诗歌中的体现

随着科技的飞速发展和未来主义思想的兴起，现代诗歌开始探索科技与未来主义的主题，以展现人类对未来的憧憬与担忧。这些主题不仅拓展了诗歌的表现领域，也引发了对科技影响和未来社会的深刻思考。诗人郑愁予在《错觉》中，通过描绘一个未来世界的虚拟现实，探讨了科技对人类感知的影响。诗中提到的"机器的脉搏"和"数字的梦境"，展示了科技与人类情感的交织。通过未来主义的视角，诗人不仅表现了对科技进步的赞美，也对其潜在的负面影响进行了反思。这种科技与未来主义的结合，不仅使诗歌能够触及当代人对未来世界的多重思考，也为诗歌创作提供了新的主题和表现形式。

（三）生态与环境主题的诗歌创作

生态与环境主题的诗歌创作，反映了现代人对自然环境保护的关注以及对生态危机的忧虑。这类诗歌通过对自然环境的细腻描绘，唤起人们对生态问题的在意，并表达对环境未来的关切。诗人海子在《面朝大海，春暖花开》中，描绘了一个理想中的自然世界，表达了对美好环境的向往和对当下环境问题的反思。诗中的"面朝大海，春暖花开"不仅传达了一种理想的自然景象，也隐含了对现实中环境退化的忧虑。海子的诗歌通过自然意象的描绘和对比，引发读者对生态保护的思考。这种创作方式不仅使诗歌成为生态问题的表达平台，也促使人们关注和行动，以保护赖以生存的自然环境。

(四) 性别与身份认同的多元视角探讨

现代诗歌中对性别与身份认同的探讨，反映了对个人身份复杂性和社会性别角色的深入思考。这类诗歌通过多元化的视角，揭示了个体在性别和身份认同方面的挑战与挣扎。这种探索性别与身份认同的诗歌创作，不仅丰富了诗歌的表现主题，也为读者提供了对多样化身份认同的深刻理解。

现代诗歌的主题多元化发展使其在表现社会问题、科技与未来主义、生态与环境以及性别与身份认同等方面，展现出更为复杂和深刻的面貌。诗人们通过将这些主题与个人体验相结合，赋予诗歌现实意义和批判力量，同时也引发了读者对未来和人类生存状态的深刻思考。这种创新和探索不仅扩展了诗歌创作的边界，也促使读者对当代社会的各类问题进行更为全面和深入的反思。

四、诗歌与音乐的跨界融合

在当代艺术创作中，诗歌与音乐的跨界融合成了一个引人注目的趋势。这种融合不仅丰富了艺术表现形式，还深化了观众的情感体验。音乐的节奏、旋律和和声对诗歌的朗诵节奏和结构产生了显著影响，使诗歌的表现力得到了新的拓展。歌词创作与诗歌艺术的结合，为音乐作品赋予了深厚的文学内涵。音乐表演与诗歌朗诵的交互，则创造了全新的感官体验。通过跨界合作，诗歌与其他艺术形式进行结合，进一步推动了诗歌艺术的发展，并为其提供了广阔的展示平台。

(一) 音乐形式对诗歌节奏与结构的影响

音乐形式对诗歌节奏与结构的影响是显而易见的，音乐中的节拍、旋律和和声可以直接影响诗歌的朗诵节奏和结构安排。传统的诗歌往往有固定的韵律和节奏，但音乐的引入可以为诗歌注入新的表现形式。中国现代诗人徐志摩的《再别康桥》在改编为歌曲后，音乐的旋律和节拍与诗歌的抒情风格相辅相成，使诗歌的情感表达更加丰富。音乐形式的加入，往往会使诗歌的节奏更具流动感，结构上也可以灵活地配合音乐的变化，创造出更具动感的艺术效果。这种跨界融合，使诗歌的表现力得到了极大的拓展，能更好地与听众的情感产生共鸣。

(二) 歌词创作与诗歌艺术的结合

歌词创作与诗歌艺术的结合，是诗歌和音乐跨界融合的典型表现。歌词作为音乐的文字部分，不仅需要具有诗意，还要能够与旋律产生和谐的配合。许多现代词曲创作者，如李宗盛和周杰伦，他们的歌词往往具备深厚的诗歌底蕴，通过精妙的文字游戏和情感表达，提升了歌曲的艺术价值。李宗盛的《凡人歌》歌词中，用平实而富有哲理的语言，传达了对人生的深刻思考，这种诗意的表达使歌曲在音乐和文学之间建立了紧密的联系。歌词中的修辞手法和诗歌中的修辞手法相辅相成，共同塑造了音乐作品的艺术魅力。这种融合不仅丰富了歌词的表现形式，也为诗歌艺术开辟了新的展示平台。

(三) 音乐表演与诗歌朗诵的交互

音乐表演与诗歌朗诵的交互，为两者之间创造了新的艺术表现空间。通过将诗歌朗诵与音乐演奏相结合，可以使诗歌的表现更加立体和生动。诗人顾城的《一代人》在与音乐演奏相结合时，音乐的背景伴奏与朗诵的节奏形成了和谐的交织，使诗歌的情感层次更加丰富。音乐的情绪色彩与朗诵的语言节奏相互交融，为观众带来一种全新的感官体验。这种交互不仅提升了诗歌朗诵的表现力，也为音乐表演注入了新的情感维度。通过这种跨界合作，艺术家们能够创造出更具创意和感染力的艺术作品，让诗歌和音乐在共同的舞台上焕发新的生命力。

(四) 跨界合作项目中的诗歌创新

跨界合作项目中的诗歌创新，体现了诗歌与其他艺术形式结合的无限可能性[1]。在许多艺术项目中，诗歌与音乐、舞蹈、戏剧等形式的结合，常常能够产生新的艺术效果。著名的跨界艺术项目"诗歌与舞蹈的对话"，通过将现代诗

---

[1] 莫海燕.民族文化传承创新中建构中国当代文学经典[J].牡丹,2023(20).

与当代舞蹈结合,创造了一种新的表现形式。项目中的舞蹈编排和诗歌朗诵相互呼应,舞者通过身体语言诠释诗歌中的情感,增强了诗歌的视觉和听觉表现力。此类跨界合作不仅突破了传统艺术形式的局限,也为诗歌创作提供了新的表达途径。这种创新形式使诗歌能够在多元艺术环境中得到更广泛的探索和展示,从而推动了诗歌艺术的发展和演变。

诗歌与音乐的跨界融合展示了艺术创作的无限可能,音乐形式对诗歌节奏与结构的影响,歌词创作与诗歌艺术的结合,音乐表演与诗歌朗诵的交互,以及跨界合作项目中的诗歌创新,都为诗歌带来了新的生命力。这种融合不仅打破了传统艺术形式的局限,也开辟了诗歌创作和展示的新途径,使其在多元艺术环境中得到了广泛的探索与发展。

第三节 戏剧文学的创新实践

一、戏剧形式的创新探索

戏剧作为一种古老而富有表现力的艺术形式,近年来不断进行形式上的创新探索。传统的戏剧表现方式正受到非传统剧场空间、互动剧场、非线性剧本结构以及现场即兴创作等新兴手法的挑战。这些创新不仅突破了戏剧表现的边界,还为观众提供了全新的观剧体验。通过对这些创新探索的深入分析,可以更好地理解现代戏剧如何在保持传统魅力的同时不断适应和引领时代的潮流。

(一)非传统剧场空间的应用

非传统剧场空间的应用是戏剧形式创新的一个重要方向,这种形式打破了传统剧场的固定框架,利用非标准空间进行演出,如废弃工厂、仓库、街头或自然景观等。这种空间的选择不仅创造了独特的观剧体验,还能够与剧本内容产生深层次的联系。英国的"克鲁斯剧团"曾在伦敦的一座废弃工厂中演出《地下人》。该剧场的粗犷环境和多变的空间布局,与剧本中探索人性的主题相得益彰。

非传统空间的应用使戏剧能够打破常规，融入更多社会和文化背景，从而丰富了观众的感官体验和情感共鸣（见表2-3-1）。

表 2-3-1　非传统剧场空间的应用行动方案及措施

行动方案	具体措施
探索非传统剧场空间	调查并筛选适合的非传统空间，如废弃工厂、仓库、街头等。与当地社区合作，了解空间的历史和文化背景
结合剧本与空间特性	根据空间特性调整剧本内容和舞台设计，使其与空间环境产生深层联系。在排练和演出中融入空间的独特元素
丰富观众的感官体验	设计与非传统空间相匹配的互动式观剧活动，如导览、参与式体验等。收集观众反馈，评估观剧体验的创新性

（二）互动剧场与观众参与的实验

互动剧场通过让观众参与剧情发展，提升了戏剧的沉浸感和互动性。与传统的被动观剧模式不同，互动剧场鼓励观众直接影响剧情走向，甚至参与角色扮演。荷兰的"互动剧场"项目《地铁人生》允许观众在地铁站和车厢中自由移动，与演员进行对话，并对剧情发展做出决策。这种参与式的戏剧形式不仅增强了观众的代入感，还使观众与演员之间的关系更加紧密。互动剧场的实验使戏剧成为一种动态的、参与性的艺术体验，打破了演员与观众之间的传统界限。

（三）剧本结构的非线性与多视角

剧本结构的非线性与多视角是戏剧创新的另一重要方面，传统戏剧通常采用线性的叙事结构，而非线性结构则通过打破时间顺序和叙事线索，探索更复杂的故事呈现方式。黑暗中的"时光流转"剧目采用了非线性的叙事结构，通过多个角色的视角交替呈现故事，观众需要拼凑各个视角的信息以理解整个剧情。这种叙事方式不仅挑战了观众的思维模式，还使戏剧的表达更加丰富和层次分明。非线性与多视角的结合使得剧本在内容和形式上都得到了创新，提供了更具深度的艺术体验。

（四）现场即兴与预设剧本的结合

现场即兴与预设剧本的结合为戏剧注入了独特的活力和创造性，这种融合方式使得每场演出都充满了新鲜感和不可预测性，打破了传统剧本的固有模式。在即兴表演中，演员可以根据现场观众的反应和互动，即时调整剧情和角色表现。法国的"即兴剧场"项目《即兴故事》便是在一个已有的剧本框架下，演员们根据观众提供的随机词汇即兴展开剧情。这种方式不仅赋予了剧目更多的趣味性和灵活性，还加强了演员与观众的互动，使演出过程充满了惊喜和活力。通过结合即兴和预设剧本，戏剧作品能够在维持故事主线和结构完整性的同时引入即兴创作的元素。这种方法使每一场演出都可能有所不同，不仅提升了观众的参与感，还增加了表演的创意和即时性。现场即兴与预设剧本的结合，为戏剧创作提供了更加丰富和多样的表现形式，使其在保持传统魅力的同时也能够迎合现代观众对新颖和互动性的需求。

通过对非传统剧场空间的应用、互动剧场的观众参与实验、剧本结构的非线性与多视角以及现场即兴与预设剧本的结合的探讨，可以看到戏剧形式的创新为这一艺术形式带来了全新的生命力。这些创新不仅提升了观众的参与感和沉浸感，也使戏剧在内容和表现形式上更加多样化。现代戏剧的这些探索不仅丰富了观众的艺术体验，也推动了戏剧艺术的发展，使其在传统与创新之间找到新的平衡点。

二、戏剧主题的当代性解读

当代戏剧不断将社会热点问题、个人身份与集体记忆、全球化背景下的文化冲突与融合以及科技对现代社会的影响作为创作的核心主题。这些戏剧不仅反映了现实世界中的复杂性和紧迫性，也深刻地揭示了这些问题对个体与社会的影响。通过对《明天会更好》《记忆的碎片》《文化交响曲》《虚拟现实》等剧作的探讨，能够看到当代戏剧如何在艺术表现的同时成为引发社会讨论、促进思考的重要平台。

（一）社会热点问题在戏剧中的表现

当代戏剧常常通过表现社会热点问题来反映现实生活中的紧迫性和复杂性，剧作《明天会更好》便深入探讨了社会不平等和经济危机带来的影响。该剧在展现家庭因经济困境而产生的矛盾时,采用了直白而有力的对话和情感冲突,使观众能够直观地感受到社会不公带来的痛苦。通过对失业、贫困和社会阶层分化的刻画,该剧不仅引发了观众对现实问题的思考,还促使人们关注社会改革的必要性。戏剧《明天会更好》将社会热点问题纳入创作主题,使戏剧不仅成为艺术表现的载体,也成为社会议题讨论的平台。这种方式不仅使戏剧具有了强烈的现实感,也提升了其社会责任感,进而推动了公众对社会问题的关注与行动。

(二) 个人身份与集体记忆的探讨

个人身份和集体记忆在当代戏剧中常常成为探讨的核心主题,剧作《记忆的碎片》通过讲述一个家庭三代人在历史事件中的不同经历,探讨了个人身份如何受到集体记忆的影响。剧中的角色通过回忆和现实交织的方式,展现了他们如何在历史的阴影下塑造自己的身份。剧中的老一辈人物经历了战争和社会动荡,而年轻一代则在这种历史记忆的影响下寻找自我。戏剧通过多重视角的叙事手法,不仅揭示了历史记忆如何影响个体选择和行为,还探讨了集体记忆如何在个人生活中体现。这种深度的探讨使观众能够反思自身与历史之间的关系,同时也感受到集体记忆在个人生活中的深远影响。

(三) 全球化背景下的文化冲突与融合

全球化背景下的文化冲突与融合是现代戏剧中常见的主题之一,戏剧《文化交响曲》以一个跨国公司中的不同文化背景员工为主线,展现了全球化进程中出现的文化冲突和融合。剧中的角色来自不同国家,他们在工作和生活中常常碰撞出文化差异的火花。一位来自亚洲的员工与一位欧洲同事在工作方法上的分歧,最终通过沟通与合作找到了一种融合的工作方式。这种戏剧情节不仅展示了文化冲突的真实场景,还体现了不同文化如何在全球化背景下相互影响和融合。戏剧《文化交响曲》通过对文化碰撞和融合的生动刻画,提供了对全球化时代文化交融的深刻见解,让观众能够更好地理解多元文化的复杂性和价值。

(四) 科技对现代社会的影响与呈现

科技对现代社会的影响是当代戏剧探索的重要领域之一,剧作《虚拟现实》

通过描绘一个虚拟现实技术高度发达的未来社会，探讨了科技对人际关系和社会结构的深远影响。在这个剧中，人们通过虚拟现实技术逃避现实生活中的困扰，甚至将大部分生活时间投入虚拟世界中。剧中的主人公逐渐发现，尽管科技带来了便利，但却也让人与人之间的真实联系变得更加脆弱。剧中的一段情节展示了一个家庭因成员沉迷虚拟世界而逐渐相互疏远的过程。戏剧通过对科技影响的深刻探讨，揭示了科技在带来进步的同时也可能对社会关系和个体心理产生负面影响。这种方式不仅让观众对未来科技的发展保持警惕，也促使人们反思科技进步对生活的全面影响。

当代戏剧通过对社会热点问题、个人与集体记忆、文化冲突与融合以及科技影响的深入探讨，展现了其对现实世界的深刻洞察力。剧作《明天会更好》引发对社会不公的关注，《记忆的碎片》探讨了历史记忆对个人身份的影响，《文化交响曲》展示了全球化背景下的文化交融，而《虚拟现实》则警示科技对社会关系的潜在影响。这些作品不仅拓宽了戏剧的表现领域，也提升了戏剧在当代社会中的影响力，展现出戏剧所承担的社会责任。

三、戏剧语言的个性化表达

戏剧语言不仅是角色交流的工具，更是塑造戏剧情感和表达文化内涵的关键。通过方言与口语的创意运用、语言风格与角色塑造的关系、诗意与戏剧性的融合，以及沉浸式语言实验，戏剧语言在提升戏剧表现力和观众体验方面发挥了至关重要的作用。这些语言手法不仅增强了角色的真实性和情感深度，也为戏剧情节的推进和观众的沉浸感提供了新的维度。

（一）方言与口语的创意运用

方言和口语在戏剧中常被用来增强角色的真实性和地域特色，同时也赋予剧作更深的文化内涵。方言的运用不仅仅是为了展现地域差异，更是为了传达特定的情感和社会背景。剧作《乡土情怀》中，通过大量使用地方方言，真实地再现了中国某个乡村的生活状态。剧中的角色用本地方言对话，既展现了他们的地域身份，也使戏剧情感更加真切和生动。方言还可以用来刻画角色的个性特点和社会地位，如某些剧中通过不同方言的对比，突出城乡差异和阶层矛盾。口语的运用同样重要，它使对话更加自然和贴近现实，使观众能够更容易产生共鸣。《现代乡村》中，角色们用简单直接的口语交流，这不仅拉近了角色与观众的距离，也使戏剧情节更加接地气，从而引发观众的深刻思考与情感共鸣。

（二）语言风格与角色塑造的关系

语言风格在戏剧中的运用直接影响角色的塑造和剧本的表达效果，不同的语言风格可以揭示角色的社会背景、个性特征以及心理状态。剧作《绅士与流浪者》中的主角们分别使用了正式的书面语和口语化的方言，这种语言风格的对比不仅突出了他们的社会地位差异，还揭示了他们之间的阶级冲突。高贵的绅士角色通过优雅、复杂的句式来展现其文化修养和社会地位，而流浪者则通过简洁、粗犷的口语表达其生活的艰辛和直率的性格。语言风格的不同使角色的性格更加立体和鲜明，也为观众提供了更深的理解和感受。戏剧《欲望号街车》中，角色的对话风格反映了他们的心理状态和社会处境，从而增强了戏剧情感的表达力。

（三）语言的诗意与戏剧性的融合

戏剧中的语言既需要具有戏剧性，也可以融合诗意，使其表现更加丰富和深刻。诗意语言能够为戏剧情感注入层次感和美感，同时增强戏剧的表达力度。剧作《月光下的独白》通过优美的诗意语言描绘了角色内心的复杂情感。剧中的台词不仅具备了富有节奏感和音韵美的诗句，还巧妙地融入了情节的推进和角色的心理描写。一方面，诗意的语言使角色的内心世界得以外化，观众可以通过这些富有韵律的台词感受到角色的深层情感与思考。另一方面，戏剧性的语言则通过冲突和对话推动情节的发展，使故事更加紧凑和引人入胜。《月光下的独白》中，诗意的语言和戏剧性的对话相互交织，使戏剧情感更加动人，并提升了整体的艺术表现力。

（四）沉浸式语言实验与情境重构

沉浸式语言实验在当代戏剧中为观众提供了新的观剧体验，使他们能够更深刻地感受到剧中情境。通过实验性的语言运用，戏剧不仅突破了传统的表达方式，还重新构建了情境和角色的互动。剧作《虚拟实境》中，运用了多重视角和非线性叙事的语言实验，使观众能够在不同的视角下体验剧情的发展。剧中通过角色之间的即时对话和独白，创造了一个虚拟与现实交织的复杂世界，使观众能够身临其境地感受到角色的情感波动和故事的推进。这种沉浸式语言实验不仅增强了戏剧的互动性和体验感，也使观众能够更深入地参与情境的重构和角色的塑造。通过这种方式，戏剧能够突破传统的叙事限制，创造了更为独特和引人入胜的观剧体验。

戏剧中的语言运用从方言和口语的地域性到语言风格的个性化，再到诗意与戏剧性的融合，以及沉浸式语言实验，展示了语言在戏剧创作中的多样性和复杂性。方言和口语赋予角色真实的地域特色和自然的交流方式，而语言风格则揭示了角色的社会背景和心理状态。诗意语言为戏剧情感增添了美感与层次，而沉浸式语言实验则拓展了观众的观剧体验。通过这些手法，戏剧语言不仅丰富了戏剧的表现形式，也深刻地影响了观众的情感共鸣和思考。

四、戏剧与多媒体技术的结合

现代戏剧正经历一场技术革命，视频投影、虚拟现实、增强现实、数字音效和多媒体交互等先进技术的融入，为舞台艺术带来了前所未有的创新和发展。这些技术的应用使戏剧创作者能够在有限的舞台空间内实现丰富多变的视觉效果和沉浸式体验，从而打破了传统舞台设计和观剧方式的局限。视频投影和数字背景技术通过提供可变的视觉场景和动态调整，增强了剧场的表现力；虚拟现实和增强现实技术则为观众带来了身临其境的沉浸体验；数字音效与现场音乐的融合丰富了戏剧的声音表现；而多媒体交互技术则突破了观剧的传统界限，使观众能够更加积极地参与戏剧演出。这些技术的结合不仅提升了戏剧的艺术表现力，也为观众创造了更加丰富和互动的观剧体验。

（一）视频投影与数字背景的应用

视频投影和数字背景技术为现代戏剧的舞台设计带来了前所未有的可能性，

这些技术使戏剧创作者可以在有限的舞台空间内展现出丰富多变的场景，大大扩展了视觉表现的范围。舞台剧《魔幻森林》中，通过视频投影技术，舞台上的数字背景不断变化，从原始的森林到幻想中的奇异世界，仅通过简单的灯光和投影就能实现。此类技术不仅提升了视觉效果的层次感，还能让观众沉浸于剧中的幻想世界中，而无需复杂的布景更换。这种应用使戏剧能够在不增加实际舞台布景成本的情况下，创造了不同的场景氛围，丰富了观众的视听体验。数字背景还允许实时动态调整，《未来城市》中的背景通过投影技术根据剧情发展变化，从繁华的都市到废墟景象，增强了戏剧的表现力和情境感。视频投影和数字背景的应用不仅为舞台设计带来了更多的创意空间，也使戏剧演出的表现力和视觉冲击力得到了显著提升（见表2-3-2）。

表2-3-2　视频投影与数字背景的应用

观点	总结
视频投影和数字背景技术扩展了舞台表现力	视频投影和数字背景技术在有限的舞台空间内展示丰富多变的场景，提升了视觉效果的层次感和戏剧表现力
简化布景更换，提升观众沉浸感	通过视频投影技术，如在《魔幻森林》中，可以避免复杂的布景更换，创造不同的场景氛围，增强观众的视听体验
实时动态调整背景增强戏剧情境感	如在《未来城市》中，数字背景可根据剧情发展实时变化，从繁华到废墟，增强了戏剧的表现力和情境感

（二）虚拟现实与增强现实在戏剧中的使用

虚拟现实和增强现实技术正在成为现代戏剧的重要组成部分，它们为观众提供了全新的沉浸体验[①]。虚拟现实技术可以将观众完全置于一个虚拟的戏剧环境中，使他们能够在三维空间内自由探索。剧作《沉浸式剧场》利用虚拟现实技术创建了一个虚拟的世界，观众佩戴虚拟现实头显后，可以在虚拟的城市中与剧中角色互动，体验身临其境的剧场效果。增强现实技术则通过将虚拟元素叠加到现实世界中，为观众提供了互动体验。《幻影之旅》中，观众通过增强现实眼镜看到的舞台上出现了虚拟的生物和景象，这些虚拟元素与演员的表演相结合，增强

---

① 王佳妮.中国优秀传统文化在现当代文学中的传承体现[J].作家天地,2023(20):25-27.

了剧作的幻想色彩。虚拟现实和增强现实的结合，不仅提升了戏剧的视觉和互动体验，还打破了传统戏剧的空间和表现限制，为观众提供了全新的观剧方式。

（三）数字音效与现场音乐的融合

数字音效与现场音乐的融合在现代戏剧中扮演了至关重要的角色，它们共同作用于增强戏剧的音响效果和情感表达。数字音效技术能够实时生成和调整音效，使声音的表现更加灵活和精准。剧作《迷失乐园》中，采用了先进的数字音效系统，通过计算机生成的环境声音和效果音，模拟了梦幻般的音景，从细微的风声到宏大的雷鸣，增强了剧情的沉浸感。现场音乐的演奏则为戏剧增添了即兴和情感的层次。音乐不仅能衬托戏剧情感的起伏，还能在关键时刻通过动态变化提升戏剧的戏剧性。现场交响乐团在《终极幻想》中与数字音效的结合，通过实时演奏和音效同步，增强了戏剧场景的气氛，使观众能够在音乐的推动下更深刻地感受到剧情的发展和角色的情感波动。数字音效与现场音乐的融合为戏剧提供了丰富的音响体验，使剧作的表现力得到了显著提升。

（四）多媒体交互与观众体验的提升

多媒体交互技术为现代戏剧创造了新的观众体验模式，使观众能够积极参与到剧场演出中。通过多媒体技术，戏剧可以实现与观众的实时互动，从而打破传统的观剧界限。剧作《互动剧场》中，观众通过手机应用程序参与剧情发展，根据他们的选择和输入，剧中的情节和角色反应会发生变化。这种互动性不仅提升了观众的参与感，还使他们能够对剧情产生更强的个人化体验。触控屏幕和传感器技术的运用也为观众提供了新的交互方式。在《未来奇境》中，观众可以通过触摸屏幕与舞台上的虚拟元素进行互动，改变剧情的某些方面或揭示隐藏的故事线。这种多媒体交互不仅增强了观众的沉浸感，还让他们成为故事的一部分，提升了整体的观剧体验。多媒体技术的结合使戏剧表现形式更加多样化，也为观众带来了更为丰富和深刻的感官体验。

戏剧与多媒体技术的结合正在重塑现代舞台艺术的面貌，视频投影和数字背景技术使得戏剧能够在视觉上呈现更多的场景变化和层次感，提高了演出的表现力和观众的沉浸感。虚拟现实和增强现实技术则为观众提供了全新的互动体验，将他们置于虚拟的戏剧环境中，打破了传统舞台的空间限制。数字音效与现场音乐的融合不仅提升了音响效果的层次和精准度，还增强了戏剧情感的表达。多媒体交互技术则通过与观众的实时互动，提升了观剧的参与感和个性化体验。这些技术的应用不仅拓宽了戏剧创作的空间，也为观众带来了更为丰富的感官体验和深刻的情感共鸣。现代戏剧在技术的推动下，正朝着更加创新和多元化的方向发展，为观众提供了更加令人期待和难忘的观剧体验。

第四节　网络文学的创新现象

一、网络文学的创作特点

网络文学作为一种新兴的文学形式，近年来在全球范围内取得了显著的发展。其创作特点与传统出版模式相比，展现出许多独特的优势和创新之处。这些特点包括即兴创作与连载模式的灵活性、互动式写作与读者反馈的深刻影响、多元化的题材与跨界融合的丰富性，以及短篇与长篇创作的趋势。这些特点不仅塑造了网络文学的独特面貌，也使其在现代文学市场中占据了重要的地位，下面将深入探讨这些创作特点及其对网络文学发展的影响。

（一）即兴创作与连载模式的优势

网络文学的即兴创作和连载模式使作者能够在创作过程中根据读者的反馈和市场的变化实时调整故事情节，这种灵活性是传统出版模式无法比拟的。《全职高手》作者蝴蝶蓝（本名王冬）通过连载模式不断修正故事情节，使其与读者期待相符，极大地提升了作品的吸引力。即时的反馈和修改使网络文学能够快速响应市场需求，优化内容结构，增强作品的互动性和读者的参与感。这种模式也降低了创作的门槛，让更多新兴作者有机会展现才华，增加了文学创作的多样性。

（二）互动式写作与读者反馈的影响

互动式写作是网络文学的一大特色，作者与读者之间的实时交流极大地影响了作品的发展方向。读者的评论、建议甚至投票可以直接改变故事走向。《择天记》的作者猫腻，通过与读者的互动，不断调整故事的节奏和角色发展，使作品更符合读者的期待。这种互动不仅提升了读者的参与感，也使作者能够更精准地把握读者的兴趣点，从而创作出更受欢迎的内容。网络平台的评论区、打赏系统等功能，使创作与读者反馈紧密结合，形成了良性循环。

（三）多元化的题材与跨界融合

网络文学的题材极为丰富，从玄幻、言情到科幻、历史等多种类型应有尽有。尤其是跨界融合的趋势尤为明显。《盗墓笔记》将悬疑探险与中国古代文化结合，开创了新型的探险小说风格。这种多元化的题材和跨界融合不仅丰富了网络文学的表现形式，也满足了不同读者群体的需求，使网络文学更加多彩和有趣。作者们不断探索新的题材和表现方式，使网络文学的创作呈现出越来越丰富的面貌。

（四）网络文学中的短篇与长篇创作趋势

在网络文学中，短篇和长篇创作都有其独特的趋势和特点。短篇小说以其简洁的形式适合快速消费，常见于网络平台的快读内容中，如《心跳源计划》这类短篇作品，通过精练的故事情节迅速吸引读者。而长篇小说则通过复杂的情节和丰富的角色塑造，保持了较长时间的阅读兴趣，如《斗破苍穹》通过长篇连载的方式，构建了一个庞大的虚拟世界。网络文学中这两种形式各有千秋，满足了不同读者的阅读需求，也反映了网络文学创作的灵活性和多样性。

网络文学的创作特点展现了其独特的灵活性和互动性，使其在现代文学领域中占据了重要地位。即兴创作和连载模式为作者提供了实时调整故事情节的能力，增强了作品的市场适应性和互动性。互动式写作通过读者反馈直接影响故事的发展方向，提高了读者的参与感和满意度。多元化的题材与跨界融合使网络文学能够满足不同读者的需求,并展示了文学创作的广泛可能性。短篇和长篇创作的趋势满足了不同阅读需求,体现了网络文学的创作灵活性和丰富性。这些创作特点不仅促进了网络文学的快速发展,也为文学创作带来了新的视角和方式。

二、网络文学的受众分析

网络文学作为一种新兴的文化现象,逐渐吸引了大量读者的关注。其受众群体在年龄和兴趣上展现出明显的特点,这一群体不仅具有较高的互联网使用频率,也对新兴文化形式具有较高的接受度。网络文学的多样化题材,如玄幻、言情、科幻等,满足了这一人群的广泛兴趣。用户的阅读习惯和行为,如偏好短篇或连载形式的作品、通过社交媒体参与互动等,也对网络文学的传播和创作产生了重要影响。平台特征,如推荐系统和打赏功能,更是塑造了受众的需求和阅读体验。下面将深入探讨这些受众特征及其对网络文学发展的影响。

(一)受众群体的年龄与兴趣分布

网络文学的受众群体呈现明显的年龄和兴趣分布特点,根据调查数据,网络文学的主要读者群体集中在15—35岁,其中以20—30岁的人群为主。这个年龄段的读者通常具有较高的互联网使用频率和对新兴文化形式的接受度。他们的兴趣也多样化,从玄幻、言情、科幻到历史等各种题材均有所涉猎。以《全职高手》为例,这部作品的读者主要集中在年轻人中,尤其是喜欢游戏和竞技的读者。这种年龄和兴趣的分布使网络文学能够根据不同群体的需求提供丰富多样的内容,同时也促使作者在创作时更加注重细分市场的需求。

(二)用户行为与阅读习惯的研究

网络文学用户的行为和阅读习惯具有独特的特点,大多数网络文学读者习惯于通过手机或电脑进行阅读,这种便捷的方式使他们可以随时随地享受阅读的乐趣。研究表明,网络文学读者偏好短篇或连载形式的作品,因为这些作品能提供更快的阅读体验和持续的故事更新。《盗墓笔记》通过连载形式发布,每周更新章节,维持了读者的兴趣和期待。读者在阅读时还会通过评论、打赏等方式参与到创作中，影响作者的创作方向。这种互动行为不仅增强了用户的参与感，也对作品的传播产生了积极影响。

（三）社交媒体对读者群体的影响

社交媒体对网络文学读者群体的影响显著，平台如微博、微信、知乎等不仅为读者提供了讨论和分享的平台，还促进了网络文学的推广和传播。社交媒体上的讨论和推荐能迅速提高作品的曝光率，《楚乔传》因其在社交媒体上的广泛讨论而引发了大量的关注和阅读。这些平台上的用户评论、书评、分享和讨论，可以极大地影响潜在读者的阅读选择。社交媒体上的话题趋势和流行标签也常常推动特定类型的网络文学作品成为热点，这种现象进一步加速了网络文学的传播和影响力。

（四）平台特征对受众需求的塑造

网络文学平台的特征对受众需求的塑造起到了关键作用，不同的网络文学平台提供了多样化的阅读体验和功能。起点中文网以其庞大的作品库和完善的推荐算法，满足了用户对各种题材的需求。而晋江文学城则以其丰富的女性向文学作品和强大的社区互动功能，吸引了大量女性读者。平台的推荐系统、打赏功能和用户评价机制，都在一定程度上影响了读者的选择和偏好。起点中文网的"VIP章节"模式促使读者为了获取更新内容而进行付费，这种平台特征不仅增加了读者的黏性，也为创作者提供了稳定的收入来源。平台的不同特征和功能，显著影响了网络文学的内容结构和受众的阅读习惯。

网络文学的受众群体呈现年轻化和兴趣多样化的特征，主要集中在15—35岁的年龄段。用户偏好通过手机或电脑阅读短篇或连载形式的作品，并通过社交媒体参与互动，这种行为不仅增强了用户的参与感，也促进了网络文学的传播。不同平台的特征，如推荐系统和付费模式，进一步塑造了读者的需求和阅读习惯。社交媒体的讨论和推荐对作品的推广和传播产生了显著影响，使网络文学成为一种具有广泛影响力的文化形式。这些因素共同推动了网络文学的持续发展和繁荣。

三、网络文学的商业化路径

网络文学的迅猛发展带来了商业化路径的多样化，随着读者需求的变化和平台技术的进步，网络文学平台和作者逐渐探索出几条主要的商业化路径。其中平台订阅与付费阅读模式、广告与品牌合作、改编影视作品与衍生品开发，以及作者与内容创作的市场化策略，均在网络文学的商业化过程中扮演了重要角色。这些路径不仅为平台和作者带来了丰厚的收益，也为读者提供了丰富多样的阅读体验。

（一）平台订阅与付费阅读模式的运用

网络文学平台的订阅与付费阅读模式已成为主要的商业化路径之一，平台通常提供免费的前几章或试读内容，吸引用户体验后，再通过付费模式获取完整内容。起点中文网和晋江文学城等平台采用了"VIP章节"模式，即读者需支付一定费用才能阅读更新的章节。这种模式不仅增加了读者的投入感，还为作者带来了稳定的收入来源。通过会员订阅，平台可以提供不同级别的会员服务，譬如提前阅读权、独家内容等，进一步提升了付费的吸引力。这种商业模式的成功关键在于，通过不断提供高质量的内容和创新的阅读体验，维持读者的持续兴趣和付费意愿。

（二）广告与品牌合作的商业模式

网络文学平台和作者通过广告与品牌合作实现商业价值，广告植入和品牌合作成为盈利的重要途径。平台内的广告形式多样，包括横幅广告、内容植入广告等。作者与品牌合作，在小说中植入某品牌的产品或服务，不仅为品牌增加曝光率，也为作品带来额外的收入。以《全职高手》为例，该作品在小说内容中涉及虚拟游戏中的品牌和装备，这些虚拟品牌与现实中的游戏设备品牌进行了合作，推动了品牌的市场推广。这种商业模式的优势能够增加品牌的可见度，同时避免了传统广告方式的生硬感。

（三）改编影视作品与衍生品的开发

改编影视作品和开发衍生品是网络文学商业化的重要路径之一，许多网络文学作品因其优质的剧情和设定,被改编为电视剧、电影或动漫,带来显著的经济效益。《陈情令》改编自《魔道祖师》,成功地将原著的世界观和角色引入影视剧中,不仅吸引了大量观众,也提升了原著的销量。衍生品如周边商品、游戏、漫画等也成为盈利的重要手段。通过这些方式,网络文学不仅扩大了市场覆盖面,还提升了品牌价值,使作品在多个领域获得收益。

(四) 作者与内容创作的市场化策略

在网络文学的市场化过程中,作者和内容创作的策略至关重要,作者们通过多样化的创作手法和市场策略来增加作品的商业价值。作者常通过与平台的签约合作、参与平台推广活动来提升作品的曝光率。很多作者利用社交媒体和粉丝互动,建立个人品牌,增强读者的忠诚度。以晋江文学城的热门作者Twentine(本名周爱华)为例,她通过与读者的互动、设立读者专属群体等方式,极大地提升了个人品牌和作品的影响力。作者也通过设立书友会、参与线下签售活动等形式,增加与读者的直接接触,进一步拓展市场空间。这些市场化策略不仅帮助作者提升了作品的知名度,也为其带来了丰厚的经济回报(见表2-4-1)。

表2-4-1 作者与内容创作的市场化策略

观点	总结
与平台合作提升曝光率	作者通过与平台签约合作和参与推广活动,能够显著提高作品的曝光率和市场影响力
利用社交媒体建立个人品牌	作者通过社交媒体与读者互动,建立个人品牌,从而增强读者忠诚度,提高作品的受欢迎程度
增加直接接触拓展市场空间	作者通过设立书友会、参与线下签售活动等形式,与读者直接接触,进一步扩大市场空间和作品的影响力

网络文学的商业化路径通过多种方式实现了盈利,平台订阅与付费阅读模式为作者提供了稳定的收入来源,同时通过会员服务增强了用户黏性。广告与品牌合作则通过创新的方式将广告自然融入内容中,提高了品牌曝光度。改编影视作品和衍生品开发则拓宽了作品的市场覆盖面,带来了显著的经济效益。作者和内容创作的市场化策略,进一步增强了作品的市场价值和作者的个人品牌。这些商业化路径的成功实施,最终促进了网络文学行业的持续增长和发展。

四、网络文学对传统文学的影响

网络文学的崛起带来了文学创作和评价标准的深刻变化,从创作方式的灵活性到文学评价的民主化,再到传统出版业与网络文学的互动与融合,网络文学不仅对传统文学构成了挑战,也推动了文学领域的创新与进步。下面将探讨网络文学对传统文学的影响,特别是在创作方式、评价标准、出版业竞争与合作,以及传统作家与网络作家的互动等方面的变化。

(一)创作方式与叙事风格的变化

网络文学的崛起带来了创作方式和叙事风格的显著变化,传统文学创作通常依赖长时间的深度构思和严谨的写作过程,而网络文学则强调快速更新和读者互动。网络作家常通过连载的方式逐章发布作品,根据读者反馈实时调整情节。这种"边写边改"的创作模式,使网络文学的叙事风格更具灵活性和参与感。晋江文学城的《步步惊心》在连载过程中,作者根据读者的评论和建议,对情节进行了多次调整,使故事更加贴近读者的期望。这种动态的创作模式不仅加快了作品的产出,也增强了作品的互动性和吸引力,不同于传统文学注重结构严谨的创作风格。

(二)文学评价与批评标准的更新

网络文学的兴起推动了文学评价与批评标准的更新,传统文学批评通常由专业评审和学者主导,注重文学技巧和艺术价值,而网络文学评价则更多依赖于大众读者的反馈。网络文学平台上的评分系统和评论功能使得读者的意见成为重要的评价依据。《全职高手》在网络平台上获得了大量读者的好评和高分,虽然该作品在传统文学批评中可能被认为不够深刻,但其受欢迎程度和商业成功却反映出读者的广泛认可。这种评价体系的转变,不仅促使文学批评更加关注读者的真实体验和市场需求,也使评价标准变得更加多元化和民主化。

(三)传统出版业与网络文学的竞争与合作

网络文学的发展对传统出版业造成了竞争压力,但也促进了双方的合作。传统出版业面临着网络文学的冲击,尤其是在发行和市场份额方面[①]。然而传统出版业也开始与网络文学平台合作,将成功的网络文学作品转化为纸质书籍或其他媒介。《微微一笑很倾城》最初在网络平台上连载后,凭借其高人气被改编为纸质书籍,并迅速畅销。这种合作模式不仅帮助传统出版业开拓了新的市场,还为网络文学作者提供了更广阔的传播渠道和收益来源。竞争和合作的双重关系,推动了传统出版业和网络文学的共同发展。

(四)传统作家与网络作家的互动与融合

传统作家与网络作家的互动与融合,反映了文学界的多元化发展。越来越多的传统作家开始关注网络文学,并尝试将其创作方式与现代技术相结合。作家三毛曾在其著作《万水千山走遍》中加入了网络互动环节,通过网络平台与读者交流,这种尝试为传统文学注入了新的活力。一些网络作家也开始探索传统文学的创作技巧,提升自身作品的文学价值。网络作家猫腻在其作品《择天记》中融合了传统文学中的古典元素和现代叙事手法,获得了广泛的好评。这种互动与融合不仅丰富了文学创作的表现形式,也促进了传统与现代文学的相互借鉴和融合。

网络文学的兴起显著改变了传统文学的创作和评价模式,快速更新的创作方式和读者互动,使网络文学在叙事风格上更具灵活性。而文学评价的转变则反映了更为多元和民主的标准。传统出版业在面临竞争的同时也与网络文学展开了合作,为双方带来了新的发展机会。传统作家与网络作家的互动与融合,进一步丰富了文学创作的表现形式,促进了文学领域的跨界合作和创新。网络文学不仅挑战了传统文学的规范,也为其注入了新的活力和视角。

---

① 戴学慧.浅论中国现当代文学对传统文化的探寻与传承[J].芒种,2021,001(10):115-118.

第三章 当代作家作品论与创新传承

第一节 作家作品在当代的意义

一、作家作品的人文关怀

当代文学在全球化的背景下,展现出前所未有的多样性和深度。作家的作品不仅限于个人情感的表达,更广泛地涉及社会问题、人性探索、个人与集体命运的交织以及跨文化视角下的人文关怀。这些作品通过独特的叙事视角和文学手法,深刻反映了当代社会的复杂性和人类命运的交织。作家们在创作中不仅关注个体的命运和心理状态,更将目光投向了社会的整体问题、人性的复杂面貌以及全球化带来的文化冲突与融合。下面将探讨当代作家如何通过其作品表达对社会问题的反思,对人性和道德困境的探讨,对个人与集体命运的关注,以及如何在跨文化的视角下进行人文关怀,从而体现文学的深刻价值和社会意义。

(一)社会问题的反映与批评

当代作家的作品常常以独特的视角反映社会问题,进行深刻的批评。许多作家通过文学创作对社会的种种不公、矛盾与问题提出质疑和反思[1]。余华的《活着》通过讲述主人公福贵在中国社会变革中的命运波折,深刻揭示了社会动荡对个体的影响。书中的福贵经历了贫困、战争、饥荒和家庭变故,展现了中国社会在历史进程中的苦难与挣扎。这种描写不仅使读者对社会的历史与现实有了更深刻的理解,也促使社会对相关问题进行反思。通过文学作品对社会问题的关注与

---

[1] 刘一静,惠欣,王思雨.当代陕西外国文学研究的传承与创新——以代表性学者为例[J].名家名作,2022(2):114-116.

批评，作家不仅揭示了现实中的种种弊病，也促使公众和决策者关注并改进这些问题。

（二）人性探索与道德困境

当代作家也关注人性深处的复杂性和道德困境，试图通过文学探索人类行为和心理的多重面貌。贾平凹的《废都》便是一部对人性进行深刻探索的作品。小说通过描绘一个市井小人的生活，揭示了人在权力、欲望和道德面前的脆弱与矛盾。书中的人物在追求利益和个人欲望时，常常陷入伦理道德的困境，表现出复杂的人性特征。这种对人性深层次的剖析，使作品不仅具有文学价值，也对读者的道德观念和心理状态产生了深远的影响。作家通过对人性的深入剖析，激发读者对自身行为和社会现象的反思，从而引发对道德和伦理的深入探讨。

（三）个人与集体命运的交织

当代文学作品往往深入探讨个人与集体命运的交织，揭示个体在历史洪流中的渺小与抗争。刘慈欣的《三体》系列正是这样一个典型例子。该系列通过外星文明威胁的设定，将个人命运与整个人类的存亡紧密联系在一起。小说中的人物在面对外星文明的威胁时，必须在个人利益与人类整体利益之间进行艰难的抉择。这种设定不仅突出了个体在宏大历史背景中的复杂角色，也使读者在体验个人命运的同时深刻感受到集体命运对个人的深远影响。《三体》通过构建一个充满科技幻想的世界，探讨了人类未来的各种可能性。这种跨越现实的科幻叙事不仅引发了对科技发展和全球合作的深思，也推动了对人类共同体意识的强化。小说中的角色在面对巨大的外部威胁时，必须超越个体的狭隘视角，进行更为广阔的集体思考和行动。这种叙事方式使读者在享受紧张刺激的故事情节的同时也获得了对历史演变和未来可能性的深刻理解。这种对个人与集体命运交织的探讨，增强了作品的哲学深度和社会意义。

（四）跨文化视角下的人文关怀

当代作家在作品中常常引入跨文化视角，对全球化背景下的人文关怀进行探索。莫言的《丰乳肥臀》通过描绘中国农村的生活，融入了作者对中国传统文化和现代化冲突的思考，同时也反映了全球化对地方文化的冲击。书中的故事既有对中国农村社会的深刻描绘，也结合了现代化进程中的文化碰撞，展现了多元文化交汇下的个体困境与文化认同。通过这种跨文化视角，作家不仅关注自身文化中的问题，也对全球化带来的影响进行反思和讨论。多层次、多维度的叙述方式使得当代文学作品在全球化背景下具有了更为广泛和深远的影响力。

当代作家的作品在回应社会问题、人性困境、个人与集体命运的交织，以及跨文化挑战方面，展现了深刻的人文关怀和独特的创作视角。通过对社会不公和历史变革的深刻反映，作家们不仅揭示了现实中的种种弊病，还促使社会对这些问题进行反思和改进。人性探索方面的作品，通过对道德困境的剖析，激发了读者对自身行为和社会现象的深入思考。而对个人与集体命运交织的探讨，如刘慈欣的《三体》系列，则在宏大的历史背景下展现了个体的复杂角色和集体命运的深远影响。跨文化视角下的作品，如莫言的《丰乳肥臀》，通过对传统与现代、地方与全球的文化碰撞进行描绘，拓展了人文关怀的广度和深度。这些作品不仅提升了文学艺术的深度和广度，也促进了读者对人类共同命运的理解和全球化背景下的文化交流与融合。

二、作家作品与审美培养

审美标准在文学作品中的演变，揭示了社会文化和时代风貌的深刻变化。从古典时期强调伦理道德和形式规范，到现代主义文学的个体表达和创新，再到21世纪的多元化和全球化背景下的文学作品，这一过程不仅反映了时代的发展，也影响了文学创作和阅读体验的不断更新。美学创新在文学中扮演了重要角色，通过突破传统的叙事结构和语言风格，拓展了审美的边界。读者的审美能力随着接触不同风格和类型的文学作品而不断提升，作家的个性和审美风格也成为其作品的核心，这些因素共同推动了文学审美的丰富性和多样化。

（一）审美标准的演变与影响

审美标准的演变反映了社会文化的变迁和时代风貌的变化，从古典文学到现代文学，审美标准经历了不断的调整和重塑。在古典时期，文学作品常以抒发伦理道德和社会规范为主要审美标准，强调经典美德和形式的规范性。中国古代诗词讲究对仗工整、韵律和谐，具有严格的形式要求，如《诗经》和《楚辞》中的典雅风格。进入现代，随着社会的快速发展和思想观念的变化，审美标准逐渐倾向于个人表达和创新。在 20 世纪初，现代主义文学兴起，打破了传统的形式和规范，注重个体内心的表达和对现实的批判。这一变革代表性作品包括弗朗茨·卡夫卡的《变形记》，其非传统的叙事方式和对人类孤独的探讨，反映了对个体主义和现代生活的关注。21 世纪以来，数字化和全球化的背景下，审美标准进一步多元化，强调跨文化的融合和多样性。网络文学和自媒体的兴起，使文学作品不再局限于传统的审美范畴，鼓励了更多的实验性和自由创作。韩寒的《后会无期》打破了传统小说的结构，以轻松幽默的笔调探讨生活的复杂性，展示了现代审美的多样化和个人化。这些审美标准的演变不仅反映了时代的发展，也深刻影响了文学作品的创作与阅读体验，使文学更加贴近社会和读者的需求，推动了审美观念的不断更新和拓展。

（二）文学作品中的美学创新

美学创新是文学作品中重要的艺术追求，它通过独特的创作手法和表现形式，突破传统审美的界限，带给读者新鲜的艺术体验。现代文学作品中的美学创新，常通过实验性的叙事结构和独特的语言风格来实现。村上春树的《挪威的森林》通过非线性的叙事手法和内心独白的方式，打破了传统的故事线条，创造了一种独特的阅读体验。小说中的梦境和现实交替，使读者在阅读中不断反思自我和社会，展现了现代美学的探索精神。另一个显著的美学创新体现在李银河的《在世界的枝头短暂停留》中。这部作品通过非线性的时间结构和多重视角的叙事，突破了传统小说中的时间线限制。书中的人物经历和情感发展通过碎片化的叙述方式展现，既增强了作品的真实感，也使读者对人物的内心世界有了更深刻的理解。美学创新不仅体现在叙事结构上，还包括语言风格的变化。鲁迅的《狂人日记》采用了第一人称的"狂人"视角，以病态的语言揭示了社会的黑暗面。这种创新性的语言运用打破了传统文学的写作模式，使作品在表达方式上更加直接和有力。文学中的美学创新通过独特的艺术表现手法，拓展了审美的边界，使作品具有了更为丰富的艺术内涵和表达层次。

（三）读者审美能力的提升

阅读文学作品对读者审美能力的提升起到了积极的作用，通过阅读不同风格和类型的文学作品，读者能够接触到多样的艺术表现形式，进而提升对文学和美学的敏感度。读者通过阅读海明威的《老人与海》，能够体验到简洁语言中蕴含的深刻哲理和生动的自然描绘。这种精练的文字风格不仅增强了读者对文学语言的欣赏能力，也提高了对文学作品的理解深度。读者在接触到如张爱玲的《红玫瑰与白玫瑰》等作品时，能够感受到细腻的情感描写和复杂的人物关系。张爱玲通过独特的叙事视角和生动的语言，使读者在体验情感的同时也提升了对文化背景和社会风俗的理解。她对人物内心世界的深刻剖析，让读者在审美过程中不仅欣赏到文字的美感，也感受到文学作品的情感深度。通过不断阅读和分析不同的文学作品，读者能够逐步培养出独立的审美观点和判断能力。读者在阅读现代诗歌时，能够逐渐识别不同诗人的风格特点，并理解诗歌中隐含的象征意义。这种能力的提升使读者不仅能够享受文学作品的艺术魅力，还能够在更深层次上领悟其文化和哲学内涵。

（四）作家个性与审美风格的形成

作家的个性和审美风格是文学作品的重要组成部分，它们通过独特的创作视角和艺术表现形式，影响了作品的整体风格和审美效果。每位作家的个性都在其作品中留下深刻的印记，成为其审美风格的核心。鲁迅的作品中常体现出强烈的社会批判精神和个性化的写作风格，在《阿Q正传》中，鲁迅通过对阿Q的讽刺性描绘，展现了社会的虚伪和人性的弱点。这种直白而尖锐的写作风格，反映了鲁迅对社会现象的深刻观察和独立思考，从而形成了其特有的审美风格。莫言的《蛙》则展示了另一种审美风格。莫言以其丰富的想象力和独特的叙事方式，融合了现实主义和魔幻现实主义元素。作品通过对农村生活的细致描绘和对社会问题的独特见解，展现了作者对中国社会和文化的深刻理解。这种混合的艺术手法，使莫言的作品在表现社会现实的同时融入了个人的幻想和神话色彩，形成了其独特的审美风格。作家的个性不仅影响了他们的审美风格，也影响了作品的读者群体。不同的作家通过各自的风格和创作理念，吸引了不同类型的读者，从而在文学领域中形成了独特的审美生态。通过个性化的艺术表达，作家能够在文学创作中体现自我，同时也推动了文学审美的多样化发展。

从古典到现代，再到当代，审美标准在文学中的演变深刻地反映了社会和文化的变迁。美学创新通过独特的创作手法和表现形式，突破了传统审美的界限，为读者提供了新颖的艺术体验。读者的审美能力在接触各种文学作品的过程中不断提升，作家的个性和审美风格在作品中留下了深刻的印记。这些因素共同推动了文学的多样化发展，使文学作品不仅紧跟时代潮流，也丰富了审美的内涵和表现。

三、作家作品与思维训练

在当今复杂多变的世界中，批判性思维、创造性思维、逻辑推理和多角度思维已成为解决问题和推动个人与社会发展的核心能力。这些思维能力不仅能帮助人们深入分析和评估信息，还能激发创新思路，并有效应对复杂问题。批判性思维培养分析和质疑信息的能力，让人能够从多个视角理解问题，避免盲目接受表面现象。创造性思维则鼓励突破传统思维模式，探索新的解决方案，从而推动科学和艺术的发展。逻辑推理帮助系统地分析问题，制定合理的解决策略。多角度思维则通过综合不同视角和信息，帮助制定更为全面和有效的决策。理解并掌握这些思维能力，不仅能够提升个人的认知水平，还能在面对现实世界的挑战时提供强大的支持。

（一）批判性思维的培养

批判性思维是一种分析和评估信息的能力，帮助个体在复杂的情境中作出理性判断。其培养需要通过一系列方法来提升对信息的深刻理解。读者在阅读乔治·奥威尔的《1984》时，不仅应关注情节，还应批判性地思考小说中的社会结构、政治权力及其对人性的影响。通过提出"作者为何如此描绘政治体制"或

"这些描写如何反映了现实社会中的问题"的问题,读者能逐步提升批判性思维能力。批判性思维的培养还包括对不同观点的考虑与评估。阅读和分析不同作者对同一事件的不同解释,可以帮助个体认识到多角度思维的重要性,并提升对信息的全面性和准确性的把握。

(二) 创造性思维的激发

创造性思维是指通过独特的思考方式产生新颖、有效的解决方案的能力,激发创造性思维的关键在于打破常规的思维模式[①]。一个有效的方法是进行跨学科的学习和实践。爱因斯坦在研究相对论时,不仅依靠物理学的知识,还借鉴了数学和哲学的思想,这种跨学科的融合大大促进了他的创造性思维。尝试不同的思维训练活动,如头脑风暴和情景模拟,也能有效激发创造力。通过这些方法,个人可以在面对问题时产生更多创新的解决方案,推动科学技术和艺术创作的发展。

(三) 逻辑推理与复杂问题的探讨

逻辑推理是分析和解决复杂问题的重要工具,它涉及从已知信息中推导出合理结论的过程。在分析气候变化对生态系统的影响时,科学家需要运用逻辑推理来处理大量的数据,从而建立气候模型,预测未来的变化。解决复杂问题时,逻辑推理帮助人们识别因果关系、制定假设并进行验证。另一个例子是医学诊断,医生通过对患者症状的观察,结合已有的医学知识进行逻辑推理,以确定可能的疾病和治疗方案。逻辑推理不仅要求系统地思考问题,还需进行严谨的验证和分析,确保解决方案的有效性和准确性。

(四) 多角度思维的运用与挑战

多角度思维是指从不同的视角分析和解决问题的能力,这种思维方式能够帮助人们全面理解复杂问题,避免片面性。在解决城市交通拥堵问题时,城市规划

---

① 徐翔.传承与重构:延安文艺经验与陕西当代文学发展[J].延安大学学报:社会科学版,2021,43(1):6.

者需要从交通流量、公共交通系统、居民需求等多个角度进行综合考虑。通过不同角度的分析，他们能够制订更具针对性的解决方案，如优化交通信号灯、增加公共交通线路等。然而多角度思维也面临挑战，如信息过载和视角冲突可能导致决策的复杂化。解决这一问题需要在分析过程中保持开放性和灵活性，综合各种信息和意见，最终形成有效的解决策略。

批判性思维、创造性思维、逻辑推理和多角度思维是提升个人认知和解决问题能力的四个重要方面，批判性思维通过深入分析和评估信息，帮助识别偏见和假设，从而作出更为理性的判断。创造性思维则鼓励打破常规思维模式，促进创新解决方案的产生。逻辑推理使个人能够从复杂的数据中提取合理结论，为问题解决提供科学依据。多角度思维通过综合不同视角，帮助全面理解问题，制定更为有效的解决策略。尽管这些思维能力的培养面临信息过载和视角冲突等挑战，但通过开放性和灵活性的分析方法，能够克服这些困难，最终形成更具针对性的解决方案。掌握这些思维技能，不仅有助于个人成长，也能推动社会的进步和发展。

四、作家作品在文化传承中的角色

作家的作品在文化传承中发挥着至关重要的作用，作为历史记忆的记录者和传递者，作家不仅将过去的事件和文化背景融入文字中，还在不断变化的社会中探索文化的现代转化和创新。通过细腻的描绘和生动的叙事，作家的文学作品不仅为读者呈现了历史的真实感受，还促进了对历史的反思和学习。在全球化的背景下，作家在维护和弘扬本土文化方面也扮演着关键角色，帮助塑造和强化文化认同。在这一过程中，创新与传承的平衡显得尤为重要，它使传统文化在现代社会中焕发出新的活力和生命力。通过作家的不懈努力，文化不仅得以保存，更在不断发展和适应时代的变化中保持着其独特的魅力。

（一）历史记忆的保存与再现

作家的作品在历史记忆的保存与再现中发挥重要作用，通过文学作品，作家能够将历史事件、社会变迁和文化背景记录下来，使后代能够理解过去。鲁迅的

《阿Q正传》不仅描绘了民国时期的社会风貌，还通过阿Q的故事反映了中国社会的种种问题。这些作品不仅是文学创作，更是历史的见证和文化的记忆。作家通过细腻的描写和生动的叙事，再现了历史中的真实感受，使历史事件不仅在时间上得到保存，还在情感上得到传达。这种再现不仅帮助读者了解历史背景，也促进了读者对历史的反思和学习，从而为文化的持续传承提供了宝贵的资源。

（二）传统文化的现代转化

作家的作品在传统文化的现代转化中扮演着桥梁的角色，现代作家将传统文化元素融入现代创作中，使传统文化得以适应当代社会的审美和需求。莫言的《红高粱家族》将中国传统的民间故事和习俗与现代叙事技巧相结合，创造了具有强烈地域特色的文学作品。通过这种方式，传统文化不仅得到了保存，还在现代社会中焕发了新的活力。这种现代转化不仅使传统文化更易被当代读者接受，也为传统文化的发展和创新提供了新的视角和路径。

（三）文化认同与全球化影响

在全球化的背景下，作家的作品对文化认同的塑造起到了关键作用。全球化带来了文化交流与融合，但也对本土文化认同带来了挑战。作家通过创作作品，探讨本民族文化的独特性和价值，从而强化文化认同。村上春树在其小说《挪威的森林》中通过对日本文化和社会的细腻描写，展现了日本的独特风貌，并在全球化的背景下保持了文化的独特性。他的作品不仅在全球范围内获得了认可，也使日本文化在世界舞台上得到了更广泛的理解和尊重。作家的创作有助于在全球化进程中维护和弘扬本土文化，促进文化认同的形成与加强。

（四）创新与传承的平衡与融合

在文化传承过程中，创新与传承的平衡与融合至关重要。作家通过在传统文化基础上进行创新，使文化不仅得到传承，也在不断发展。张爱玲在其作品中结合了传统中国文学元素和现代叙事技巧，创造了独特的文学风格。她的《倾城之恋》不仅展示了传统中国社会的细节，还融入了现代的情感表现，使传统文化在现代文学中得到了新生。通过这样的平衡与融合，作家不仅保存了文化遗产，也使其适应了时代的变化，推动了文化的持续发展。这样的创新与传承相结合，确保了文化的动态性与生命力，使其在不断变化的社会中保持相关性和吸引力。

作家的作品在文化传承中扮演了多重角色，通过历史记忆的保存与再现、传统文化的现代转化、全球化背景下的文化认同塑造，以及创新与传承的平衡与融合，为文化的持续发展做出了重要贡献。作家通过将历史事件和社会变迁融入文学作品，帮助后代人了解和反思过去；通过将传统文化元素与现代创作技法相结合，使传统文化在当代社会中得以传承和发展；在全球化的影响下，作家强化了本土文化的独特性，促进了文化认同的形成；通过创新和传承的融合，作家使传统文化在现代社会中保持相关性和吸引力。作家的创作不仅保存了文化遗产，也推动了文化的持续发展和创新，使其在不断变化的社会中不断焕发新的生命力。

第二节　作家作品中的创新与传承

一、作家作品中的创新元素

文学创作不断演变，以回应时代的变化和读者的期待。在现代作家的作品中，创新元素显得尤为突出，这些创新不仅突破了传统的界限，也为文学带来了新的生命力。从叙事结构的突破到语言风格的革新，再到题材和主题的独特探索，这些创新形式赋予了文学作品更大的表达空间和更深刻的思想内涵。形式实验与跨媒体创作的尝试以及对角色塑造的独到之处，使现代文学在表现力和多样性上都取得了显著的进展。下面将探讨这些创新元素如何推动了文学创作的进步，并为未来的文学创作开辟了新的道路。

（一）叙事结构的突破与创新

作家在叙事结构上的创新突破了传统线性叙事的局限，使故事呈现更加多样化。现代作家往往通过非线性叙事、碎片化叙事和多视角叙事等方式，创造了更具复杂性和层次感的作品。这种突破性的叙事结构不仅增加了作品的可读性，也推动了文学创作的多样性与丰富性，为后续的文学创作提供了新的可能性。

（二）语言风格与表达方式的革新

语言风格与表达方式的革新是作家作品中不可忽视的创新元素，作家通过对语言的独特运用和风格的创新，能够赋予作品独特的艺术魅力。村上春树的小说《1Q84》通过流畅的对话和奇异的比喻，创造了一种独特的叙事风格。他在作品中运用了大量的隐喻和富有诗意的语言，使小说不仅在内容上引人入胜，在语言表现上也具有独特的美感。这种语言上的革新不仅增强了作品的表现力和感染力，也为读者提供了全新的阅读体验，推动了文学语言的不断演变。

（三）题材与主题的独特探索

作家通过对题材和主题的独特探索，开拓了文学创作的新领域。许多作家敢于挑战传统，涉及一些不常见或被忽视的题材，从而为文学注入新的活力。余华的《活着》通过对中国社会变革中的普通人生活的细致描写，探讨了生存与命运的主题。这种对题材的独特选择和深刻的主题挖掘，使作品不仅具有强烈的社会现实意义，还触及人性的根本问题。作家通过创新题材和主题的方式，拓宽了文学的边界，使作品在表达深度和广度上都得到了显著提升。

（四）形式实验与跨媒体创作

形式实验与跨媒体创作是现代作家创新的重要表现形式，作家们通过尝试不同的表现形式和跨媒体合作，拓展了文学创作的范围。奥尔罕·帕慕克的《伊斯坦布尔》不仅是一本书，还结合了图像、回忆录等多种表现形式，形成了一种全新的叙事体验。许多作家与电影、游戏等媒体合作，创造了跨媒体的文学作品，如《黑镜》的剧集与小说的结合，这种创新形式不仅拓宽了文学的表现力，也使文学作品能够在更多的平台上得到展示和传播。

（五）角色塑造与人物设定的独到之处

在角色塑造与人物设定上，作家通过创新手法，使人物更加立体和多维。托妮·莫里森的《宠儿》中的主要角色塞特，通过对其复杂的心理描写和内心冲突，呈现了一个深刻的人物形象。莫里森通过对塞特痛苦经历的细致刻画，让读者不仅了解人物的表面行为，还能深入其内心世界。这种创新的角色塑造不仅使人物更加真实可信，也使作品在情感和心理深度上取得了显著的突破。作家通过对角色的独到设定，丰富了文学作品的层次和深度，提升了读者的阅读体验和对人物的理解。

现代作家的作品通过在叙事结构、语言风格、题材探索、形式实验和角色塑造等方面的创新，显著地推动了文学的发展。非线性叙事和多视角的使用，使故事呈现更为复杂和深刻；独特的语言风格和表达方式增加了作品的艺术魅力；新颖的题材和主题探索拓宽了文学的表现范围；跨媒体创作拓展了文学的传播平台；而创新的角色塑造则提升了作品的情感和心理深度。这些创新不仅丰富了文学的表现形式，也为读者提供了更为多样和深刻的阅读体验。

二、作家作品对传统的继承与发扬

在当代文学创作中，作家们面对传统与现代的交会点，通过创新和再创作的方式，对传统文学形式和文化符号进行深刻的继承与发扬。传统文学形式的现代化改编、文化符号与经典元素的重新诠释、传统价值观在现代背景下的表达、经典文学作品的对话与借鉴以及地方性文化与历史的传承，都是现代作家们努力使传统文学在当代社会中焕发新生的重要途径。这些方式不仅让经典作品得以保留和发展，还使传统文化在全球化背景下获得了新的理解和认同。下面将探讨这些不同的创作方式，分析它们如何在尊重传统的基础上，通过创新推动文学作品和文化符号在现代社会中继续发挥影响力和吸引力。

（一）传统文学形式的现代化改编

传统文学形式在现代作家的手中经历了显著的改编与创新，使其更符合当代读者的审美和需求。中国古典小说《红楼梦》的现代化改编已经取得了显著的成果。现代作家和编剧通过改编剧本，将这部经典小说引入了电视剧和电影的领域，同时也通过现代小说的形式进行再创作。在这些改编作品中，虽然保留了

《红楼梦》原有的情节和人物，但语言风格和叙事技巧却经过了适应现代观众的调整。这种改编不仅使古老的文学形式更具现代感，还吸引了新一代的读者和观众，使得经典作品得以在新的时代背景下继续传承和发扬。电视剧《红楼梦》在尊重原著的基础上，运用现代化的表现手法和技术，使故事更加生动和贴近当代观众的生活。

（二）文化符号与经典元素的重新诠释

现代作家常常通过重新诠释文化符号与经典元素，将其赋予新的意义和视角。这种方法不仅保留了传统文化的核心，也使其更具时代感。日本作家村上春树在他的小说《挪威的森林》中，以独特的方式融入了日本和西方文化的元素。村上春树通过对经典文化符号的重新诠释，将其现代化，并且使其与当代社会的背景紧密结合。他通过现代化的叙事方式和对经典符号的创新运用，使这些符号在新的文化语境中重新焕发活力。这种重新诠释不仅使经典文化得以延续，也使其在全球化的背景下获得了新的认同和理解。

（三）传统价值观在现代背景下的表达

传统价值观在现代背景下的表达，是作家们继承与发扬传统的重要方式之一。通过将传统价值观与现代社会的现实问题相结合，作家能够让传统文化在当代社会中焕发新的生机。余华的《活着》在探讨生命意义和人类尊严等传统价值观时，通过描绘普通人在社会变革中的命运，体现了对传统伦理的深刻理解和现代社会的批判。这部小说将中国传统的生死观、家族观等价值观与20世纪中国社会的历史背景相结合，不仅展现了传统价值观在现代社会中的延续，也引发了读者对这些价值观在当代社会适应性的反思。这种方式使传统价值观在现代背景下得到了重新诠释和表达，为读者提供了深刻的思考。

（四）经典文学作品的对话与借鉴

经典文学作品的对话与借鉴，是作家们继承传统的重要方式之一。许多现代作家通过对经典作品的借鉴与对话，创造具有传统根基的全新作品。哈姆雷特的故事结构和主题在许多现代作品中得到了延续和改编。在现代戏剧中，莎士比亚的《哈姆雷特》不仅被改编为各种形式的剧作，还影响了许多当代作家的创作。作家们在这些改编中，通过对经典作品的细致解读和创新，使其主题与现代社会的现实和观念产生对话。汤姆·斯托帕德的《罗斯与克劳斯特去世》就是对《哈姆雷特》的一种独特回应，通过现代化的手法重新演绎经典，使其在新的文化语境中获得了新的生命力。

（五）地方性文化与历史的传承

地方性文化与历史的传承是作家们在文学创作中重要的任务之一，通过对地方性文化和历史的描写，作家能够保持和弘扬地方特色[①]。鲁迅的《阿Q正传》通过对中国传统乡村社会的描绘，展现了地方文化的特色和历史背景。现代作家如贾平凹在《废都》中，借助对陕西地方文化的细致刻画，展现了地域文化的深厚底蕴和独特风貌。通过这种方式，地方性文化不仅得到了保护和传承，还得以在现代社会中继续发挥作用。作家们通过对地方历史和文化的真实再现，使这些文化遗产在新的时代背景下继续得到欣赏和尊重，增强了文化自信，也丰富了文学创作的多样性。

现代作家通过对传统文学形式的现代化改编，使经典作品在当代社会中重新焕发活力，既保留了原著的核心，又满足了现代观众的审美需求。通过对文化符号和经典元素的重新诠释，作家们赋予了这些传统符号新的意义，使其与当代社会背景紧密结合。传统价值观在现代背景下的表达，体现了对传统伦理的深刻理解与批判，使这些价值观在现代社会中得到新的阐释和应用。经典文学作品的对话与借鉴则让传统文学在新的创作中保持了生命力，通过对经典作品的创新改编，促进了传统与现代的对话。通过对地方性文化与历史的传承，作家们不仅保护和弘扬了地方文化，还增强了文化自信，使这些文化遗产在现代社会中继续发挥作用。这些创作方式不仅体现了对传统的尊重与继承，也展示了文学在不断变化的时代背景下的创新与发展。

---

① 张一帆.浅论中国现当代文学对传统文化的探寻与传承[J].今古文创,2021(7):16-19.

三、作家作品中创新与传承的平衡

在文学创作的领域中，创新与传统的平衡是一个至关重要的课题。作家在作品中如何融合创新与传统，不仅决定了作品的独特性和深度，还影响了其在当代读者中的接受度。传统文学形式和内容承载着丰富的文化积淀，是文学发展的根基；而创新则赋予传统元素新的生命力，推动文学作品不断向前发展。这种融合策略的核心在于如何在尊重和继承传统的同时勇于突破和引入新思想、新形式。通过对经典元素的重塑与延续，以及协调机制的探索，作家能够创造既具备传统深度，又充满现代活力的作品。下面将探讨作家在文学创作中如何在创新与传承之间找到平衡，以展现这些策略如何影响文学作品的形成与发展。

（一）创新与传统的融合策略

在作家作品中，创新与传统的融合策略是一种在保持经典元素的同时引入新思想、新形式的创作方法。传统文学形式和内容常常承载着深厚的文化积淀，而创新则能够使这些传统元素焕发新的生命力，吸引现代读者的关注。融合策略的核心在于如何既尊重传统，又勇于突破常规，创造兼具深度和新意的作品。以中国当代作家莫言为例，他在其作品《蛙》中成功地将传统的中国乡村故事与现代社会的现实问题结合起来。莫言不仅借用了传统的叙事手法和地方方言，还引入了魔幻现实主义的创新元素，使作品既具有传统的地方色彩，又在内容和形式上突破了传统文学的局限。这种融合策略不仅保持了对传统文化的尊重，同时也使作品更加贴近当代读者的阅读体验。

（二）创新对传统元素的重塑与延续

创新对传统元素的重塑与延续体现了作家如何在继承传统的基础上进行创新，传统元素往往为文学作品提供了深厚的文化根基，而创新则是对这些元素进行重新解读、再造的过程。通过这种方式，传统元素不仅得以延续，还能获得新的生命力和意义。海明威的《老人与海》对传统英雄主义叙事进行了创新性的重塑。海明威将传统的英雄形象与个人内心的挣扎相结合，赋予了传统叙事新的表现形式和深刻的思想内涵。这种创新不仅没有削弱传统元素的影响力，反而使其在新的语境下更加引人深思。

（三）创新与传承在作品中的协调机制

在文学创作中，创新与传承的协调机制是确保作品既具备传统深度，又充满现代活力的关键。作家需要在创作过程中找到平衡点，使传统元素和创新内容能够和谐地结合在一起。张爱玲的小说《倾城之恋》便是创新与传承协调的成功实例。张爱玲在小说中运用了大量的古典文学引用和传统的叙事技巧，她也融入了现代都市的背景和新兴的社会问题。这种处理方式使得她的作品既传承了经典的叙事传统，又展示了创新的文学视角和现代的情感表达。

（四）读者接受度与文化适应的考量

在创新与传承的平衡中，读者接受度和文化适应性是至关重要的影响因素。作家的创新不仅需要在创作上有所突破，还需要考虑读者的文化背景和接受能力。只有在尊重读者的文化预期和认知水平的基础上，创新才能被有效地接受和认可。如村上春树的《挪威的森林》，它在将西方文学元素引入日本文学中时，深刻地考虑了日本读者的文化背景和接受程度。村上春树的创新并没有让读者感到陌生，反而通过细腻的情感描写和本土化的叙事技巧，使这些创新元素与传统的日本文化自然融合，获得了广泛的读者认可。

（五）批评与理论对创新与传承的评价

批评与理论对创新与传承的评价好坏是衡量文学作品成功与否的重要标准。文学批评不仅分析作品的创新程度和对传统的继承，还考察作品在文化和社会背景中的适应性。批评家对乔治·奥威尔的《1984》的评价中，不仅关注其对未来社会的创新性预见，还探讨了作品如何继承了反乌托邦文学的传统。批评界普遍认为，奥威尔在继承反乌托邦传统的基础上，通过对现代社会的深刻洞察和创新的叙事手法，成功地塑造了具有持久影响力的文学作品。

在文学创作中，创新与传统的融合策略展示了作家如何在保持经典元素的基础上，引入新思想和新形式，使作品既具备传统的深度，又具有现代的活力。通过对传统元素的重塑与延续，作家能够在继承文化根基的同时为这些元素赋予新的意义和生命。创新与传承的协调机制则确保了作品能够和谐地结合传统与现代，为读者提供丰富的阅读体验。读者的接受度和文化适应性在创新的过程中也扮演着重要角色，作家的创新需要在尊重读者文化预期的基础上进行。文学批评与理论对这些创作策略的评价则帮助其更好地理解作品的成功与影响力。创新与传承的平衡不仅是文学创作中的艺术追求，也是文学作品得以长久吸引读者和维持文化活力的关键。

第三节　作家作品的跨文化交流与影响

一、作家作品在国际文学交流中的地位

作家作品在国际文学交流中的地位日益重要，成为全球文化对话的重要桥梁。通过国际奖项、翻译与出版、书展与文学节、国际评论与学术研究，以及跨国合作与文学交流项目，文学作品得以突破地域和语言的限制，进入全球视野。这些机制不仅提升了个别作家的国际声誉，也推动了不同文化之间的相互理解和欣赏。

（一）国际奖项与文学评价的影响

国际奖项对作家作品的跨文化传播具有重要影响，获奖作品往往能迅速获得全球读者的关注，并提高其在国际文学舞台上的地位。加西亚·马尔克斯的《百年孤独》在获得诺贝尔文学奖后，极大地推动了拉丁美洲文学在全球的影响力。这不仅为他赢得了广泛的读者群，也促使更多的国际读者重新审视并欣赏拉丁美洲的文学传统。国际奖项如布克奖、普利策奖等，往往成为评价文学作品质量和影响力的重要指标，对作家的职业生涯和作品的国际声誉产生深远影响。

（二）翻译与出版在全球范围的传播

翻译是作家作品国际传播的关键环节，通过翻译使作家的作品能够突破语言障碍，进入不同语言的市场。村上春树的作品通过多语言翻译广泛传播，使他在全球范围内获得了广泛的读者基础。翻译不仅使作品能够在不同文化中传播，也促进了不同文化之间的交流和理解。出版商通过选择和推广翻译作品，扮演了重要的角色。英国的企鹅出版社和美国的诺顿出版社等，都积极推动外文文学作品的出版，促进了全球文学的交流。

（三）国际书展与文学节的角色

国际书展和文学节在全球文学交流中扮演着关键角色，以法兰克福书展为例，这一全球最大的书展每年吸引来自世界各地的出版商、作家和读者。书展不仅展示了各国文学作品，还为出版商和作家提供了洽谈和合作的机会，促进了跨文化对话。类似地，布克文学节也为作家和读者搭建了一个交流的平台，让来自不同文化背景的作家分享创作经验，并讨论文学趋势。这些活动不仅推动了不同文化间的理解和欣赏，也促进了国际文学市场的发展。布克文学节上的对话环节常常让不同文化的文学观念和写作技巧相互碰撞，从而启发新的创作灵感和跨文化合作。通过这些平台，作家的作品能够获得更广泛的认可，同时加强了全球文学的多样性和互动性。

（四）国际评论与学术研究的认可

国际评论和学术研究对作家作品的评价也影响着其跨文化传播的效果，国际文学评论家和学术研究者的认可能够提高作品的学术地位和公众关注度。莫言的作品在获得诺贝尔文学奖后，全球范围内的文学评论和研究迅速增多，这不仅提升了他的国际声誉，也推动了对中国文学的学术研究。国际学术期刊和文学研究机构的评价和分析，使不同文化背景下的读者和研究者能够深入了解和讨论作家的作品。

（五）跨国合作与文学交流项目

跨国合作和文学交流项目在加强全球文学联系方面发挥着重要作用，国际作家交流计划为不同国家的作家提供了互访和合作的机会。这些计划使作家能够在异国体验当地文化，从而丰富他们的创作视野。一个著名的例子是"国际作家居留计划"，它允许作家在海外居住并创作，其间与当地作家和读者互动，推动文化交流。这类项目不仅拓宽了作家的国际视野，也促进了文学作品在全球范围内的多样性和创新。2019年，德国和印度的作家通过"跨文化创作计划"进行了交流和合作，产生了许多融合了两国文化特色的作品。这种合作不仅增强了作家在国际上的影响力，也推动了全球文学的融合和发展，使不同文化间的理解和欣赏得到了进一步深化。

作家作品的国际影响力在多个层面得到体现，国际奖项通过提升作品的全球知名度和影响力，加深了对不同文学传统的认识。翻译与出版使作品能够跨越语言障碍，进入全球市场，促进了文化间的交流。国际书展和文学节为全球作家和读者提供了交流的平台，推动了文化对话。国际评论和学术研究则提升了作品的学术地位，增强了其全球认知度。跨国合作与文学交流项目通过提供创作和交流机会，丰富了全球文学的多样性。这些因素共同促进了全球文学的融合与发展，加深了对不同文化的理解与欣赏。

二、作家作品的跨文化传播与接受

在全球化的背景下，作家作品的跨文化传播成为文学研究和文化交流的重要领域。翻译作为跨文化传播的关键环节，不仅涉及语言的转换，还需适应目标语言的文化和语境，以确保作品在不同文化环境中的接受度和影响力。有效的翻译策略能够帮助作品保留原有的叙事风格和文化特性，同时进行适当的调整，以便在新的文化环境中被理解和欣赏。文化背景对作品的接受度具有深远的影响，不同文化的历史、价值观和社会习惯会影响作品的解读和评价。媒体与网络平台的传播效果也极大地影响了作品的全球知名度和影响力，社交媒体和数字化阅读的发展使得作品能够突破地域限制，迅速吸引全球读者的关注。不同文化对作品主题的解读展示了文化背景如何塑造作品的理解，而读者的反馈和文化交流则进一步促进了作品的国际传播和跨文化理解。

（一）翻译策略与语言适应

翻译是作家作品跨文化传播的关键环节，影响着作品在目标语言环境中的接受度。有效的翻译策略不仅包括忠实于原文的内容，还需要适应目标语言的文化和语境。村上春树的作品《挪威的森林》通过精心翻译，保持了其独特的叙事风格和细腻的心理描写，同时对文化特定的表达进行了适当调整，使其能被西方读者所理解。翻译者往往面临语言的结构差异、习惯用语以及文化隐喻的挑战。以《百年孤独》为例，翻译者需要在忠实再现拉丁美洲魔幻现实主义风格的同时，使其在英语世界中流畅自然。这种翻译策略的成功，使加西亚·马尔克斯的作品在全球范围内获得了高度评价和广泛读者。翻译不仅是语言转换，更是文化适配的过程，通过细致地文化调整和语言优化，使作品能够在不同文化中有效传达其核心思想和情感。

（二）文化背景对作品接受的影响

文化背景在作家作品的接受过程中起着至关重要的作用。福克纳的《喧哗与骚动》在美国文学界被视为经典，但其复杂的叙事结构和地方色彩可能对非美国读者造成理解障碍。在日本，村上春树的作品因其独特的风格和全球化视角而受到热烈欢迎，而在一些文化保守的国家，作品中的某些西方价值观和社会观念可能引起争议。另一个例子是莫言的《红高粱家族》，在中国以外的读者中，可能因其对中国乡土文化的描写和政治隐喻的解读不同于本土读者而产生不同的接受效果。这表明，文化背景不仅影响读者对作品的理解，也影响其在全球范围内的传播和评价。

（三）媒体与网络平台的传播效果

媒体与网络平台在作家作品的跨文化传播中发挥了重要作用，这些平台不仅为作品提供了广泛的曝光机会，还能够迅速吸引全球读者的关注。社交媒体上的书评、读者讨论和博客评论可以迅速传播书籍的评价，增加其国际知名度。一个显著的案例是《哈利·波特》系列，在全球范围内的成功部分归功于网络平台上的粉丝推广和媒体报道。随着数字化阅读的普及，电子书和有声书也使作品能够突破地域限制，方便读者随时随地获取。媒体报道和网络讨论能够引发广泛的兴趣和热议，提高作品的市场认知度和影响力。平台上的互动性和即时反馈也促进了作家与全球读者之间的联系，使作品能够快速适应不同文化背景的需求和期望。

（四）不同文化对作品主题的解读

不同文化对作品主题的解读可以呈现出截然不同的视角和理解，文学作品中的主题往往带有特定文化的烙印，而这种烙印在跨文化传播中可能被赋予新的含义。乔治·奥威尔的《1984》在西方国家被视为对极权主义的强烈批判，而在一些东方国家，它的政治寓意可能被解读为对特定历史时期的隐喻。陀思妥耶夫斯基的《罪与罚》在俄罗斯被认为是对罪恶和救赎的深刻探索，而在西方读者看来，它可能更侧重于道德哲学和心理分析。这种解读差异不仅反映了文化背景对作品主题的影响，也展示了文学作品如何在全球化进程中被重新审视和理解的过程。

（五）读者反馈与文化交流的互动

读者反馈与文化交流之间存在密切的互动关系，读者对作家作品的反馈可以影响作品在不同文化中的接受情况，也能够促进文化间的深入交流。卡勒德·胡赛尼的《追风筝的人》在西方读者中引起了强烈的情感共鸣，推动了对阿富汗文化和历史的关注。读者通过书评、讨论和社交媒体分享自己的阅读体验，不仅帮助其他读者了解作品，也促使作家和翻译者考虑如何调整作品的呈现方式以适应不同文化的需求。另外，跨文化的交流活动，如国际书展和文学节，为读者提供了与作家直接互动的机会，增进了对作品的理解和欣赏。这种互动不仅提升了作品的国际声誉，也促进了全球读者对不同文化的认知和尊重。

作家作品的跨文化传播涉及多个层面的复杂因素，其中翻译策略和语言适应是关键因素。忠实于原文并进行适当的文化调整，翻译就能够有效地将作品带入新的文化环境中，确保其核心思想和情感的传达。文化背景对作品的接受具有重要影响，不同文化对作品的解读和评价可能存在显著差异，这反映了文化对文学作品的深刻影响。媒体与网络平台在推动作品的国际传播和增加其全球知名度方面发挥了不可忽视的作用，电子书和社交媒体的普及进一步提升了作品的全球影响力。不同文化对作品主题的解读体现了全球化进程中文学作品如何被重新审视和理解，而读者的反馈和文化交流则促进了跨文化理解和文学作品的国际声誉。这些因素共同作用，使作家作品在全球范围内的传播与接受成为一个动态而复杂的过程。

三、跨文化交流对作家作品创作的影响

在全球化日益加深的今天，跨文化交流对作家的作品创作产生了深远的影响。作家们通过与不同文化背景和思想观念的接触，不仅丰富了创作的主题和素材，还在创作风格和表达方式上进行了大胆的创新。全球化带来的文化碰撞和国际经验，激发了作家的创作灵感，并推动了文学风格的多样化。作家们在面对跨文化交流中的挑战时，也不断调整和优化作品，以迎合全球读者的需求。下面将探讨跨文化交流如何通过全球化视角、文化碰撞、国际经验和全球读者需求等方面影响作家的创作，并分析这些影响如何促进了文学创作的全球传播和发展。

（一）全球化视角对创作主题的启发

全球化的浪潮使作家能够跨越国界，接触到不同的文化背景和思想观念，这为创作提供了丰富的主题和素材。全球化不仅促使作家对本国文化进行反思，还激发了他们对其他文化的兴趣。萨尔曼·拉什迪的《午夜之子》融合了印度和西方的文学元素，通过讲述印度独立后的历史变迁，展现了印度社会的多元面貌。全球化的视角让创作者在创作中融入了更为宽广的文化和社会视野，使作品更具全球性和时代感。

（二）文化碰撞与创作风格的变革

文化碰撞是全球化带来的重要现象之一，它影响了作家的创作风格和表达方

式。当不同文化的元素交融时，会催生新的文学风格和叙事方式。日本作家村上春树在其作品《挪威的森林》中，将西方流行文化与日本本土文化相结合，创造出一种独特的叙事风格。这种风格不仅受到了全球读者的喜爱，也反映了文化碰撞对文学创作的深远影响。作家们在这种碰撞中不断实验，形成了多样化的创作风格，推动了文学的发展。

（三）国际经验对作品内容的影响

国际经验显著影响作家的创作内容，通过与不同文化和社会的接触，他们能够从中汲取多样的灵感和视角[1]。这种跨文化的经历不仅拓宽了他们的世界观，还深刻塑造了他们的作品。保罗·奥斯特的《纽约三部曲》体现了他对纽约这座城市的深刻体验和理解。这部作品通过对纽约城市生活的细腻描写，展示了都市的复杂性和多重面貌。国际经验让作家能够将不同地域的特色融入作品中，使其文学创作更加多元和真实，形成了更具立体感的文学世界。这种跨文化的融合不仅丰富了作品的内容，也增强了其在全球读者中的共鸣。

（四）跨文化交流中的创作挑战与机遇

跨文化交流为作家提供了丰富的创作机遇，但同时也带来了诸多挑战。在融合不同文化元素时，作家常常面临文化误读和表达难度的问题。印度作家阿尔文·福克斯在其作品《半夜的太阳》中，试图将印度的传统文化与西方叙事技巧相结合。尽管他的作品成功地展示了印度文化的独特性，但在某些地方也出现了文化误解和表达上的偏差。这种挑战不仅需要作家具备深厚的文化理解力，还要求他们能够敏感地处理文化差异。然而这些挑战同样激发了作家的创新思维。面对跨文化的复杂性，作家们通过不断地探索和调整，创造出更具包容性和深度的作品。阿尔文·福克斯在调整过程中深入研究了不同文化的细节，最终使其作品能够更好地跨越文化隔阂，赢得了不同背景读者的认可。跨文化交流拓宽了创作的视野，使作家能够将多元的文化元素融入作品中。这不仅为文学创作带来了丰

---

[1] 陈昊.现当代文学对传统文化的探寻及其传承[J].文学少年,2021(25):40-41.

富的可能性，也促进了全球文化的相互理解和融合。

（五）全球读者需求对创作方向的影响

全球读者的需求变化对作家的创作方向有着直接的影响。在全球化背景下，作家必须关注不同文化圈的读者口味和兴趣，以适应市场需求。乔治·R. R.马丁的《冰与火之歌》系列作品凭借其复杂的世界观和多样化的人物设定，赢得了全球读者的广泛喜爱。这种对读者需求的精准把握，使作品不仅在本国获得成功，也在国际上引起了广泛关注。全球读者需求的变化促使作家在创作中更加注重国际化视角和跨文化的共鸣，推动了文学的全球传播。

跨文化交流为作家创作提供了广阔的视野和丰富的素材，同时也带来了诸多挑战。全球化的视角让作家能够在作品中融入更为宽广的文化和社会视野，创造了更具全球性和时代感的主题。文化碰撞催生了新的文学风格和叙事方式，使作品更具创新性和吸引力。国际经验丰富了作家的创作内容，使作品更加多元和真实，并增强了全球读者的共鸣。然而跨文化交流中也存在文化误读和表达难度的挑战，作家们必须通过不断地探索和调整，才能创造包容性强且具有深度的作品。全球读者需求的变化促使作家更加关注国际化视角，推动了文学的全球传播。跨文化交流不仅拓宽了创作的视野，还为文学创作带来了丰富的可能性和发展机遇。

四、跨文化交流中的文学传承与创新

在全球化的背景下，跨文化交流为文学创作带来了前所未有的机遇和挑战。文学作品在传统与现代元素的融合中不断演变，从而反映了不同文化间的深刻互动。非洲作家钦努阿·阿契贝通过结合传统伊博文化和现代叙事技巧，在《事情崩溃》中展现了非洲社会的变迁；中国作家莫言在《蛙》中则通过传统农村生活与现代社会问题的结合，为全球读者提供了对中国社会变迁的独特视角。全球文学中的创新不仅体现在内容上，也体现在表现手法的跨文化融合，如日本作家村上春树在《挪威的森林》中融合了西方流行文化元素和日本传统叙事风格。

（一）文化融合中的传统与现代元素

在跨文化交流中，文学作品常常将传统与现代元素进行融合，以创造具有时代感的新形式。文化融合不仅涉及对传统元素的保留，还包括对现代观念的吸纳。非洲作家钦努阿·阿契贝在其作品《崩溃》中，通过将传统的伊博文化与现代的西方叙事技巧结合，展示了非洲社会的变迁。这部小说不仅保留了伊博族的传统故事和生活方式，还融合了现代文学的叙事结构和主题，反映了传统文化在全球化背景下的转变。阿契贝通过这种融合，使传统文化得以在现代语境中继续传承，同时也让全球读者更好地理解和欣赏非洲文化的独特性。这种文化融合的过程不仅涉及具体的文学形式和风格，也体现了对文化核心价值的尊重和创新。中国作家莫言在《蛙》中，通过对中国传统农村生活的细腻描写，将现代社会问题和传统文化进行结合。他的作品既展示了中国乡村的传统风貌，又通过现代的叙事技巧和主题，探讨了社会变迁对传统价值观的影响。这种融合不仅丰富了文学创作的内涵，也为全球读者提供了一个了解中国社会变迁的独特视角。

（二）国际视野中的本土文化保留

在全球化的背景下，作家们在创作中面临如何保留本土文化的挑战。尽管国际视野提供了丰富的创作素材和灵感，但对本土文化的保留和展现仍然至关重要。印度作家阿尔文·福克斯在《半夜的太阳》中成功地将印度的传统文化与西方叙事技巧结合，同时保留了印度文化的核心要素。他的作品通过细腻的文化描写和深刻的社会洞察，使全球读者能够感受到印度文化的独特魅力。福克斯不仅展示了印度的历史和社会背景，还通过对印度文化习俗和生活方式的真实再现，让读者对印度有了更深入的理解。本土文化的保留还体现在对传统语言和表达方式的坚持，尼日利亚作家钟塔·阿贝在其作品《紫色的她》中，以自己的母语伊博语进行创作，同时提供了英文翻译。这种做法不仅保护了本土语言的使用，也让全球读者能够通过翻译了解和欣赏伊博文化的丰富内涵。这种方式不仅增强了文化的认同感，也促进了全球文化的多样性和互相理解。

（三）文学形式与表现手法的跨文化创新

跨文化交流带来了文学形式和表现手法的创新，不同文化背景下的作家们在创作中借鉴和融合了各种表现手法，从而推动了文学的发展。日本作家村上春树的《挪威的森林》便是一个显著的例子。这部小说将西方流行文化元素融入日本本土文化，通过一种独特的叙事方式展现了现代社会中的个人孤独和寻找自我。村上春树的作品不仅使用了西方文学中的内心独白和心理分析技巧，还结合了日本传统的叙事风格，形成了一种新的文学表达形式。这种跨文化的创新不仅体现在小说的内容，还包括形式上的突破。巴西作家保罗·科埃略的《牧羊少年奇幻之旅》通过融入阿拉伯和西方哲学思想，创造了一种富有寓意的叙事风格。这种风格结合了简洁的语言、丰富的象征主义和哲学思考，使故事在全球范围内引起了广泛的共鸣。科埃略的成功在于他能够在保留本土文化精髓的同时引入全球视野和现代表现手法，从而创造出具有普遍性的文学作品。

（四）全球文学传统的对话与融合

全球文学传统的对话与融合是跨文化交流的重要表现，在全球化的影响下，不同文化背景的作家们通过对话和互动，不断推动文学的融合与创新。例如英国作家赫尔曼·赫塞的《悉达多》将印度哲学与西方文学相结合，讲述了一个寻求精神启蒙的故事。这部作品不仅受到西方读者的喜爱，也在印度引起了广泛的关注。赫塞通过对全球不同文化和哲学的融合，创造了一个具有普遍性和深度的文学世界。另一个例子是拉美文学中的"魔幻现实主义"风格。哥伦比亚作家加西亚·马尔克斯的《百年孤独》将拉美的民间传说与现实主义相结合，通过魔幻现实主义的手法展现了拉美社会的复杂性。这种风格不仅丰富了全球文学的表现形式，也促成了拉美文学在国际上的广泛传播和认可。全球文学传统的对话与融合使不同文化背景的作家能够互相影响和启发，从而推动了文学的多样性和创新。

（五）传承与创新在跨文化交流中的平衡

在跨文化交流中，如何在传承与创新之间找到平衡是作家们面临的重要挑战。作家们既要尊重和保留传统文化的核心价值，又要在创作中引入创新元素以适应现代读者的需求。例如中国作家鲁迅在《呐喊》中，通过传统的中国文学元素探讨社会问题，并在作品中融入现代的文学技巧。鲁迅的作品不仅保留了传统文学的风貌，还通过创新的叙事方式和语言风格，引发了对中国社会的深刻反思。另一例子是日本作家川端康成的《雪国》，川端康成在创作中深刻挖掘了日本传统文化的美学，同时运用了西方现代主义的叙事手法，使作品在保留日本传统文化的同时也具有了现代文学的创新性。这种平衡的艺术处理不仅使作品在日本文学界获得了高度评价，也在国际上引起了广泛关注。作家们通过在传承和创新之间找到合适的平衡点，能够在跨文化交流中创造出既具有本土特色又具有全球吸引力的文学作品。

在跨文化交流中，文学作品通过将传统文化与现代观念相结合，不仅传承了文化的核心价值，也推动了文学形式的创新。这种融合不仅丰富了文学创作的内涵，也提升了全球读者对不同文化的理解。全球文学的对话与融合促使作家们在尊重本土文化的基础上，引入全球视野，创造了具有普遍性和时代感的文学作品。最终，文学创作在传承与创新之间的平衡，不仅展示了文化的多样性，也推动了全球文学的持续发展。

第四章
当代作家的创新理念与传承意识

第一节 作家的创新理念解析

一、作家的创新动机与源泉

作家的创新动机与源泉往往根植于他们的个人经历、社会变革、文学理论和全球化背景。个人经历和生活体验为作家的创作提供了深刻的情感和独特的视角，而社会变革和文化趋势则推动了他们对社会现象的反思与表达。前沿文学理论和流派为作家开辟了新的创作路径和形式，全球化背景下的跨文化交流则激发了他们在作品中融合多元文化元素。这些因素共同作用，推动了文学创作的不断创新与发展。

（一）个人经历与生活体验的影响

作家的个人经历和生活体验是其创新理念的重要源泉，个人的成长背景、生活环境以及独特的经历塑造了他们对世界的独特视角。著名作家余华的《活着》深受其个人经历的影响。余华经历过社会动荡，这种经历赋予了他对人性的深刻理解和对社会变迁的独特观察。通过他对底层人民生活的真实描绘，余华不仅反映了个人的困苦和坚韧，还揭示了社会的广泛问题，从而推动了文学创新。作家王安忆在其小说《长恨歌》中，也融入了大量的个人生活体验。她将自己在上海的生活体验与社会变迁相结合，通过细腻的笔触勾勒出上海市井生活的复杂和变迁，这种个人化的描写不仅赋予了作品独特的地域色彩，也使她的创作充满了现实的质感和历史的厚重感。

(二) 社会变革与文化趋势的推动

社会变革和文化趋势对作家的创新理念起到了深远的推动作用，随着社会的不断变迁，作家们在创作中逐渐关注和反映社会的最新动态和文化趋势。近年来的文学作品中，很多作家开始关注社会的不平等现象和弱势群体的生存状态，这种关注正是社会变革和文化趋势的直接反映。作家鲁迅的《狂人日记》就是对社会现实的深刻反思，表现了对封建制度的批判和对社会病态的揭示。当代，随着数字化和互联网的普及，网络文学成了新兴的文化趋势。作家们在这一背景下，开始探索新的叙事方式和表达手段，如使用网络语言、参与互动式创作等，这些都极大地推动了文学形式的创新。

(三) 文学前沿理论与流派的启发

文学前沿理论和流派的兴起为作家的创作提供了新的思路和灵感，不同的文学流派，如现代主义、后现代主义和意识流等，对作家的创作产生了深刻影响。作家村上春树的作品受到了后现代主义理论的影响。他在《挪威的森林》中运用了多重叙事视角和非线性叙事手法，这些都是后现代主义理论的核心要素，极大地丰富了他的作品层次和表现形式。同样中国作家阎连科在《丁庄梦》中借鉴了西方的意识流技巧，通过错综复杂的内心独白和非线性叙事，展现了个体在社会变革中的精神困境。这种创作手法的运用，不仅体现了文学前沿理论的启发，也使作品在艺术表现上达到了新的高度。

(四) 全球化背景下的跨文化刺激

在全球化背景下，跨文化的交流和碰撞为作家的创作提供了丰富的刺激和灵感。作家们通过接触和融入不同文化的元素，能够创造出具有跨文化特征的作品。美国作家塔娜·弗伦奇的《信号失真》融合了爱尔兰的地方文化和全球化的都市文化，通过对不同文化背景的交织，呈现出独特的叙事风格和社会观察。中国作家刘慈欣的《三体》系列借鉴了科幻文学的国际语言和思维方式，通过科幻这一全球化的文化现象，探讨了人类未来的可能性和宇宙的奥秘。这种跨文化的创作不仅扩大了中国文学的国际视野，也促进了中国文学在全球范围内的传播和影响。

作家的创作动机是多方面的，个人经历和社会变革提供了丰富的素材和灵感，文学理论和流派启发了新的创作方式，而全球化背景下的跨文化交流则拓宽了创作的视野。这些因素相互交织，促使文学不断演进，并在全球范围内产生深远的影响。通过深入探讨这些动机和源泉，能够更好地理解作家创作的复杂性与多样性。

二、作家对文学传统的理解

作家对文学传统的理解和运用，深刻影响了文学的演变和创新。在对传统文学形式与风格的审视中，作家不仅回顾了过去的文学样式，还评估了其在当代文学创作中的适用性与局限性。经典文学作品的价值观分析揭示了其时代背景下的核心价值，并在后世继续影响读者的思维与审美。而在传统与现代的融合方式方面，作家们通过创新性的尝试，将传统文学的精髓与现代叙事技巧相结合，推动了文学的多样化发展。尽管文学传承面临全球化和数字化带来的挑战，这些挑战同时也带来了新的机遇，使文学在新时代中焕发新的生命力。

（一）传统文学形式与风格的审视

作家对传统文学形式与风格的审视不仅是对过去文学样式的回顾，更是对其在当代文学创作中的适用性与局限性的评估。传统文学形式如诗词、小说、戏剧等，承载了丰富的文化内涵和艺术价值。古典诗词中的五言绝句和七言律诗，注重平仄对仗和音韵美感，这些形式在中国文学史上占据重要地位。作家如李白和杜甫的诗作，体现了这一传统风格的巅峰，具有高度的艺术成就和历史价值。然而在现代文学中，许多作家选择对这些传统形式进行创新。现代作家北岛在《回答》中，虽然受传统诗词的影响，但其用词更为自由，风格更具个人特色。这种审视与创新，使传统文学形式得以在现代语境中焕发新的生命力，同时也推动了文学风格的多样化发展。

(二) 经典文学作品的价值观分析

经典文学作品常常反映了其时代的核心价值观,并在后世继续影响着读者的思维与审美[①]。莎士比亚的《哈姆雷特》不仅仅是一部戏剧,它深刻探讨了人性、权力和复仇等主题,这些价值观在当时的英国社会中具有重要意义。在中国,《红楼梦》通过对贾宝玉、林黛玉等角色的描绘,展现了封建社会的矛盾和人性的复杂。这部作品的价值观分析揭示了人性的多面性以及社会制度对个人命运的深远影响。经典文学作品不仅记录了历史时代的精神风貌,也提供了对人类共同经验的深刻洞察,使得这些作品能够在不同的历史阶段持续引发共鸣。

(三) 传统与现代的融合方式

传统与现代的融合方式是作家探索文学创新的重要路径,许多当代作家在创作中既尊重传统,又大胆尝试新的表现形式。作家莫言在《红高粱家族》中,融合了中国传统的乡土文学风格与现代的叙事技巧。他通过对传统故事和民俗的细致描写,结合现代的叙事结构和语言风格,创造了一种新的文学表达方式。这种融合不仅保留了传统文学的精髓,也为现代读者提供了新的阅读体验。通过这种方式,作家能够在尊重和继承传统的同时推动文学形式的创新和发展。

(四) 文学传承中的挑战与机遇

文学传承在现代社会中面临诸多挑战和机遇,挑战主要来自全球化和数字化对传统文学形式和价值观的冲击。数字媒体的迅速发展改变了阅读习惯和文学传播方式,传统纸质书籍和经典文学作品面临被边缘化的风险。然而这一变化也带来了新的机遇,网络文学的崛起使得更多创新性作品得以迅速传播并获得众多读者。作家如韩寒通过微博等平台直接与读者互动,使其作品《三重门》等迅速获得关注。这种新兴平台不仅拓展了文学的传播渠道,也促进了文学形式的多样化和创新。因此尽管文学传承面临挑战,但同样也获得了前所未有的发展机遇。

---

① 申朝晖.直面历史叙事中的矛盾和纠葛——以陕西当代文学为例[J].当代文坛,2021(6):184-189.

作家对文学传统的理解不仅是对经典形式的继承，更是对传统与现代的融合与创新。通过对传统文学形式的审视和经典作品价值观的分析，作家们能够在尊重传统的基础上进行创新，创造出富有现代性的文学作品。尽管面临全球化和数字化的挑战，新的传播平台和文学形式的出现为文学的传承与发展提供了前所未有的机遇。在这种背景下，文学既保持了传统的精髓，又不断推陈出新，展现出更加丰富和多样的面貌。

三、作家在创新中的困惑与挑战

在文学创作的领域中，创新是推动艺术进步的重要动力。然而作家在追求创新的过程中常常会遇到诸多困惑与挑战。这些困惑不仅来自对市场接受度的矛盾、原创性与文学规范的平衡，还包括创作过程中的孤独感以及批评与接受的双重压力。理解这些挑战对于作家而言至关重要，它们不仅影响着创作的路径，还决定了作品在文学史上的地位。下面将探讨作家在创新过程中面临的主要困境，并分析这些困境如何影响作家的创作实践及其艺术成就。

（一）创新与市场接受度的矛盾

作家在追求创新的过程中常常面临市场接受度的矛盾。一方面是创新可以打破传统的局限，带来全新的表达方式和审美体验；另一方面是市场对创新的接受度却存在一定的不确定性。以作家村上春树为例，他的小说《挪威的森林》以独特的叙事风格和超现实的情节受到广泛欢迎，但他后续作品《1Q84》中的非线性叙事和复杂结构却在某些读者中引发了争议。这种矛盾反映了创新作品可能会在市场上遇到接受度的挑战。作家在推动文学前沿的同时必须面对市场反馈的复杂性，找到创新与读者需求之间的平衡。

（二）原创性与文学规范的平衡

原创性与文学规范的平衡是作家在创新过程中面临的一大挑战，原创性要求作家打破传统的文学规范，探索新的表达方式和叙事技巧，以展现个人独特的艺术视角。然而过度追求原创性可能会导致作品与现有的文学规范脱节，从而影响其可读性和读者的接受度。卡夫卡的《变形记》以其创新的象征主义和荒诞风格，挑战了传统小说的叙事结构和逻辑。然而这种极具个性化的风格使得读者对作品的解读变得相对复杂，对一些读者而言，难以迅速把握其深层含义。虽然《变形记》在文学界取得了重要地位，但其创新性也使读者和批评家必须付出额外的努力来理解其内涵。作家在创作过程中必须在遵循文学规范与追求原创性之间找到一个恰当的平衡点，以确保作品既能展示独特的艺术创意，又能被读者所理解和接受。这样，创新不仅能推动文学的发展，还能有效地传达作家的艺术意图。

（三）创新过程中的创作孤独感

创新的过程往往伴随创作孤独感，这是许多作家共同经历的挑战。追求创新时，作家可能会偏离主流观点，从而感到孤立无援。弗吉尼亚·伍尔夫在创作《到灯塔去》时，选择了意识流技法，这种打破传统叙事结构的创新方法在当时并未获得广泛认可。伍尔夫在这一过程中深感孤独，不仅因为她的创作风格与当时的主流文学趋势相悖，还因为对自己艺术方向的不确定性增加了孤立感。创作孤独感不仅源于与主流的疏离，还可能因对自身创作方向的质疑而加剧。作家需要在面对这些孤独感时坚持自己的艺术追求，并积极寻求支持和理解，以便继续推进自己的创新工作。这种坚持不仅有助于个人艺术成长，也推动了文学的多样性和进步。

（四）批评与接受的压力与困境

在创新过程中，作家往往面临批评与接受的双重压力。新颖的作品因为突破传统常常引发激烈的批评，这些批评可能会动摇作家的自信和创作动力。乔治·奥威尔的《1984》就是一个典型例子。虽然这部作品在文学界取得了巨大的成功，但它在冷战时期的政治敏感性使其受到了一些批评，部分读者对其内容表示抵触。这种情况凸显了作家在创新时必须接受来自不同视角的反馈，同时保持对自己创作的信念。面对批评，作家需要从中提取建设性的意见，不断调整和完善自己的创作。尽管批评和压力是创新过程中不可避免的一部分，但它们也是作家成长和进步的重要因素。通过这种过程,作家不仅能提升自身的艺术水平,还能在文学领域中留下更深远的影响。

在创新的过程中,作家往往面临着诸多困惑与挑战。创新与市场接受度之间的矛盾使作家在推动文学前沿的同时需要谨慎权衡读者需求和创新性的平衡。原创性与文学规范的平衡是作家必须面对的重要问题,过度的原创性可能会导致作品与现有文学规范脱节,从而影响其可读性。创作孤独感是许多作家在探索创新时必须经历的心理挑战,这种孤独感不仅源于与主流的疏离,也可能因对自我创作方向的质疑而加剧。批评与接受的压力则考验着作家的信心和创作动力,尽管批评可能带来挫折,但它也是作家成长和艺术提升的重要因素。这些挑战不仅是作家在创新过程中不可避免的一部分,也是推动文学艺术不断进步的重要动力。

四、作家创新理念的实践路径

在文学创作的领域中,作家的创新理念是推动艺术进步的核心力量。通过实验性创作、新形式的探索、跨界合作、多媒体应用、读者反馈的策略及创作过程中的反思,作家们不断突破传统界限,开辟了新的表达方式和创作路径。这些实践不仅丰富了文学作品的表现形式,也深化了读者的体验感和参与感。随着技术的进步和艺术观念的更新,作家的创新实践展现了文学创作的无限可能性。

(一)实验性创作与新形式的探索

实验性创作是作家在追求创新时的重要实践路径,通过突破传统的创作模式和叙事手法,作家能够探索新的艺术形式和表现方式。乔伊斯的《尤利西斯》就是一种典型的实验性创作。乔伊斯通过采用意识流技法和复杂的叙事结构,打破了传统小说的叙事方式,带来了全新的阅读体验。这种实验不仅挑战了读者的习惯,也推动了文学的变革。近年来,随着数字技术的发展,越来越多的作家开始尝试融合不同的艺术形式,如互动小说和虚拟现实小说。这些新形式不仅扩展了文学的表现空间,也为读者提供了更加沉浸的体验。作家在进行实验性创作时,需要勇于打破常规,并不断测试和调整,以找到最适合自己艺术追求的表达方式。通过这种探索,作家可以在文学领域中开辟出新的可能性,推动艺术的不断进步。

(二) 跨界合作与多媒体应用

跨界合作与多媒体应用是当代作家实现创新理念的另一条重要路径,随着技术的发展,文学创作不再局限于传统的文本形式,而是逐渐融入了其他艺术形式和技术手段。作家大卫·米切尔的《云图》通过多线叙事和不同风格的文体,将文学与电影、戏剧的元素融合在一起,展现了复杂的故事结构和丰富的主题。多媒体应用,如电子书、音频书和互动小说,也为文学创作提供了新的平台。作家可以通过这些平台实现更为生动的叙事方式,增强读者的参与感和体验感。增强现实技术的应用使读者可以通过智能设备与文本进行互动,创造出全新的阅读体验。跨界合作不仅能够激发创作灵感,还能将文学作品推广到更广泛的受众群体,拓宽了文学的传播途径。

(三) 读者反馈与创作调整的策略

在创新过程中,作家应积极利用读者反馈进行创作调整,这一策略有助于作品更好地与读者产生共鸣[1]。作家可以通过各种渠道,如书评、社交媒体和读者调查,收集关于作品的反馈意见。J. K. 罗琳在创作《哈利·波特》系列时,就非常重视读者的反馈,尤其是青少年读者的意见。她根据这些反馈不断调整情节发展和人物塑造,使其系列作品更加贴近读者的需求和期望。读者反馈不仅可以帮助作家了解作品的接受情况,还能提供关于故事情节、人物性格和写作风格的宝贵意见。通过对反馈的分析和调整,作家能够优化作品的内容,使其更具吸引力和可读性。这样,创作不仅能够保持其创新性,还能更好地迎合市场需求和读者口味。

(四) 创作过程中对创新的不断反思

在创作过程中,作家对创新的不断反思是确保作品质量和艺术价值的重要途

---

[1] 谢昭新.老舍文学经典的生成及其当代意义[J].首都师范大学学报:社会科学版,2020(1):8.

径。反思能够帮助作家识别创作中的问题，并调整艺术方向以更好地实现创作目标。作家村上春树在创作《1Q84》时，面对复杂的叙事结构和非线性叙事的挑战，他不断进行自我审视和调整，最终成功地将这些创新元素融入作品中。作家在反思过程中可以通过对比自己的作品与经典文学、研究文学理论和接受同行评议等方式，获得对自身创作的更深入理解。这种反思不仅有助于完善作品的细节和结构，也能激发新的创作灵感和方向。通过不断地自我反思和调整，作家能够在保持创新性的同时确保作品的深度和艺术价值，从而在文学领域中获得长远的发展。

作家的创新实践路径涵盖了多方面的探索，从实验性创作和新形式的尝试，到跨界合作和多媒体应用，再到积极利用读者反馈及创作中的反思，这些策略共同推动了文学艺术的发展。通过不断打破传统界限和优化创作方法，作家不仅拓展了文学的表现空间，也提升了作品的艺术价值和市场吸引力。这种创新的持续探索，使文学创作在现代社会中展现出更为丰富和深刻的面貌。

第二节 作家的传承意识探讨

一、作家对文学遗产的继承

作家对文学遗产的继承不仅是对过去艺术成就的尊重，更是推动文学创新与发展的重要途径。经典文学作品、传统主题与符号、历史背景的融入，以及文学遗产表现形式的创新，都是作家在创作中延续和发扬文学传统的重要手段。通过对经典作品的学习与借鉴，作家不仅能汲取创作技巧和思想精华，还能在现代语境下赋予传统文学新的生命。再现传统主题与符号，使古老文化在当代焕发光彩，而历史与文化背景的融入则为作品提供了深厚的社会意义。最终通过创新的表现形式，作家能够将文学遗产的价值有效传递给当代读者，实现文化的继承与创新。

（一）对经典文学作品的学习与借鉴

作家对经典文学作品的学习与借鉴，是继承文学遗产的重要途径。经典作品往往蕴含着深厚的艺术价值和思想内涵，作家通过研读和分析这些作品，可以汲取其中的创作技巧和思想精髓。现代作家村上春树在创作《挪威的森林》时，就受到了菲茨杰拉德的《了不起的盖茨比》的影响。他借鉴了经典小说中的人物复杂性和情感深度，将其融入自己的作品中，创造出具有现代感的文学作品。通过对经典的学习，作家不仅可以继承过去的艺术传统，还能够将其与当代的创作实践相结合，形成具有时代特征的新作品。这种学习与借鉴的过程，不仅能提升作家的艺术造诣，还能确保经典文学的传承与发展。

（二）传统文学主题与符号的再现

传统文学主题与符号的再现，是作家继承文学遗产的重要表现形式。许多经典作品中蕴含的主题和符号，承载了丰富的文化内涵和历史意义。现代作家通过重新演绎这些主题和符号，可以为传统文学赋予新的生命。作家南派三叔（本名徐磊）的《盗墓笔记》系列中，继承了中国古代墓葬文化和神秘传说的元素，通过现代探险的情节和方式重新展现传统的文化符号。这种再现不仅让读者感受到传统文化的魅力，也使古老的主题在现代语境下焕发出新的光彩。通过这种方式，作家能够将传统文学的精髓融入现代创作中，保持文化的连续性与创新性。

（三）历史背景与文化背景的融入

将历史背景与文化背景融入作品中，是作家对文学遗产的关键继承方式。通过对特定历史时期和文化环境的深入描绘，作家不仅能展现时代特征，还能为作品增添丰富的历史维度和文化内涵。余华的《活着》通过对 20 世纪中期中国社会变迁的详细刻画，将个人命运与历史背景紧密联系。这部小说通过描述主人公福贵的悲剧性人生，展现了中国从民国到中华人民共和国成立及其后的社会动荡，深刻反映了历史对个人生活的深远影响。余华在作品中细致地再现了那个时期的社会风貌和文化习俗，使读者能够感受到时代变迁对普通百姓生活的压迫与影响。这种对历史背景的准确把握和文化背景的深入融入，不仅让读者感受到历史的真实性和文化的深度，也增强了作品的文学价值和情感共鸣。通过将历史和文化背景融入创作，作家能够为作品赋予更深刻的社会意义，使其不仅成为艺术的表达，还成为对历史和文化的深刻反思与记录。

(四) 文学遗产在作品中的表现形式

文学遗产在作品中的表现形式，可以通过多种方式展现，包括叙事结构、风格模仿和主题表达等。鲁迅在《阿Q正传》中，通过模仿传统小说的叙事方式和风格，批判了当时社会的弊端，同时继承了古典文学的叙事技巧。现代作家如海明威的《老人与海》，在简洁的语言风格中融入了古典文学的英雄主义精神，展现了文学遗产的创新表现形式。这种对传统表现形式的再现，不仅使文学作品在现代语境中保持了传统的艺术特征，也使经典的文学元素得以在新的创作中发扬光大。通过这些表现形式，作家能够将文学遗产的价值传递给当代读者，实现文化的继承与创新。

作家对文学遗产的继承，是文学创作中一项至关重要的任务。经典作品的学习与借鉴，不仅帮助作家提升艺术造诣，还推动了文学传统的延续。传统主题与符号的再现，以及历史背景与文化背景的融入，使文学作品不仅能保留文化的连续性，还能在现代语境中展现新的生命力。通过对文学遗产表现形式的创新，作家将传统艺术技巧与当代创作实践相结合，展现了丰富的艺术风貌和社会意义。这种多层次的继承方式，不仅丰富了文学作品的内涵，也促进了文学的不断发展与创新。

二、作家在传承中的创新尝试

在当代文学创作中，传统文化和经典题材的创新改编成为作家们探索文学表达新形式的重要途径。作家们在继承传统文学精髓的同时通过现代化的改编、经典文学形式的创新应用、传统叙事技巧的现代转化以及新兴媒介和技术的重新诠释，赋予了古老题材新的生命力。这种创新不仅让传统故事能够更好地与现代观众产生共鸣，还推动了文学形式的多样化发展，使经典文化在新时代中焕发出新的光彩。

（一）传统题材的现代化改编

传统题材的现代化改编是作家在继承文学遗产时进行创新的重要途径，这种改编不仅保留了传统故事的核心价值观和文化内涵，还结合了当代社会的背景与需求，为经典题材注入新的活力。以《西游记》的现代化改编为例，作家刘慈欣在其科幻作品《三体》中，虽然没有直接改编《西游记》的情节，但其对宇宙探索和人类未来的设想，隐约传承了传统文化中的英雄主义精神和对未知世界的探索欲望。电影《西游伏妖篇》将传统的西游题材与现代的特效技术和幽默风格相结合，创造出一种全新的观影体验。通过这种创新改编，作家能够让传统题材在现代社会中继续发挥其影响力，并不断适应时代的发展。

（二）经典文学形式的创新应用

经典文学形式的创新应用是作家在继承传统文学时进行创新的重要方式，这种创新不仅是对形式的再现，更是在传统文学基础上的大胆探索和实验[①]。以诗歌形式为例，现代作家北岛在其诗集《回答》中，虽然继承了传统诗歌的韵律美，但运用了自由诗的形式和现代主义的手法，赋予诗歌新的表现力。同样，小说领域中的张爱玲则通过将传统的中国小说叙事结构与西方现代主义文学技巧结合，在《倾城之恋》中创造出独特的叙事风格。这种创新不仅提升了文学作品的表现力，也为经典文学形式注入了现代气息，使其能够在当代文学中占有一席之地。经典形式的再创造，既尊重了传统，又推动了文学形式的多样化发展，使其更好地适应当代读者的需求和审美。

（三）传统叙事技巧的现代转化

传统叙事技巧的现代转化是作家在文学创作中继承和创新的关键手段，传统叙事技巧，如多线索叙事、非线性叙事等，虽然源于古典文学，但在现代文学创

---

① 王筱丹.中国最美线装书设计的传承与创新研究[J].常州工学院学报(社会科学版),2020,38(6):5.

作中仍具有重要价值。现代作家在传统叙事技巧的基础上进行转化，能够创造出新的叙事结构和风格。余华在《活着》中，虽然叙事技巧简单直白，却通过时间的回溯和回忆的交错，展现了复杂的情感层次。另一例是村上春树在《1Q84》中，运用平行世界和非线性叙事手法，创造了一种既有传统色彩又具有现代感的叙事体验。这种对传统叙事技巧的现代转化，不仅使经典技巧能够适应当代的表达需求，还增强了作品的艺术感染力和读者的沉浸感。通过这种转化，作家能够在保持传统叙事精髓的同时引入新的创作元素，推动文学叙事的发展。

（四）新兴媒介与技术对传统的重新诠释

新兴媒介与技术的应用，为传统文学的重新诠释提供了全新的可能性。随着数字技术的发展，作家能够利用虚拟现实、增强现实等新兴媒介，重新诠释传统文学作品。虚拟现实技术可以将经典小说中的场景和角色生动地呈现在读者面前，让他们以第一人称的视角体验故事中的世界。2017 年，英国作家玛格丽特·阿特伍德推出了以《使女的故事》为基础的互动应用程序，利用增强现实技术将小说中的未来世界与读者的现实世界连接起来，创造了一种全新的阅读体验。类似地，数字平台上的互动小说和游戏也通过结合传统故事和现代技术，使经典文学得以在虚拟环境中重新展现。这种技术对传统的重新诠释，不仅扩大了文学作品的传播范围，还为传统故事的体验提供了更丰富和沉浸的方式，使其能够在数字时代继续吸引新的受众。

作家们在继承传统文学的过程中，通过现代化改编、经典形式的创新应用、传统叙事技巧的转化以及新兴技术的利用，展示了对传统文化的深刻理解和独特的创新能力。传统题材的现代化改编，使经典故事能够与当代观众产生共鸣，并在新时代中焕发新的活力。经典文学形式的创新应用，不仅尊重了传统，还引入了现代元素，使文学作品更具表现力和现代感。传统叙事技巧的现代转化，创造了新的叙事结构和风格，增强了作品的艺术感染力。新兴媒介和技术的应用，扩大了文学作品的传播范围，并提供了更加丰富的阅读体验。通过这些创新尝试，作家们不仅保留了传统文学的核心价值，还推动了文学的多样化发展，使传统故事在数字时代中继续吸引新的受众和关注。

三、作家传承意识的社会影响

作家的传承意识在文化认同、历史记忆、文学教育以及传统文化关注方面扮演了至关重要的角色，通过对文化传统的承接与创新，作家不仅传递个人的情感和思考，还在塑造社会的价值观和文化认同方面发挥了深远的影响。文学作品不仅记录了社会历史的变迁，还以其独特的艺术形式为公众提供了重要的历史视角和文化认知。作家的作品在文学教育与批评中占据了核心地位，推动了文学理论的发展，并促进了公众对传统文化的关注和尊重。因此作家的传承意识不仅为文学创作注入了文化深度，也为社会文化的持续发展做出了重要贡献。

（一）对文化认同与价值观的塑造

作家的传承意识对文化认同与价值观的塑造有着深远的影响，作家通过作品传递的不仅是个人的情感和思考，更是对文化传统的承接与创新。通过对传统文化元素的引用和再创作，作家能够帮助读者建立对特定文化的认同感。鲁迅通过《阿Q正传》深刻地反映了中国社会的传统观念和现代变革，他的作品不仅塑造了人们对社会现象的理解，也影响了公众的价值观。鲁迅笔下的阿Q代表了旧社会中许多传统观念的缩影，同时也暴露了社会的缺陷，使读者在认同中国传统文化的同时也开始反思和批判这些传统观念的不足。这种方式使作家的作品不仅是个人创作，更是文化认同的建构和价值观的传递。

（二）对社会历史记忆的传递

作家通过文学作品记录和传递社会历史记忆，具有不可替代的作用。文学作品能够将历史事件、社会变迁以及时代风貌以生动的形式展现给读者，为后人提供重要的历史视角。冰心的《繁星·春水》通过细腻的描写，记录了20世纪初中国社会的变迁和人民的生活状态。这些作品不仅记录了历史的瞬间，也传递了那个时代人们的情感和思考。作家以其独特的视角和艺术手法，能够将复杂的历史背景转化为易于理解的叙事，帮助读者更好地理解和记忆历史。因此文学作品成为社会历史记忆的重要载体，使历史经验得以传承和延续。

（三）对文学教育与批评的影响

作家的传承意识在文学教育与批评中扮演了重要角色，文学教育不仅是对作品的分析，更是对文化传统和文学理论的传递。作家通过其作品中的风格和主题，影响了文学教育的方向和内容。朱自清的《背影》以其朴实的语言和深情的叙述方式，成为中国现代文学的重要教材，影响了几代学生的审美观和文学素养。文学批评界也通过分析作家的作品，评估和发展文学理论。作家如何继承和创新文学传统，往往成为批评的焦点。通过对作家作品的分析，批评者能够探讨文学发展的轨迹和趋势，对文学教育提供指导和借鉴。因此作家的传承意识直接影响了文学教育的内容和方向，推动了文学批评的发展。

（四）对公众对传统文化的关注与重视

作家的传承意识能够有效提升公众对传统文化的关注与重视，作家通过将传统文化元素融入现代文学作品，使这些传统文化得以在新的语境中焕发活力。莫言在《红高粱家族》中将中国传统的民俗、习惯与历史背景结合，展现了浓郁的地方文化特色，使读者对中国传统文化有了更加直观的认识。莫言的作品不仅展示了传统文化的独特魅力，还引发了公众对传统文化的关注和重视。通过这样的文学作品，公众可以更深入地理解和欣赏传统文化，进而推动对传统文化的保护和传承，不仅丰富了现代文学的内涵，也促进了公众对传统文化的尊重与珍惜。

作家的传承意识在多方面对社会产生了显著的影响，通过对文化认同的塑造，作家将传统文化与现代观念相结合，引导公众对文化的理解和反思。在记录社会历史记忆方面，文学作品提供了宝贵的历史视角，帮助人们记忆和理解过去。作家的创作还对文学教育和批评产生了直接影响，推动了文学理论的发展。而通过对传统文化的关注与重视，作家的作品促进了公众对传统文化的欣赏和保护。

四、作家传承与创新的平衡策略

在文学创作中，如何平衡传统与创新是作家面临的重要挑战。传统文化为文学作品提供了深厚的根基，而创新则是推动文化发展的动力。有效地融合这两者不仅能够保持文化的连续性,还能赋予作品新的生命力。作家在创作过程中,必须在尊重传统文化核心价值的基础上,勇敢尝试新的表达方式,以实现文化的传承与演变。这种平衡策略不仅能够保持作品的传统魅力,还能使其在现代语境下焕发出新的活力。

(一) 在创新中保持传统的核心价值

作家在创新过程中保持传统的核心价值,是一种重要的创作策略。这要求作家在探索新形式和新内容时,仍然要坚守传统文化的核心理念和价值观。曹文轩在他的儿童文学作品《根鸟》中,通过引入现代叙事技巧和幻想元素,创造了一个充满魔幻色彩的故事世界。然而他依然坚持了中国传统文化中对善良、勇气和坚韧不拔精神的体现。在《根鸟》中,主角的冒险经历不仅富有现代感,而且深刻反映了中国古代传统的道德观念。这种方法使作品在迎合当代读者的同时也不失传统文化的精髓,从而实现了创新与传统的有效融合。

(二) 结合传统与现代元素的创作方法

将传统与现代元素结合的创作方法,为文学作品提供了独特的视角和表现形式。这种方法既能保留传统文化的核心韵味,又能融入现代社会的现实关怀[①]。电影《十面埋伏》通过结合中国古典文学的诗意与现代电影技术,展示了一种新颖的艺术风格。影片在叙事上借鉴了传统戏剧的细腻情感,同时运用了现代化的视觉特效和摄影技巧,使传统文化在现代观众面前焕发了新的生命力。影片中的古典美学与现代技术的融合,不仅使传统文化在现代社会中得到了重新诠释,也引发了观众对传统文化的兴趣和认同。这种创作方法不仅丰富了文学作品的表现形式,也促进了传统文化与现代社会的深度对话。

(三) 对传统文化的尊重与适度突破

作家在创作中对传统文化的尊重与适度突破,能够有效推动文化的创新与发

---

① 席艺璇.共情与重塑——古代文学教学法的革新[J].语文教学与研究,2019(16):2.

展。尊重传统文化为作品提供了坚实的基础,而适度突破则注入了新的活力[①]。莫言的小说《蛙》就很好地体现了这一策略。尽管《蛙》描绘的是中国乡村的现实生活,但莫言并没有局限于传统的叙事模式,而是大胆地运用了魔幻现实主义的手法。这种创新不仅让故事具有了新的叙述角度,也使传统文化在现代背景下得以重新诠释。莫言通过对传统文化的深刻理解,结合现代文学的创新形式,使《蛙》在保留文化内涵的同时更加贴近当代读者的审美和情感需求。这种平衡和突破,使《蛙》既传承了传统的精神,又展示了文化的新面貌。

(四) 创作中平衡传统与创新

在创作中平衡传统与创新是一项至关重要的任务,它要求作家在尊重传统的基础上,不断尝试新的表达方式,以推动文化的传承与发展。鲁迅在《呐喊》中巧妙地实现了这一平衡,他通过将传统的文言义与现代白话文结合,创造了独特的文学风格。这种创新不仅保留了古典文学的精髓,还通过现代语言和叙事技巧,对社会现实进行了深刻的批判和观察。鲁迅的作品不仅深刻地反映了传统文化的内涵,也展示了现代文学的广度和深度。这种平衡策略不仅增强了文学作品的艺术价值,也促进了文化的持续进步和演变,使传统与现代在文学创作中得到了和谐共存。

在文学创作中,作家通过平衡传统与创新,实现了文化的传承与发展。曹文轩在《根鸟》中,通过现代叙事技巧和幻想元素,保留了中国传统文化的核心价值,实现了创新与传统的有效融合。电影《十面埋伏》则通过结合古典文学的诗意与现代技术,展示了传统文化的全新面貌。莫言的《蛙》通过魔幻现实主义的手法,对传统文化进行了适度突破,使作品既保留了传统的精髓,又符合现代读者的审美需求。鲁迅在《呐喊》中将传统文言文与现代白话文相结合,创造了独特的文学风格,使传统与现代在创作中得到了和谐共存。

---

① 李枢密.乡贤文化的传承与创新思考——基于乡村振兴背景[J].大观(论坛),2019(10):155-156.

第三节　当代作家的跨文化交流

一、作家在国际文学交流中的角色

作家在国际文学交流中扮演着至关重要的角色，他们通过获得国际文学奖项、参与文学节和书展、参与国际合作项目，以及与跨国出版社和翻译机构的合作，推动了全球文学的多样性和文化的跨国融合。这种交流不仅提升了作家的国际声誉，还促进了不同文化间的理解与对话。

（一）国际文学奖项与荣誉的获得

莫言是第一个获得诺贝尔文学奖的中国作家，他的获奖不仅标志着个人文学成就的巅峰，也引起了全球对中国文学的广泛关注。诺贝尔文学奖的荣誉使莫言的作品《蛙》《红高粱家族》等被更广泛地翻译和传播，使国际读者能够深入了解中国文学的独特魅力。这种荣誉不仅提升了作家的国际声誉，还促进了中外文学的相互交流与理解，推动了文化的跨国传播和融合。

（二）国际文学节与书展中的参与

国际文学节和书展为作家提供了一个展示自我和交流思想的平台，每年的法兰克福书展吸引了来自世界各地的文学创作者、出版商和读者。中国作家如韩寒和刘震云等在这一平台上展示了各自的作品，分享了他们的创作经验和文化观点。通过参加这些活动，作家不仅能够与国际同行交流创作心得，还能够直接接触到来自不同国家的读者，从而拓宽他们的作品受众和影响力。这些活动还促进了文化间的对话，使各种文学风格和创作理念得以碰撞和融合。

（三）国际文学合作与交流项目的贡献

国际文学合作与交流项目为不同文化背景的作家提供了合作的机会，促进了全球文学的多样性。"作家驻留计划"为作家提供了在不同国家创作的机会。通过这些计划,作家们可以深入了解他国的文化背景,并将其融入自己的创作。著名中国作家余华曾在德国参加驻留计划,他在此期间创作了不少作品,这些作品不仅融入了德国文化的影响,也进一步拓宽了他的国际视野。这样的交流项目不仅丰富了作家的创作经验,也加强了各国文学之间的联系和互动。

(四) 跨国出版社与翻译机构的合作

跨国出版社和翻译机构在作家的国际交流中发挥了至关重要的作用,著名的国际出版社如企鹅兰登书屋和哈珀柯林斯与中国作家合作,推动了其作品的国际传播。翻译机构如中国国际翻译公司和中译出版社有限公司致力于将中国文学作品翻译成多种语言,使国际读者能够阅读到诸如《活着》《在细雨中呼喊》等经典作品。翻译不仅是文化传播的重要途径,也是不同语言文化之间的桥梁。通过与跨国出版社和翻译机构的合作,中国文学得以进入国际市场,并与世界文学形成对话,这种合作进一步促进了文化的全球传播和交流。

当代作家通过多种方式积极参与国际文学交流,他们的成就和参与不仅提升了个人及其作品的全球影响力,也促进了文学风格和创作理念的碰撞与融合。国际文学奖项和荣誉、文学节与书展的参与、合作交流项目以及跨国出版社和翻译机构的合作,共同推动了全球文学的互动与文化的共享,使不同国家的文学作品得以在全球范围内传播和影响。

二、作家跨文化交流的经验与启示

在全球化背景下,作家的跨文化交流成为推动文学发展的重要途径。文化适应与创作风格的调整,使文学作品能够跨越文化障碍,触及更广泛的读者群体。通过对不同文化背景的深刻理解和创造性的融合,作家不仅丰富了全球文学的多样性,还促使读者对异国文化有了更深刻的认识。然而在跨文化交流中也存在语言障碍、文化误解和价值观差异等挑战,这要求作家与翻译者紧密合作,以确保作品的准确传达和有效传播。下面将探讨作家在跨文化交流中的经验与启示,包括文化适应与创作风格的调整、跨文化写作分析、不同文化背景对创作的影响、以及应对挑战的解决方案。

（一）文化适应与创作风格的调整

在跨文化交流中，作家通常需要对其创作风格进行一定的调整，以适应不同文化的读者。法国作家安东尼·德·圣埃克苏佩里的《小王子》虽然是法国文学经典，但因其简单而富有哲理的故事结构和普世的情感，在世界范围内获得了广泛的欢迎。通过对本土文化进行有效的转换与调整，圣埃克苏佩里成功地将具有法国文化背景的作品普及到全球。这种调整不仅是对文化差异的适应，也是对创作风格的创新。作家们在与不同文化的读者交流时，需要灵活调整叙事方式和语言风格，以更好地传达其作品的核心思想。中国作家张爱玲在《倾城之恋》中，通过细腻的语言和对情感的精准描写，成功地将中国传统文化的精髓融入西方读者能够理解的叙事中。这种文化适应与创作风格的调整，使作品在跨文化传播中能够保持其独特性，同时又不失对不同文化读者的吸引力。

（二）跨文化写作分析

跨文化写作涉及将不同文化背景融入创作中，以创造具有全球共鸣的作品。这种写作方式要求作家具备深厚的文化理解力和创造性。美国作家亨利·詹姆斯在《华盛顿广场》中，通过对不同文化背景的深入描写，展现了美国与欧洲社会的差异。詹姆斯通过细腻的语言和多维度的角色塑造，将文化冲突与融合的复杂性呈现给读者。这种跨文化写作不仅要求作家对不同文化背景有充分的了解，还需要在作品中实现文化的有效整合，使读者能够在跨文化的背景下找到共鸣点。通过这种方式，作家能够探索和展示全球化背景下的文化多样性，并促使读者对不同文化有更深刻的理解。

（三）不同文化背景对创作的影响

不同文化背景对创作的影响是深远的，它不仅塑造了作家的创作主题和风格，还影响了作品的叙事结构和情感表达。印度作家萨尔曼·拉什迪的《午夜的孩子》以印度独立和分裂为背景，通过魔幻现实主义的手法，展现了印度多元文化的复杂性。鲁西迪将印度历史、神话与现实相结合，创作出具有强烈文化印记的作品。这种影响体现了文化背景对作家创作内容和风格的深刻影响，同时也展示了文化如何在全球化背景下形成独特的文学表达方式。作家们通过对本土文化的深刻理解，能够创造出更具文化深度和全球吸引力的作品，从而丰富了世界文学的多样性。

（四）跨文化交流中的挑战与解决方案

语言障碍可能导致作品的误读或不准确的翻译，文化误解则可能引发对作品的误解或争议，而价值观差异则可能影响读者对作品的接受程度。中国作家鲁迅的作品在翻译成多种语言时，常常因为文化背景的差异而失去一些原有的深度和细腻感。为了解决这些挑战，作家和翻译者需要密切合作，确保作品能够准确传达原意，并且能够适应目标读者的文化背景。翻译者在翻译过程中应注重文化细节的保留，同时进行必要的注释和解释，以帮助读者理解作品的文化背景。作家们也可以通过与国际编辑和学者的合作，获取专业的意见和建议，以确保作品在跨文化传播中的有效性和准确性。通过这些措施，作家能够更好地应对跨文化交流中的挑战，使作品能够在全球范围内获得更广泛的理解和认同。

跨文化交流为文学创作提供了丰富的土壤，但也带来了诸多挑战。作家在适应不同文化时，通过调整创作风格和叙事方式，成功地将本土文化融入全球视野，使作品在全球范围内产生广泛的共鸣。通过深刻的文化理解与创新，作家能够在跨文化写作中展示多样性和文化融合的复杂性。然而语言障碍、文化误解和价值观差异仍然是不可忽视的问题。作家和翻译者必须通过细致的合作，确保文化细节的准确传达，以应对这些挑战。最终，通过这些努力，跨文化交流将为全球文学的丰富性和深度做出重要贡献。

三、跨文化交流对作家创作的影响

跨文化交流在全球化时代对文学创作产生了深远的影响，随着各国文化的交融，作家们在创作中越来越注重全球视野与多样性。这种交流不仅推动了主题和情节的全球化，还促使语言风格和叙事方式的多样化。全球读者需求的变化也对作家的创作方向产生了显著影响。跨文化互动不仅为作家提供了丰富的灵感来源，也促进了全球文学的发展和创新。

（一）主题与情节的全球化趋势

跨文化交流推动了文学作品主题与情节的全球化趋势，现代作家越来越倾向于选择具有全球性和普遍共鸣的主题，以吸引不同文化背景的读者。英国作家乔治·奥威尔的《1984》虽然以特定的政治背景为基础，但其对极权主义的深刻剖析却具有跨文化的普遍性。这种全球化的主题使作品不仅限于某一地区的读者，而是能够在全球范围内引发广泛讨论。与此同时，情节设置也逐渐融入了多元文化元素，如我国诗人、小说家何殇的《桃花源密码·海底天宫》，通过设定跨文化的冒险故事，将中国传统文化与现代探险故事结合，展现了全球化背景下的文化交融。这种趋势使作家的创作更加具有国际化视野，也丰富了全球文学的多样性。

（二）语言风格与叙事方式的多样化

跨文化交流促使作家的语言风格与叙事方式变得更加多样化，为了适应不同文化读者的口味和期望，作家们在创作中常常结合多种叙事技巧与语言风格。美国作家托妮·莫里森的《宠儿》采用了非线性的叙事结构和多视角的叙述方式，既展现了非洲裔美国人历史背景下的个人故事，又体现了跨文化叙事的丰富性。莫里森通过结合象征主义和现实主义，使作品在语言风格和叙事方式上呈现出独特的多样性，满足了不同文化读者对文学作品的多元需求。印度作家阿尔维·赫尔曼的作品也常常融合传统印度叙事手法与现代小说技巧，展示了语言风格与叙事方式的多重可能性。

（三）全球读者需求对创作方向的引导

全球读者需求对作家创作方向的引导越来越显著。随着全球化的推进，作家们必须关注国际市场的需求，调整其创作策略以迎合不同文化背景读者的偏好。瑞典作家斯蒂格·拉尔森的《龙文身的女孩》系列小说，通过紧凑的情节和全球化的犯罪题材，成功地吸引了大量国际读者。这种对全球市场需求的敏感度，使得作家在创作过程中更加注重作品的国际化元素和普遍性题材。作家还需要在作品中融入全球范围内的热点话题，如环境保护、社会公正等，以适应全球读者的关注点，从而提升作品的国际影响力。

（四）跨文化互动中的创作灵感来源

跨文化互动为作家的创作提供了丰富且多样的灵感来源，作家通过与来自不同文化背景的同行、读者和艺术家交流，能够吸取和融汇多种文化元素，丰富其创作视野。日本作家村上春树在创作《挪威的森林》时，深受西方文学和音乐的影响。他将西方的文学风格和音乐元素与日本的文化背景融合，形成了具有独特风格的作品，深受全球读者的喜爱。这种跨文化的融合不仅体现了他对西方文化的吸纳，也展示了他对本土文化的深刻理解。另一个例子是哥伦比亚作家加西亚·马尔克斯的《百年孤独》，这部小说将拉丁美洲的魔幻现实主义与全球文学传统相结合，创造了独特的叙事风格。马尔克斯将拉丁美洲的神话和现实世界交织在一起，展现了跨文化互动对创作灵感的深远影响。这种创新的写作方式不仅丰富了文学表达，也促进了全球文学的发展与多样性。因此跨文化互动不仅拓宽了作家的创作视野，还推动了全球文学的不断创新和演变。

跨文化交流对作家创作的影响是多方面的。全球化的主题和情节使文学作品能够超越地域限制，引发广泛的国际讨论。语言风格和叙事方式的多样化反映了不同文化的融合与创新。全球读者需求的引导使作家在创作中更加关注国际市场，调整作品以适应广泛的文化背景。跨文化互动为作家提供了丰富的灵感来源，拓宽了创作视野，推动了全球文学的不断演变和多样化。这些变化不仅丰富了文学创作的内涵，也提升了全球文学的整体水平。

四、跨文化交流中的文学传承与创新

在全球化的背景下，文学创作正经历着跨文化交流带来的深刻变革。传统文化元素的国际呈现、全球化对地方性文学的影响、跨文化合作中的创新表现以及传承与创新的平衡，成为现代文学交流中的重要议题。这些因素不仅促进了不同文化的相互理解与融合，也推动了全球文学的发展和演变。下面将深入探讨这些方面，分析它们如何塑造当代文学的面貌，并探讨其对未来文学创作的影响。

（一）传统文化元素在国际背景下的呈现

传统文化元素在国际文学背景中的呈现，体现了全球化对地方文化的认同与传播。中国古典文学中的《红楼梦》被翻译成多种语言，并通过各种形式的演绎被介绍给国际读者。其深厚的文化背景和独特的叙事技巧，不仅吸引了西方学者的关注，也让全球读者感受到中国传统文化的魅力。同样，印度的史诗《摩诃婆罗多》在国际上也取得了显著的影响。许多国际作者在其作品中融入了《摩诃婆罗多》的元素，将印度的历史、哲学与全球读者分享。这些传统文化元素在国际背景下的呈现，不仅让全球读者了解了这些文化的独特性，也促进了文化间的相互理解与尊重。

（二）全球化对地方性文学传统的影响

全球化对地方性文学传统的影响既有积极的一面，也有挑战。全球化推动了地方文学的国际传播，使各地的文学作品能够进入国际市场[①]。非洲作家钦努阿·阿契贝的《瓦解》通过对非洲传统故事的再现，向全球读者展示了非洲文化的多样性。然而这种全球化也可能导致地方性文学的同质化和文化稀释。东南亚国家的地方性文学在全球市场上常常面临被改编或简化的风险，以适应国际市场的需求。这种情况可能导致地方文学的独特性丧失，同时也使这些文学传统的深层价值和细节被忽视。因此，全球化在推动地方文学的同时也需要关注保护和维护地方文学传统的独特性。

（三）跨文化合作中的创新表现

跨文化合作在文学创作中显现出独特的创新表现，日本作家村上春树通过与西方音乐家的合作，将西方音乐元素融入其小说《挪威的森林》中。这种融合不

---

① 陈秀碧.以徐渭与鲁迅为例谈现当代文学对古代文学的继承与创新[J].文学少年,2021(12):49-49.

仅为作品增添了新的层次，也创造了独特的跨文化风格，使日本文学能够在全球范围内产生更大的影响力。跨文化合作在共同创作和译作中同样体现了其创新性。阿根廷作家博尔赫斯通过与欧洲作家的交流，成功地将幻想文学与哲学思想结合，形成了其独特的文学风格。这种融合不仅丰富了文学表达，也推动了不同文化之间的创意碰撞和融合。跨文化合作的这种创新表现，不仅展示了文化的互补性，还为全球文学创作带来了无限的可能性，促使文学作品在国际舞台上不断演变和发展。

（四）传承与创新在国际文学交流中的平衡

在国际文学交流中，传承与创新的平衡至关重要。传统文学元素的保留和创新形式的结合，能够在保持文化核心价值的同时满足现代读者的需求[①]。例如中国作家莫言的《蛙》在保留了中国传统故事的基础上，通过现代叙事技巧展现了社会变迁和人性复杂。这种平衡不仅体现了对传统的尊重，也展示了对创新的探索。另一例是泰国作家普吉·布拉维的作品，在融合了泰国传统故事和现代叙事方式的同时也在国际文学界取得了认可。传承与创新的平衡，使文学作品不仅能够维持其文化根基，还能与全球读者建立新的连接，从而促进了国际文学的丰富性和多样性。

跨文化交流中的文学传承与创新体现了全球化时代下文化交融的复杂性和多样性，传统文化元素在国际背景下的呈现，不仅丰富了全球文学的内涵，也增强了文化间的理解和尊重。全球化对地方性文学传统的双重影响，既推动了其国际传播，也带来了文化同质化的挑战。跨文化合作在文学创作中的创新表现，展示了文化融合的无限可能性，推动了创意的碰撞与融合。最后，传承与创新的平衡在国际文学交流中至关重要，它确保了文学作品在尊重传统的同时也能够与现代读者产生共鸣。通过这些探讨，可以更好地理解文学在全球化背景下的发展动态及其未来的趋势。

---

① 王海燕.论晓苏民间叙事的传承与创新[J].中国当代文学研究,2020(1):9.

第四节　当代作家的社会责任与担当

一、作家在文化传承中的责任

作家在文化传承中扮演着不可或缺的角色，他们不仅通过文学作品记录和保护文化遗产，还负责传播传统价值观，挖掘和展示地方文化特色，同时承担起历史与文化教育的使命。通过细腻的叙事和深刻的反思，作家的作品成为文化传承的重要载体，帮助社会更好地理解和认同自身的文化根基。

（一）文化遗产的记录与保护

当代作家在文化遗产的记录与保护方面扮演着至关重要的角色，文化遗产不仅包括物质文化遗产，还包括非物质文化遗产，如传统习俗、民间故事和语言方言等。作家的创作不仅是对这些遗产的记录，更是对其保护和传承的重要方式。中国作家莫言在其作品《红高粱家族》中，通过生动的叙事将山东农村的风土人情、民俗习惯与历史背景展现得淋漓尽致。他的细腻描写，使这些文化遗产在文学中得以保存，并让读者对传统文化有了更深刻的理解。莫言的作品不仅记录了特定时期的社会生活，还使传统的民俗风情得到保存，起到了文化遗产保护的重要作用。这种记录方式不仅让文学作品具有了历史的厚重感，还促进了文化遗产的延续和发扬。

（二）传统价值观的传播与弘扬

当代作家在传播和弘扬传统价值观方面也肩负着重要的社会责任，传统价值观是一个民族文化的核心，它们在现代社会中仍然具有重要的指导意义和教育功能。日本作家村上春树的《挪威的森林》虽然融合了许多现代元素，但其深处仍然蕴藏着对传统日本文化和哲学的思考。村上春树通过细腻地描写展现了个人在现代社会中的迷茫与寻求，同时也融入了对传统道德和价值观的反思。这种作品不仅让读者感受到传统价值观的延续，也促进了对这些价值观在当代社会中如何适应和发展的探讨。作家通过文学作品将传统价值观以一种更具吸引力和时代感的方式呈现，帮助读者更好地理解和认同这些传统观念。

（三）地方文化特色的挖掘与展示

作家在挖掘和展示地方文化特色方面具有独特的优势，他们通过文学作品能够深刻反映地方的风土人情、习俗文化以及社会变迁。以中国作家贾平凹的《废都》为例，贾平凹通过对西安这座古城的细致描写，不仅展现了城市的历史变迁，还深入挖掘了地方文化的独特性。书中的人物、事件以及社会背景都深深植根于西安的地方特色，通过贾平凹生动地叙述，读者对这座城市的文化和历史有了更为直观的认识。这种地方文化特色的展示不仅丰富了读者的文化视野，也为地方文化的保护和发展提供了有力的支持。作家通过文学的方式将地方文化的魅力展现给更广泛的读者群体，增强了对地方文化的认同感和自豪感。

（四）文学作品中的历史与文化教育功能

文学作品不仅具有艺术价值，还具备重要的历史与文化教育功能。通过生动的故事情节和丰富的文化背景，文学作品可以有效地传递历史事件和文化知识。余华的《活着》通过对中国社会动荡时期的描绘，讲述了一个普通农民的生活历程。这部作品通过主人公的经历反映了中国近现代史中的重大变迁，并让读者在感受文学艺术魅力的同时获得对历史和文化的深刻理解。《活着》不仅展示了个人命运与社会历史的交织，还在一定程度上促进了读者对中国现代历史的了解。文学作品通过叙事和情感的共鸣，成为历史和文化教育的重要载体，使读者在欣赏文学作品的过程中，能够获得丰富的历史知识和文化背景。

在文化传承的过程中，当代作家的贡献显著且多维。他们通过文学作品记录并保护文化遗产，传播传统价值观，展示地方文化特色，并且发挥历史与文化教育的功能。作家的创作不仅丰富了读者的文化视野，也促进了对文化遗产的延续与发扬，成为传承和发展的桥梁。他们的作品在现代社会中引发了大众对传统文化的深刻理解和认同，为文化的持续繁荣奠定了坚实基础。

二、作家在社会变革中的声音

在社会变革的历史长河中,作家一直扮演着重要的角色。他们不仅是时代的见证者,更是深刻问题的揭示者和社会变革的推动者。通过对社会问题的关注、揭示和批判,作家的作品为社会提供了新的视角和反思的空间。他们的文学创作不仅反映了社会变迁中的人文关怀,还具有引导社会运动、塑造公众意识的巨大潜力。无论是在揭示司法不公、推动社会改革方面,还是在表现个体命运的挣扎和社会问题的揭示方面,作家的声音都深刻地影响了社会的进程和公众的思想。因此探讨作家在社会变革中的声音及其作用,对于理解文学与社会变革的关系具有重要的意义。

(一) 对社会问题的关注与揭示

当代作家在社会变革中扮演了重要的观察者和批评者角色,他们通过文学作品对社会问题进行关注和揭示。作家的笔触不仅可以描绘社会的表象,还能够深刻剖析其深层次的问题。中国作家刘震云在《我不是潘金莲》中,通过一个普通女性的诉求,揭示了社会上存在的司法不公与官僚主义现象。这部作品讲述了一个名叫李雪莲的农妇,为了证明自己无罪而上访的艰辛历程,反映了中国社会在处理个体诉求时的种种问题。刘震云通过讽刺的手法将这些社会问题呈现给读者,让公众对司法和社会公正的问题有了更为直观的了解。这种关注和揭示不仅引发了社会的广泛讨论,也促进了对问题的反思和改进,显示了作家在社会变革中的积极作用。

(二) 推动社会公正与改革的文学表达

作家通过文学创作可以有效地推动社会公正与改革,他们的作品能够激发公众对不公现象的关注,促使社会进行必要的反思和改进。维多利亚时期的英国作家查尔斯·狄更斯在《雾都孤儿》中,通过对一个孤儿奥利弗·退尔的悲惨遭遇的描写,批判了当时社会对贫困儿童的忽视和剥削。狄更斯的生动叙事和深刻剖析使社会各界对贫困儿童问题的关注度大大提升,也推动了相关社会改革的实施。这部作品不仅揭示了社会的不公,还促使人们对社会改革进行积极探索。作家的文学表达不仅提供了对社会问题的深刻见解,还成为推动社会进步的重要力量。

(三) 反映社会变迁中的人文关怀

作家的作品往往能够深刻反映社会变迁中的人文关怀,通过对个体命运的描绘,展示社会变革对人们生活的影响。作家老舍在其著名作品《骆驼祥子》中,生动地描写了一个小人物在社会变迁中的困境和挣扎。祥子的梦想是拥有一辆自己的黄包车,但由于社会的不公和战乱的影响,他的梦想屡屡受挫。老舍通过对祥子命运的描写,不仅揭示了社会变革带来的种种困境,也展现了普通人在艰难环境下的坚韧与奋斗。这种人文关怀使读者对社会变迁中的个体命运有了更深刻的理解,也促进了对社会问题的关注和反思。

(四) 文学作品对社会运动与公众意识的影响

文学作品具有引导社会运动和塑造公众意识的巨大潜力,作家通过其作品能够有效地激发公众对社会问题的关注,并推动社会变革的进程。美国作家哈珀·李的《杀死一只知更鸟》通过讲述一个关于种族不公的故事,引发了广泛的社会讨论。书中的故事围绕一桩种族歧视案件展开,深刻揭示了当时美国南部社会中的种族不平等问题。该作品不仅在文学界产生了深远的影响,还促使社会对种族问题进行反思和讨论,推动了社会对公正与平等的呼声。通过这样的文学作品,作家不仅描绘了社会现实,还积极参与了社会运动,影响了公众意识和社会进步。

作家在社会变革中扮演着至关重要的角色,他们通过文学作品关注和揭示社会问题,像刘震云在《我不是潘金莲》中揭示了司法不公与官僚主义现象,激发了公众的反思和讨论。文学创作不仅能够推动社会公正与改革,查尔斯·狄更斯在《雾都孤儿》中对贫困儿童问题的批判,促使社会对相关问题进行积极探索,还能深刻反映社会变迁中的人文关怀,如老舍在《骆驼祥子》中展示的个体命运与社会变革的关系。文学作品还具备引导社会运动和塑造公众意识的潜力,如哈珀·李的《杀死一只知更鸟》通过对种族不公的描写，引发了社会对种族问题的深入讨论。作家的文学创作不仅描绘了社会现实，还积极参与了社会进步的进程，他们的声音在推动社会变革中具有不可忽视的影响力。

三、作家对文学多样性的维护

在当代文学中，作家们不仅是创作的先锋，还扮演着维护文学多样性的重要角色。文学的多样性不仅体现在形式和内容上，也体现于文化视角和声音的广泛呈现。作家们通过不同的创作策略和创新手法，积极反对文学的同质化趋势，支持小众文学与边缘声音的传播，并推动跨文化的对话与融合。托妮·莫里森的《宠儿》、萨尔曼·拉什迪的《撒旦诗篇》和钦努阿·阿契贝的《瓦解》都是这种多样性维护的杰出例证。通过这些作品，作家们展示了不同文化和社会群体的独特声音，推动了全球文学的丰富性和多样性。

（一）多种文化视角与声音的呈现

作家在文学创作中扮演着重要角色，他们通过作品展现了多种文化视角与声音，推动了文学的多样性。美国作家托尼·莫里森在其小说《宠儿》中，以非洲裔美国人的视角深入探讨了奴隶制的历史和影响。莫里森通过对主角塞特的经历和心理状态的细腻描绘，展示了非洲裔美国人在历史与文化中的独特声音。这种多元化的视角不仅丰富了文学的表现力，也为读者提供了对不同文化背景的深刻理解。通过呈现各种文化的声音，作家们不仅拓宽了文学的表达范围，也促进了跨文化的理解与交流，使文学成为一种包容性和多样性的体现。

（二）反对文学同质化与主流化的策略

在面对文学同质化与主流化的趋势时，作家们采取了多种策略来维护文学的多样性。主流文化的同质化往往会导致创作的单一化，削弱了文学的创新性和丰富性。作家通过探索边缘话题和独特的叙事风格，积极反对这种趋势。英国作家萨尔曼·拉什迪在《撒旦诗篇》中采用了魔幻现实主义的手法，结合了印度文化和西方文学的元素，打破了传统文学的界限。这种独特的创作方式不仅挑战了文学的主流观念，还推动了文学形式的多样化。通过这种方式，作家们不仅维护了文学的多样性，还鼓励了更多具有创新性和实验性的创作，抵制了同质化的影响。

（三）支持小众文学与边缘声音的传播

支持小众文学与边缘声音的传播是作家们维护文学多样性的重要举措，小众文学常常包括那些在主流文学中被忽视的主题和声音，具有独特的价值和视角。通过支持小众文学，作家们不仅为多样化的文学生态注入了新鲜血液，也促进了对社会多样性的关注和理解。他们的努力帮助打破了文学的局限性，使各种声音都能被听见和重视。

（四）推动跨文化文学对话与融合

跨文化文学对话与融合是作家们在维护文学多样性方面的另一重要贡献，作家们通过探索不同文化之间的互动和融合。尼日利亚作家钦努阿·阿契贝的《瓦解》不仅深入探讨了非洲文化与殖民文化的冲突，还表现了这些文化之间的相互影响和融合。阿契贝通过讲述尼日利亚社会在殖民时期的变迁，展现了不同文化背景下的人物命运和社会问题。他的作品促进了大众对不同文化之间对话的理解，推动了文学的全球化和多样化。通过跨文化的探索，作家们不仅丰富了文学的表现形式，也增进了不同文化之间的交流与融合，使文学成为全球文化交流的重要平台。

作家在维护文学多样性方面发挥着至关重要的作用，他们通过多种文化视角的呈现，反对文学同质化，支持小众文学的传播，以及推动跨文化的对话和融合，为文学创作注入了丰富的层次和深度。这些举措不仅使文学更具包容性，也促进了对不同文化和社会群体的理解与尊重。在全球化的今天，作家们的这些努力不仅丰富了文学的表达形式，也为读者提供了更加多元和全面的文化体验。通过不断地探索和创新，作家们为维护文学的多样性和促进文化交流做出了不可替代的贡献。

四、作家对文学创新的推动

作家们在推动文学创新方面发挥了关键作用，不断突破传统界限，探索新的创作路径。他们通过引入创新的文学形式与叙事手法、开辟前沿题材与议题、支持实验性作品以及跨界合作，极大地拓展了文学的表现力和影响力。下面将探讨作家如何通过这些手段推动文学的持续创新，并分析这些创新如何在多样化的创作中赋予文学新的生命力。

（一）鼓励创新文学形式与叙事手法

作家在推动文学创新方面发挥了重要作用，通过引入新的文学形式和叙事手法，拓宽了文学的表现范围。通过这样的创新，穆尔凯尔不仅挑战了传统叙事的界限，也推动了文学形式的多样化。其他作家也纷纷跟随这一趋势，尝试各种新颖的叙事方式，如嵌套故事、互动叙事等，使文学作品在形式上更加多样和丰富。

（二）探索新兴题材与前沿议题

作家们在不断探索新兴题材与前沿议题，以回应社会的快速变化和复杂挑战。科幻作家刘慈欣在其著名的《三体》系列中，深刻探讨了宇宙文明的存在与人类社会的未来。刘慈欣通过硬科幻的方式，不仅融入了详尽的科学理论，还探讨了深刻的伦理问题，如文明冲突、技术进步带来的社会变革等。这种新兴题材不仅丰富了科幻文学的内涵，也引发了广泛的公众讨论，推动了对未来科技和宇宙探索的深入思考。刘慈欣的作品还对社会、科学以及哲学层面的前沿议题进行了深刻剖析，让读者在体验虚构故事的同时思考现实中的伦理和科技问题。这样的创新不仅拓展了文学的表现边界，也使文学作品更贴近现代社会的实际需求和发展趋势。通过引入前沿议题和新兴题材，作家们不仅提升了文学的深度和广度，还激发了读者对未来社会和科技进步的关注与思考。这种创新为文学创作注入了新的活力，使其成为回应和反映时代变迁的重要工具。

（三）支持实验性作品与非传统文学项目

支持实验性作品与非传统文学项目是作家推动文学创新的重要途径，实验性作品通常挑战传统文学的规范，探索新的创作方法和表现形式。这种打破常规的叙事方式，不仅拓展了文学的表现力，也为文学创作提供了新的可能性。加拿大作家玛格丽特·阿特伍德的《盲刺客》，该书融合了小说、戏剧和虚构故事等多种形式，通过复杂的叙事结构和层次丰富的故事内容，打破了传统文学作品的界限。这种非传统的创作方式不仅提升了文学作品的艺术价值，也让读者在阅读过程中体验到多维度的感官刺激和情感共鸣。通过支持这些实验性和非传统的文学项目，作家们推动了文学的持续创新，激发了更多的创作灵感和实验精神。这样的支持不仅有助于发现新的文学形式，也鼓励了更多的作家尝试突破性的创作，进而推动整个文学领域的进步和发展。

（四）与其他艺术形式的跨界合作与创新

作家们还通过与其他艺术形式的跨界合作与创新，推动了文学的进一步发展。作家大卫·米切尔在他的小说《云图》中，结合了文学、电影和音乐等多种艺术形式，创造了一个多层次的叙事世界。通过这种跨界合作，米切尔不仅丰富了小说的表现形式，也使读者在体验文学作品的同时感受到其他艺术形式带来的多维度感受。类似的跨界合作还体现在许多文学作品与舞台剧、电影、音乐的结合中，这种创新不仅拓宽了文学的传播途径，也提升了文学作品的综合艺术价值。作家们通过这种跨界合作，推动了文学的多样化和现代化，使其在更广泛的艺术领域中得以展现和传播。

作家们在推动文学创新的过程中，展示了多样化的创作方式和深刻的思想探索。鼓励创新的文学形式与叙事手法，如荷兰作家哈佛·穆尔凯尔的非线性叙事，打破了传统的时间顺序，使文学作品在表现上更加丰富和多层次。探索新兴题材与前沿议题，如刘慈欣的《三体》系列，不仅回应了社会的变化，也拓展了文学的深度和广度，引发了对未来科技和伦理问题的广泛讨论。与其他艺术形式的跨界合作，如大卫·米切尔的《云图》，进一步丰富了文学的表现手法和艺术价值。通过这些创新，作家们不仅推动了文学的进步，还使其在现代社会中展现出新的活力和多样化的发展潜力。

第五章
当代文学批评的创新视角与传承维度

第一节 文学批评的创新路径

一、批评理论的多元化发展

在当代文学批评的领域,新兴理论流派的崛起标志着文学分析视角的显著丰富与多样化。传统的批评方法已不能完全满足对文学作品复杂性的解读需求,因此生态批评、数字人文学、情感批评等新兴理论相继出现,为文学批评注入了新的活力。与此同时,跨学科批评的融合与应用进一步扩展了文学分析的范畴,将心理学、社会学等学科的理论方法引入文学研究中,创造了更为多维的批评视角。全球化视角的引入,则使文学批评不再局限于单一文化背景,而是关注跨文化交流与全球文学现象的解读。批评理论在不同文化背景中的适应,也反映了理论在本土化与全球化之间的互动与调适。下面将探讨这些新兴理论流派、跨学科批评的融合、全球化视角下的批评理论更新以及批评理论在不同文化背景中的适应,分析其对当代文学批评的影响及其未来发展趋势。

(一) 新兴理论流派的兴起与影响

在当代文学批评领域,新兴理论流派的出现标志着文学分析视角的丰富与多样化。近年来,各新兴理论流派不断崛起,推动了文学批评的发展与变革。生态批评关注文学作品与自然环境之间的关系,强调生态伦理与环境保护。美国批评家谢尔比·西蒙斯在其著作《自然与文本:生态批评的实践》中,探讨了20世纪文学作品如何反映和影响生态意识。数字人文学则通过运用数字技术与数据分析方法,重新审视文学文本的结构与模式。马修·洛里运用文本挖掘技术分析了维多利亚时代小说中的社会网络,揭示了隐含的社会结构和互动模式。这些新兴理论流派不仅扩展了文学批评的视野，还推动了批评方法的创新，使得文学分析更加全面和深刻。

（二）跨学科批评理论的融合与应用

跨学科批评理论通过将文学分析与其他学科的研究成果结合，创造了更为丰富和多维的批评视角[1]。文学与心理学的结合，生成了心理批评这一方法，通过探讨文学作品中的人物心理动机和人物内心世界，揭示了复杂的人类情感和心理状态。伊莎贝尔·费利克斯的《心理剖析与文学创作》通过精神分析理论，分析了弗吉尼亚·伍尔夫的小说《到灯塔去》中人物内心冲突与心理发展的关系。类似地，文学与社会学的结合也产生了社会批评方法，这种方法关注文学作品如何反映和塑造社会结构与文化观念。布尔赫斯在《文学与社会》中，通过对拉美文学的分析，揭示了文学作品如何反映社会阶级和政治斗争。跨学科批评不仅丰富了文学批评的工具箱，还促进了对文学作品的多层次解读。

（三）全球化视角下的批评理论更新

全球化视角的引入，使文学批评理论的视野从地方性拓展到全球性，促使批评理论在跨文化背景中进行更新与创新。在全球化背景下，文学批评不仅关注西方主流文学，也越来越重视非西方地区的文学传统与文化。全球化视角下的批评理论注重不同文化之间的对话与交融，探索文学作品在全球语境中的意义。阿敏·马哈在其著作《全球化与文化冲突》中，探讨了全球化对文学创作的影响，强调了多元文化的融合与冲突。全球化批评理论关注文学如何在全球流动中塑造和被塑造，这种理论框架使批评视角更加广阔，能够涵盖不同文化背景下的文学现象，并促进对全球文学交流与理解的深入。

（四）批评理论在不同文化背景中的适应

批评理论在不同文化背景中的适应，体现了理论的本土化与全球化之间的互

---

[1] 张宇.当代文学在古典文学传统中的寻根与创新[J].新传奇,2023(17):13-15.

动。文学批评理论在不同文化中往往需要根据特定的社会历史和文化背景进行调整与适应，以确保其解释力和有效性。在中国文学批评中，后殖民理论和女性主义理论的引入与应用，展现了西方批评理论在中国语境中的适应与变革。中国学者王晓明在其论文《后殖民视角下的中国文学批评》中，探讨了如何将后殖民理论与中国文学实际相结合，分析了中国现代文学中的民族认同与文化自觉。这种本土化的应用不仅深化了对中国文学的理解，也使批评理论在全球化背景下具有了更强的本土适应性。不同文化背景中的批评理论适应，展示了理论的灵活性与多样性，推动了全球文学批评的丰富与发展。

当代文学批评的多元化发展体现在新兴理论流派的兴起、跨学科批评的融合、全球化视角的更新以及批评理论在不同文化背景中的适应上。新兴理论如生态批评、数字人文学和情感批评，拓宽了文学分析的视野，并推动了批评方法的创新。跨学科批评通过结合心理学、社会学等领域的理论，丰富了文学批评的工具箱，使对文学作品的解读更加全面和深刻。在全球化视角下，文学批评关注跨文化的对话与融合，使批评理论在全球范围内进行更新与创新。理论的灵活性与本土化，促进了全球文学批评的丰富和发展。这些发展不仅深化了对文学作品的理解，也推动了文学批评在全球化时代的不断演进。

二、批评方法的创新实践

在当今信息化和数字化迅速发展的背景下，批评方法也在不断演进和创新。传统的批评方式主要依赖文本分析和专家评价，而现代批评方法则广泛引入了数字人文学科工具、多模态分析、社会学与心理学方法以及互动式读者参与等新兴技术和方法。这些创新不仅提升了批评的精确度和效率，还开辟了全新的研究视角和方法，使批评研究更加系统、全面和深入。数字人文学科工具通过文本挖掘和数字化档案的使用，为文学批评提供了强有力的支持；多模态批评方法则通过综合分析图像、音频、视频等多种媒介形式，揭示了作品中的丰富层次；社会学与心理学方法的融入则为文学批评提供了新的社会和心理分析框架；而互动式批评与读者参与的模式则让批评研究更加动态和贴近实际，下面将探讨这些创新批评方法的应用实践及其带来的深远影响。

（一）数字人文学科工具的应用

数字人文学科工具的应用为批评方法带来了深刻的变革，这些工具不仅提升了批评的精确度和效率，还开辟了新的研究视角。一个典型的应用实例是文本挖掘技术。通过自然语言处理算法，研究者可以对大量文本数据进行高效分析，揭示出潜在的模式和趋势。在文学批评中，数字人文学科工具可以分析某一时期的文学作品中常见的主题词汇，帮助批评家识别出该时期文化的关键议题或趋势。另一个例子是数字化档案的使用。学者们利用数字化文献库，能够获取历史文献的详细数据和注释，这对批评研究提供了丰富的第一手材料。通过这些工具，研究者可以更方便地进行文献比较、作者风格分析以及历史背景研究。这种方法大大提升了批评工作的系统性和全面性，使文学研究更加严谨和深入。

（二）多模态批评方法的探索

多模态批评方法的探索关注的是如何综合运用不同的媒介形式进行批评，这种方法不再仅仅依赖于文本的分析，还融合了图像、音频、视频等多种形式，以获得更全面的理解。在电影批评中，多模态批评不仅包括分析剧本文本，还包括对影像语言、音乐配乐、剪辑风格等方面的评价。通过对这些不同模态的综合分析，批评者能够揭示出电影作品中的丰富层次和多维度的意义。艺术作品的多模态批评也可以应用于数字艺术领域，在数字艺术展览的批评中，除了对作品本身的视觉效果进行分析，还需考虑用户互动和体验等因素。通过结合用户的交互数据和反馈，批评者可以更好地理解作品如何在不同观众之间产生不同的效果。这种方法能帮助批评家更全面地把握艺术作品的多重表现形式和观众的实际体验。

（三）社会学与心理学方法的融入

社会学与心理学方法的融入为批评研究提供了新的视角和分析框架，社会学方法可以帮助批评家理解作品在社会结构中的作用及其反映的社会现象。在对社会小说的批评中，社会学视角可以揭示出作品如何反映和塑造社会阶层、性别角色等问题。通过分析作品中的社会背景和人物关系，批评家能够更好地理解作品的社会意义及其对现实社会的影响。心理学方法则提供了对个体心理和情感状态的深入分析，在分析文学作品中的角色时，心理学方法可以帮助理解角色的心理动机和行为模式。通过运用心理分析理论和弗洛伊德的精神分析学说，批评者可以探索角色的内心冲突和潜在心理动机。这种方法不仅加深了对文学作品人物复杂性的理解，还揭示了人类心理和行为的深层次问题。

（四）互动式批评与读者参与的形式

互动式批评与读者参与的形式开创了批评研究的新模式，强调了读者的积极参与和反馈。传统的批评模式通常是单向的，批评者对作品进行分析和评价，而互动式批评则鼓励读者参与批评过程。通过在线平台和社交媒体，读者可以实时发布对作品的看法和评论，批评者可以根据这些反馈调整和丰富自己的分析。这种模式不仅增强了批评的互动性，还使批评过程更加动态和多元。一个实际的例子是网络文学评论平台的兴起，在这些平台上，读者的评论和评分直接影响作品的曝光度和评价。这种参与方式使批评不仅是专家的专利，也成为广大读者表达观点和进行讨论的渠道。批评者可以通过分析大量读者的反馈，识别作品受欢迎的原因或潜在的问题，从而进行更具针对性的批评。这种方法使批评研究更贴近读者的实际体验和需求。

批评方法的创新实践极大地丰富了批评研究的内容和方式。数字人文学科工具的应用提升了批评的精确性和数据分析能力，使批评者能够在大量文本数据中识别出重要的模式和趋势。多模态批评方法则通过对不同媒介形式的综合分析，揭示了艺术作品的多维度意义，特别是在电影和数字艺术领域表现突出。社会学与心理学方法的融入，为批评研究提供了社会和心理层面的深度分析框架，使批评者能够更全面地理解作品的社会影响和角色心理。互动式批评与读者参与的形式，则通过鼓励读者的积极反馈，使批评过程更加动态、多元和贴近实际。这些创新实践不仅推动了批评方法的现代化，还拓展了批评研究的边界，为学术界和广大读者提供了更加丰富和有价值的视角。

三、批评视角的拓展与深化

在当代文学批评的多维视角中，性别视角与身份研究、生态批评与环境文学、后殖民理论与跨文化分析，以及文本细读与宏观社会背景的结合，代表了文学研究的前沿发展。这些批评视角不仅丰富了文学分析的层次和深度，也推动了大众对文学作品及其社会文化背景有更全面的理解。性别视角与身份研究强调了性别角色和身份构建的复杂性，通过探讨文学作品中的性别表现与社会构建，揭示了性别规范与个体自由之间的紧张关系。生态批评与环境文学关注自然环境的描写及其对人类生活的影响，反映了对环境保护的关注和对生态危机的深刻忧虑。后殖民理论与跨文化分析则探讨了殖民历史对文学创作的深远影响以及不同文化间的互动如何塑造文学表达。通过精细的文本分析与广泛的社会背景理解，为大众提供了对文学作品更为丰富和多元的解读。这些视角不仅深化了大众对文学作品的理解，也揭示了文学与社会、环境、文化之间的复杂关系。

（一）性别视角与身份研究的扩展

性别视角与身份研究在文学批评中日益重要，它不仅关注作品中的性别表现，还深入探讨性别与身份如何交织在一起，形成复杂的社会构建。性别视角分析揭示了文学作品中性别角色的刻板印象与权力结构。简·奥斯汀的《傲慢与偏见》通过女主人公伊丽莎白·班内特的成长故事，探讨了19世纪英国女性的社会地位和个人自由的限制。现代批评者通过性别视角深入挖掘，发现奥斯汀实际上挑战了当时的性别规范，展示了女性的独立性和智力。身份研究进一步扩展了这一视角，通过多元文化和跨性别分析，探讨了性别身份如何影响个体的社会认同和文化表现。现代文学批评者还探讨了如何通过性别视角解读其他身份类别，如种族和阶级，提供了更全面的理解。

（二）生态批评与环境文学的关注

生态批评与环境文学关注文学作品中的自然环境及其与人类活动的关系，这种视角强调自然环境不仅是背景设定，还对人物心理和情节发展产生深远影响。亨利·戴维·梭罗的《瓦尔登湖》是生态批评的经典之作，通过描述作者在湖畔的生活，探索人与自然的和谐关系。梭罗通过细致入微的自然观察，传达了对环境保护的深刻关切。现代生态批评不仅关注自然描写，还探讨了环境危机对文学创作的影响，如气候变化和生态破坏对人类生活的冲击。文学作品如玛格丽特·阿特伍德的《使女的故事》也通过构建一个环境恶化的反乌托邦世界，揭示了对自然环境破坏的隐喻和社会批判。

（三）后殖民理论与跨文化分析

后殖民理论和跨文化分析探讨了殖民历史对文学创作和文化表达的深远影响，后殖民理论关注殖民者与被殖民者之间的权力关系，分析文学作品如何反映和重塑这些关系。钦努阿·阿契贝的《一切崩溃》通过描写一个尼日利亚村庄的崩溃，揭示了殖民统治如何破坏传统社会结构。跨文化分析则关注不同文化间的交流与碰撞，探讨这些互动如何影响文学创作和社会认同。威廉·伊斯特利的《白人的负担》展示了文化冲突如何在殖民历史中塑造文化身份和文学表达。现代批评通过后殖民理论和跨文化分析，揭示了全球化背景下文化身份的变迁和文学表现的多样性。

（四）文本细读与宏观社会背景的结合

文本细读与宏观社会背景的结合是文学批评中的重要方法，通过对文本的细致分析和对社会背景的宏观理解，提供了对作品的深刻解读①。文本细读注重分析语言、结构和叙事策略，揭示作者意图和文本内部的复杂意义。弗吉尼亚·伍尔夫的《达洛维夫人》通过对人物心理的细致刻画，探讨了个人在现代社会中的孤独与冲突。而宏观社会背景分析则关注文学作品反映的社会历史背景和文化环境。查尔斯·狄更斯的《雾都孤儿》通过描写19世纪伦敦贫困儿童的生活，反映了工业化社会的社会问题。将细读与宏观背景结合，能够更全面地理解文学作品在其历史和文化脉络中的意义。

文学批评的多重视角提供了丰富的工具和框架，用以深入分析和解读文学作品。性别视角与身份研究通过揭示性别角色和身份构建的复杂性，挑战了传统性别规范，并探索了多元文化和跨性别身份的影响。生态批评与环境文学强调了自

---

① 杨雪清.中国古代文学经典与当代文化传承[J].小说月刊(下半月),2023(10):114-116.

然环境对文学创作及其社会意义的深远影响，并反映了对环境问题的关注。后殖民理论与跨文化分析则通过揭示殖民历史对文化身份和文学表达的影响，探讨了全球化背景下的文化互动。文本细读与宏观社会背景的结合提供了一种综合的分析方法，通过细致的文本分析和宏观的社会背景理解，能让读者更全面地把握文学作品的内涵和其在历史文化脉络中的意义。这些批评视角的拓展与深化，不仅丰富了文学批评的内涵，也促进了大众对文学作品的多维理解和评价。

四、批评与创作的互动关系

批评与创作之间的互动关系深刻影响了文学创作的过程与成果。批评反馈不仅可以引导创作者改进作品的质量，还能推动其艺术风格和思想深度的提升。自我批评和自我反思在创作过程中同样发挥着重要作用，帮助创作者在不断修正和完善中实现更高的创作目标。批评理论的指导为创作者提供了理论框架和创新手法，进一步丰富了创作的形式和内容。批评与创作的动态互动是推动文学艺术发展的关键因素。

（一）批评反馈对创作过程的影响

批评反馈在创作过程中扮演着至关重要的角色，它可以影响创作者的创作方向和作品质量。通过接受和分析批评，创作者能够获得对其作品不同视角的反馈，发现自己未曾注意的问题或不足。弗吉尼亚·伍尔夫在创作《达洛维夫人》时，受到批评界的广泛关注和反馈。这些反馈帮助她深入思考小说中的人物心理和社会背景，使最终作品在描写人物内心世界方面更加细腻和真实。批评不仅提供了关于文本的详细分析，还促进了创作者对自己作品的重新审视和修正。通过这一过程，创作者能够不断完善作品，提高其艺术性和思想深度。批评反馈也有助于创作者更好地把握读者的期望和市场趋势，从而在创作中更具针对性和创新性。

（二）创作中的自我批评与自我反思

自我批评与自我反思是创作过程中不可或缺的部分，它帮助创作者审视和改进自己的工作，推动创作的不断进步。创作者在创作过程中往往会通过自我批评来识别和纠正作品中的缺陷。乔治·奥威尔在写作《1984》时，对自己的作品进行了多次修改和自我审查。他不断反思和评估文本的逻辑性和表达方式，以确保小说能够准确地传达其对极权主义的批判。自我批评不仅可以提升作品的质量，还能够帮助创作者明确自己的创作目标和风格，从而在创作过程中保持一致性和深度。通过这种自我反思，创作者能够更好地理解和实现自己的艺术追求，并在作品中展现出更为成熟和有力的表达。

（三）批评与创作中的对话与合作

批评与创作之间的对话与合作是推动文学创作和理论发展的关键，批评不仅对作品进行评价，还可以与创作者进行有效的互动，提供建设性的意见和建议。艾米莉·迪金森在其生前并未完全公开自己的诗作，直到她的诗作被后来的学者和批评家整理和出版。这些批评者对她作品的解读和分析帮助她的作品得到更广泛的传播，并使其创作风格得到认可。批评与创作的这种互动关系有助于双方的成长和进步，创作者能够从批评中获得新的灵感和改进建议，而批评者则通过对创作的分析，推动理论的发展和创新。创作者与批评者之间的合作也可以促进对文学现象的深入理解，丰富创作和批评的内容和形式。

（四）批评理论对创作风格与技巧的指导

批评理论对创作风格和技巧的指导具有重要意义，它为创作者提供了理论框架和方法论，帮助他们在创作中形成独特的风格和技巧。结构主义批评理论强调文本的结构和语言系统，影响了许多创作者的写作方法和风格。罗兰·巴特的《写作的零度》对创作风格的探讨，鼓励作家探索语言的表现力和结构的创新，从而突破传统的文学形式。批评理论不仅为创作者提供了新的视角和工具，还促进了创作技巧的演变和创新。通过对批评理论的深入理解，创作者能够在自己的作品中运用新的技巧和手法，使作品更具艺术性和表现力。批评理论的指导不仅增强了文学创作的深度和广度，也推动了文学创作的不断发展和变化。

批评反馈在创作过程中发挥着至关重要的作用，它不仅促使创作者对作品进行深入思考和修正，还能提升其艺术性和思想深度。自我批评和反思帮助创作者不断完善作品，保持创作的一致性和深度。批评与创作的对话和合作则推动了文学理论和创作风格的创新，丰富了文学表现的多样性。批评理论的指导为创作者提供了新的视角和技巧，促进了创作技巧的演变。批评与创作的互动关系极大地推动了文学创作的发展和创新。

第二节 文学批评的传承维度

一、批评对文学传统的坚守

在文学批评领域，对经典文学作品的深入分析与阐释一直占据着核心地位。这些经典作品不仅塑造了文学传统，也为批评者提供了丰富的分析素材。从莎士比亚的《哈姆雷特》到中国古典名著《三国演义》，通过对经典文本多角度的解读，揭示作品的复杂性和深远影响。传统批评方法如形式主义批评和历史主义批评，为理解和评价文学作品提供了系统的框架。通过对文学传统核心概念的坚守和历史文献的考察，批评者不仅继承了经典的精髓，也推动了文学理论的创新与发展。

（一）经典文学作品的分析与阐释

经典文学作品在文学批评中占据着核心地位，批评者通过深入分析和阐释这些作品，帮助读者理解其丰富的内涵和深远的影响。莎士比亚的戏剧《哈姆雷特》自问世以来便成为文学批评的重要对象。批评者通过多角度的分析，探讨其主题、结构、人物性格等方面，使这部作品的复杂性和多义性得到更为全面的理解。现代批评者通过心理分析、文化研究等不同方法，对《哈姆雷特》进行重新解读，揭示了人物内心冲突和社会背景的深层次联系。这种分析不仅加深了大众对经典文本的理解，还促进了文学理论的创新和发展。

（二）传统批评方法的延续与应用

传统批评方法在文学批评中具有重要的历史价值和实践意义，这些方法，如形式主义批评、历史主义批评等，为分析和评价文学作品提供了系统的框架和标准。形式主义批评注重文本的结构和语言运用，强调对文学形式的精细解读。以"新批评"学派为代表的批评家如克莱门特·格林伯格，通过对文本内在结构的细致分析，推动了现代批评的深入发展。历史主义批评通过将文学作品置于其创作背景中进行研究，帮助读者理解作品如何反映特定的历史和社会条件。传统批评方法的延续不仅保留了经典批评的精髓，也为当代文学批评提供了宝贵的经验和参考。

（三）文学传统核心概念的保持

文学批评在传承过程中必须保持文学传统中的核心概念，如美学、伦理、历史和社会等。这些概念构成了文学批评的基础，影响着对文学作品的评价和理解。"崇高"这一概念自古希腊时期起便是文学批评的核心之一，从亚里士多德的《诗学》到康德的《判断力批判》，这一概念一直被不断讨论和重新定义。在现代批评中，虽然对"崇高"的理解可能发生了变化，但其作为评价文学作品美学价值的核心概念依然被保持和应用。通过对这些核心概念的坚守，文学批评能够在传承中保持稳定性，同时也为文学创作和理论的发展提供了坚实的基础。

（四）对历史文献与经典文本的考察

对历史文献与经典文本的考察是文学批评的重要组成部分，它帮助批评者理解文学作品的历史背景和文化语境。通过对历史文献的研究，批评者能够揭示文学作品如何反映和影响其时代。对《三国演义》的批评不仅涉及其文学艺术成就，还包括对明清时期政治、军事和社会情况的考察。通过对相关历史文献的研究，如《三国志》和《资治通鉴》，批评者能够深入理解《三国演义》中人物形象和情节设置的历史依据。这种对历史文献和经典文本的考察，不仅丰富了文学批评的内容，也帮助读者更好地理解文学作品的历史价值和文化意义。

文学批评在坚持传统的同时充分发挥了经典文本的分析与阐释作用，通过多种方法探讨作品的主题、结构和人物性格。传统批评方法如形式主义和历史主义，不仅保留了经典批评的核心精髓，也为现代批评提供了宝贵的经验。对核心概念如"崇高"的保持，以及对历史文献和经典文本的考察，进一步丰富了批评内容。文学批评在继承和创新中不断前进，为文学创作和理论的发展奠定了坚实的基础。

二、批评在传承中的创新解读

在文学批评的领域中，批评视角的创新与传统观点的融合，标志着文学解读的不断演进。传统文本的新视角解读、历史批评方法的现代化应用、结合当代问题的经典解读以及创新批评视角与传统观点的融合，这些方法共同推动了文学批评的创新和发展。通过引入多样化的理论框架和现代问题的考量，批评者不仅使经典文本得以在当代语境中焕发新的生命力，还深化了对文学作品的多层次理解。

（一）传统文本的新视角解读

在传统文学批评中，新视角的引入为经典文本带来了深刻的创新解读。古典希腊戏剧《俄狄浦斯王》历来被视为探讨命运与自由意志的经典之作。然而现代批评者从女性主义角度重新审视该剧，揭示了剧中女角色的边缘化和性别不平等的问题。以西蒙·德·波伏娃和朱迪斯·巴特勒的理论为基础，这些批评者分析了伊俄卡斯特的角色如何反映古希腊社会的性别规范及对女性的压制。伊俄卡斯特在剧中的被动角色和最终的悲剧，常被解释为女性在男性主导社会中的无力和牺牲。这种视角不仅挑战了传统的命运和自由意志的解读，还引发了对古希腊社会性别结构的深入讨论。这种新视角既丰富了读者对《俄狄浦斯王》的理解，也扩展了对大众经典文本在不同社会文化背景下的解读方式。

（二）历史批评方法的现代化应用

传统的历史批评方法在现代批评中经过了深刻的转型和更新，历史批评曾经主要关注文学作品与其创作时代的关系，注重挖掘历史背景对文学创作的影响。而现代的历史批评方法，如新历史主义，强调文学文本与其历史背景的互动，关注如何通过文本去理解和再现历史。史蒂芬·格林布拉特的《文艺复兴时期的自我塑造》一书，通过结合社会历史背景和文本分析，揭示了文艺复兴时期个体自我意识的形成。现代化的历史批评方法不仅关注文学作品如何反映历史，更注重文学作品如何塑造和再现历史观念，从而推动了批评视角的深化和扩展。

（三）结合当代问题的经典解读

结合当代问题对经典文本的解读，体现了文学批评的创新性。以查尔斯·狄更斯的《雾都孤儿》为例，现代批评者将其19世纪伦敦的贫困与社会不平等现象与当代社会的问题进行对比。今天的社会中，儿童贫困和教育不平等仍然是重大问题。通过对比狄更斯描绘的社会不公与现代社会的贫富差距、儿童权益问题，批评者揭示了《雾都孤儿》不仅是历史的记录，更是对当代社会不平等的持续批判。这样的分析不仅使经典文本在当代语境中重新焕发活力，还促使读者反思这些作品在现代社会中的现实意义。它挑战了读者对文学经典的传统看法，并强调了文学作品如何跨越时代，持续影响和反映社会问题，从而增强了这些经典作品的社会价值和教育意义。

（四）创新批评视角与传统观点的融合

创新批评视角与传统观点的融合，心理分析理论的引入，为经典文本的解读提供了新的维度。弗洛伊德的精神分析理论被应用于《简·爱》的研究中，极大地丰富了对该作品的解读。传统的文学批评可能集中于分析作品的情节、结构和主题，但通过心理分析，批评者能够深入探讨主角简·爱内心的冲突、情感发展以及她与社会的关系。心理分析理论揭示了简·爱在成长过程中经历的复杂情感和心理创伤，强调了她与罗切斯特之间的关系如何反映她内心的冲突与渴望。批评者分析了简·爱的自我认同和自我实现的心理过程，解释了她如何通过克服内心的恐惧和社会的压迫，最终获得了个人的独立和幸福。这种视角不仅延续了对《简·爱》的传统解读，如社会阶级、性别角色和道德伦理，还为文本提供了心理层面的解读，揭示了作品深层的情感和心理机制。这种融合的批评方法，不仅深化了对经典作品的理解，还推动了文学批评方法的创新。它展示了文学批评在不断探索和融合新理论中的活力和创造力，使经典文本在新的理论框架下焕发出新的光彩,并对读者提供了更加全面和多层次的解读。

批评在传承中的创新解读展示了文学批评的动态进步和理论丰富,新视角的引入,如女性主义对《俄狄浦斯王》的解读,挑战了传统的命运与自由意志的讨论,并扩展了对古希腊社会性别结构的理解。现代化的历史批评方法,如新历史主义,深化了对文学作品与历史背景互动的认识。结合当代问题的经典解读,如《雾都孤儿》的社会不平等分析,使经典作品在当代背景下重新焕发活力。心理分析理论的应用进一步丰富了对经典文本的理解,展现了批评方法的创新性。通过这些融合与创新,文学批评不断探索新的理论框架和解读方式,使经典文本在新的视角下焕发出新的光彩,彰显了文学批评的活力与创造力。

三、批评对文学遗产的重新评价

文学遗产不仅承载着丰富的文化内涵和历史记忆,也反映了各个历史时期的社会风貌。随着时代的发展和学术研究的深入,对文学遗产的解读也不断演变。现代批评对经典作品进行重新评价,不仅揭示了其在历史背景下的深层意义,还探索了其在当代社会中的新解读和新价值。通过对文学遗产的文化和社会背景的再审视、新解读与评价,传统文学价值观的重新评估,以及遗产保护与现代批评视角的结合,能够更全面地理解和传承这些经典作品,使其在当代语境中焕发出新的生命力。

(一) 文学遗产的文化和社会背景再审视

文学遗产不仅是文化的瑰宝,也是社会变迁的见证,有助于揭示其在特定历史时期的深层意义。以莎士比亚的《哈姆雷特》为例,传统的解读侧重于其戏剧结构和人物心理,但现代批评者通过考察伊丽莎白时代的政治和社会背景,揭示了该剧如何反映了当时的权力斗争和宗教冲突。莎士比亚生活的时代经历了宗教改革和政治动荡,这些历史背景在《哈姆雷特》中得到深刻体现。通过重新审视这些背景,批评者发现哈姆雷特的犹豫和行动不仅是个人悲剧的表现,更是对国家和宗教危机的隐喻。这种再审视方法不仅增强了对文本的理解,还提供了对当时社会环境的深入洞察,使文学遗产的价值和意义得以重新评价。

(二) 对经典作品的新解读与评价

经典作品的新解读常常揭示其多层次的意义，以玛丽·雪莱的《弗兰肯斯坦》为例，传统上它被视为对科学伦理的深刻反思，关注科学进步带来的道德困境。然而现代批评者通过后殖民理论对其进行重新解读，发现该作品不仅关注科学问题，还隐含了对殖民主义的批判[1]。弗兰肯斯坦博士的怪物在某种程度上象征了被压迫的"他者"，他的痛苦和排斥反映了社会对外来者和边缘化群体的态度。这种视角拓宽了对《弗兰肯斯坦》的理解，使其不仅成为科学伦理的讨论平台，也成为社会不平等和文化冲突的象征。通过这种新解读，大众得以重新审视经典作品在当代社会中的相关性，并深入探讨文学作品如何揭示和质疑当时的社会权力结构。

(三) 重新评估传统文学价值观

重新评估传统文学价值观可以揭示经典作品在现代语境下的变迁和意义，简·奥斯汀的《傲慢与偏见》长期被认为是对女性婚姻和社会阶层的传统观点的讽刺。然而随着女性主义批评的发展，对该作品的重新评估提出了更为复杂的视角[2]。现代批评者认为，虽然《傲慢与偏见》在一定程度上揭示了社会阶层和性别不平等，但同时也反映了女性在那个时代所能获得的有限自由和自主权。通过这种评估，不仅深化了对《傲慢与偏见》的理解，也挑战了其传统的价值观念，体现了文学价值观念的动态演变。

(四) 遗产保护与现代批评视角的结合

将遗产保护与现代批评视角结合起来，是确保文学遗产在当代语境中保持其活力的重要途径。以《红楼梦》为例，传统的遗产保护工作主要集中于对原文本

---

[1] Chemistry; Reports by W.F. Li and Co-Researchers Describe Recent Advances in Chemistry (The Guidance of the Development of Chinese Ancient Literature on the Innovation of Intercultural Teaching Mode in Chinese as a Foreign Language)[J].Chemicals & Chemistry,2019(17):36-39.

[2] Global Views - Philosophy; New Philosophy Findings from Creighton University Discussed (Financializing epistemic norms in contemporary biomedical innovation)[J].Politics & Government Week,2019,194-197.

的保存和传承。然而现代批评视角，如性别研究和社会历史学的引入，使《红楼梦》的解读更加多元化。现代批评者通过性别研究分析贾宝玉和林黛玉的关系，揭示了作品中隐含的性别角色和社会期待。这种结合不仅丰富了对《红楼梦》的理解，也促进了对文学遗产的全面保护和传承，使其在现代社会中继续发挥影响力。通过这种方法，经典作品能够在保留其文化核心的同时与当代批评视角和社会问题对接，从而实现遗产的动态保存和活跃应用。

对文学遗产的重新评价是理解经典作品的一个重要途径，通过对莎士比亚《哈姆雷特》文化和社会背景的再审视，不仅发现了其深刻反映的历史动荡，也增强了读者对文本的理解。对玛丽·雪莱的《弗兰肯斯坦》的新解读则揭示了其对殖民主义的隐含批判，使其在当代社会中展现了更广泛的相关性。重新评估简·奥斯汀《傲慢与偏见》的传统价值观，使读者认识到文学作品如何在传统规范与个人自主之间找到平衡。最后将《红楼梦》的遗产保护与现代批评视角相结合，探讨了经典作品在保留文化核心的同时与当代社会问题对接的可能性。这些再评价和解读不仅深化了对经典文学的理解，也促进了其在当代社会中的活跃应用和有效传承。

四、批评传承与创新的平衡策略

在文学批评的实践中，保持传统与引入创新是至关重要的。这一过程要求批评者在坚持经典分析方法的同时适应现代学术研究的多样性。传统批评方法如文本细读和历史背景分析提供了深入理解经典文学的基础，而新兴的理论视角如心理学、社会学、后殖民理论和女性主义，则为读者打开了新的解读空间。下面将探讨如何在文学批评中有效平衡传承与创新，通过具体案例展示传统批评与现代理论的融合，进一步提升对经典作品的理解和分析。

（一）保持传统批评核心原则的同时引入新方法

在文学批评的领域，传统批评方法如文本细读、历史背景分析等仍然是理解经典文学的重要工具。然而为了适应现代学术研究的多样性，批评者需要在保持这些传统核心原则的基础上，引入新的方法。在分析莎士比亚的《哈姆雷特》

时，传统批评会关注其戏剧结构和人物心理，强调文本细读的细腻。然而现代批评者逐渐引入心理学和社会学的视角，对角色的心理动机和社会背景进行综合分析。这种结合不仅能深入挖掘文本的多重意义，还能将古典文学与当代学术理论结合起来。通过这种方式，批评者可以保持传统方法的精髓，同时利用新兴理论工具获得更为丰富的解读，确保对经典文学的理解在传统和现代之间找到平衡。

（二）融合传统与创新的批评理论模型

文学批评的创新往往源于对传统理论的重新思考和创新性融合，后殖民理论和女性主义批评在对经典文学作品的研究中越来越受到重视。在对玛丽·雪莱的《弗兰肯斯坦》进行批评时，传统的伦理学分析关注的是科学进步带来的道德困境，而现代批评者通过后殖民和女性主义视角，揭示了作品中隐藏的权力结构和性别问题。将传统的伦理学视角与后殖民理论结合，批评者能够探讨弗兰肯斯坦博士的怪物如何象征被压迫的"他者"，以及这种象征如何反映社会对外来者和边缘群体的态度。这种融合不仅拓展了经典文学的解读空间，还体现了批评理论模型的创新性，使对文学作品的分析更加全面和多元。

（三）批评实践中的传统与现代元素协调

在实际的批评实践中，将传统元素与现代批评视角协调起来是提高批评效果的关键。对简·奥斯汀《傲慢与偏见》的批评，不仅可以从传统的社会阶层观和婚姻观角度入手，还可以结合现代的女性主义视角进行分析。传统批评侧重于揭示小说中对当时社会规范的讽刺，而现代批评则进一步探讨了奥斯汀如何在性别角色和社会期望之间寻求平衡。这种协调不仅增强了对文本的多维度理解，还提升了批评的深度和广度。通过在批评实践中灵活运用传统和现代元素，批评者能够更全面地把握文学作品的丰富内涵，同时也能更好地回应当代读者的需求和期望。

（四）平衡传承与创新

在文学批评的过程中，如何平衡传承与创新是一个核心问题。传承传统批评方法的精髓，确保经典文学研究的严谨性和深度，同时引入创新性的批评理论，能够使研究保持活力和前瞻性。对《红楼梦》的批评，传统研究强调文本的文学艺术价值和历史背景，而现代批评则通过性别研究、文化研究等新方法，揭示了作品中的性别角色和社会结构。这种平衡传承与创新的策略不仅能够保持对经典作品的尊重，还能使其在现代社会中展现新的相关性和意义。通过这种平衡，文学批评不仅能够传承经典的价值，还能够适应时代的发展，为当代读者提供更丰富、更深刻的理解。

在文学批评的过程中，成功的策略是实现传统与创新的平衡。通过结合经典的批评方法和现代的理论视角，批评者不仅能够深入挖掘文学作品的多重意义，还能使经典文学在当代语境中展现新的相关性。这种平衡策略确保了批评的严谨性与前瞻性，使文学批评不仅尊重经典，同时也回应时代的发展。最终，通过有效地融合传统与现代元素，批评者能够提供更全面、更深刻的文学理解，满足当代读者的需求。

第三节　当代文学批评的跨学科探索

一、文学批评与其他学科的交叉融合

在文学批评领域，跨学科的结合为深入理解文学作品提供了新的视角。文学不仅是艺术的表现，也深刻反映了社会结构、心理动态、历史背景和哲学思想。社会学、心理学、历史学和哲学等学科的融入，使文学作品的分析变得更加多维和深刻。通过这些学科的视角，可以更全面地理解文学作品的内涵及其对现实世界的映射。

（一）文学与社会学的结合

文学与社会学的结合提供了理解文学作品中的社会结构和社会问题的新视角。社会学分析注重研究社会关系、制度和文化背景，这些视角可以揭示文学作品如何反映和批判社会现实。查尔斯·狄更斯的《雾都孤儿》不仅是一个感人的

成长故事，也深刻反映了 19 世纪英国社会的阶级分化和贫富差距。社会学批评可以揭示小说中的社会阶层、经济条件以及社会不平等等如何塑造角色和情节。通过社会学视角，能更清晰地看到文学作品如何映射社会问题和历史背景，并且对社会变革有更深刻的理解。这种结合不仅丰富了文学批评的层次，还增强了文学作品对社会现实的反思和批判功能。

（二）文学与心理学的交互影响

文学与心理学的交互影响揭示文学作品中人物心理和行为的深层动因，心理学批评关注人物的内心世界、情感冲突以及心理发展，这为读者理解复杂的角色心理和动机提供了重要工具。在弗朗茨·卡夫卡的《变形记》中，主人公格雷戈尔·萨姆萨的变形可以被解读为一种心理异化的表现。心理学视角帮助读者理解萨姆萨的孤独感和焦虑感如何在他的变形过程中得到体现。通过这种分析，不仅可以洞察人物的内心冲突，还能探讨文学作品如何反映个体的心理状态和社会压力。这种跨学科的结合增强了对文学作品复杂心理层面的理解。

（三）文学与历史学的互补视角

文学与历史学的结合为文学批评提供了深厚的历史背景和文化语境，使对文学作品的分析更加全面和立体。历史学的研究关注历史事件、社会变迁及其对文化和社会的影响，这些因素往往在文学作品中有所体现。乔治·奥威尔的《1984》不仅是对极权主义的强烈批判，还深刻反映了二战后冷战时期的政治氛围。通过历史学视角，可以更好地理解《1984》中所描绘的极权主义社会如何反映了当时的历史现实和政治环境。冷战的恐惧、极权的压迫和审查制度在小说中得到具体表现，这种历史背景使小说的警示意义更加鲜明。历史学不仅帮助分析文学作品如何在特定的历史背景下形成其主题和思想，还揭示了文学作品如何与其时代的社会现实互动，呈现出历史与文学之间的复杂关系。通过这种互补的视角，批评者能够更深刻地把握文学作品的文化价值和历史意义。

（四）文学与哲学的理论对话

文学与哲学的结合为文学批评提供了对深层思想和理论问题的深入探讨，哲学批评关注文学作品中的伦理、存在、意义等核心问题,这种理论视角帮助揭示文学作品中潜藏的复杂哲学思想。萨特的存在主义哲学对乔治·艾略特的《米德尔马契》进行分析时,可以透视人物在面对自由选择和存在的虚无感时如何进行自我定义。艾略特的作品描绘了多个角色在社会和个人选择之间的挣扎,这与萨特对自由意志和个体责任的理论相契合。通过存在主义视角,能够更清晰地看到角色如何在面对社会压力和内心冲突时寻求自我实现和意义。文学作品中的伦理冲突和存在问题,如《米德尔马契》中对道德选择和社会期望的探讨,也能通过哲学批评得到深化。这种理论对话不仅丰富了文学批评的理论基础,还为文学作品提供了新的解释框架,使批评者能从哲学的角度审视文学中的核心主题和角色发展。文学与哲学的结合推动了对作品深层意义的全面理解,为读者提供了更加深刻的解读和思考方式。

文学与社会学的结合揭示了作品如何反映和批判社会现实,增进了对社会变革的理解。心理学视角则帮助洞察人物内心世界及其心理动因,丰富了对复杂角色的理解。历史学的介入提供了作品的历史背景,增强了对文学作品与时代背景互动的理解。哲学对话则推动了对伦理、存在和意义等核心问题的深层探讨,使文学批评具备了更强的理论基础。各学科的融合不仅丰富了文学批评的层次,也为读者提供了更为全面和深刻的解读框架。

二、跨学科批评的理论与实践

在当代文学批评领域,跨学科批评理论逐渐成为一种重要的方法论。传统的文学分析往往依赖单一学科的视角,限制了对文学作品复杂性的全面揭示。随着文学研究的深入,学者们认识到,单一学科的理论框架不足以解释文学作品中蕴含的多层次、多维度的意义。因此跨学科批评理论应运而生,旨在将文学、社会学、心理学、历史学等多种学科的理论与方法综合应用于文学分析中。20世纪初,马克思主义文学批评的兴起标志着文学与社会学的初步结合;弗洛伊德的心理分析理论则进一步丰富了对人物内心世界的解读。后结构主义和文化研究的推动,进一步加深了跨学科批评理论的发展,使其成为文学研究中不可或缺的工具。下面将探讨跨学科批评理论的形成与发展,实践中的应用,以及在实际应用中的策略和面临的挑战，旨在全面理解这一理论对文学研究的贡献与影响。

（一）跨学科批评理论的形成与发展

跨学科批评理论源于对文学作品理解的多元化需求，20世纪初文学批评逐渐意识到，仅依靠单一学科的视角无法全面揭示文学作品的复杂性。因此跨学科批评理论应运而生，它综合了文学、社会学、心理学、历史学等多种学科的理论与方法。最初，文学与社会学的结合在马克思主义文学批评中体现尤为明显，尤其是路易斯·阿尔都塞和安东尼奥·葛兰西的思想对文学作品中的阶级结构和社会矛盾进行了深刻的剖析。随后，心理学的引入进一步拓宽了文学批评的视野，弗洛伊德的心理分析理论成为理解人物内心世界的重要工具。20世纪后期，跨学科批评理论在后结构主义和文化研究的推动下迅速发展，理论家们开始关注文学文本与社会、历史、心理的复杂互动。这一理论的发展标志着文学批评从单一分析向多角度、多层次的综合分析转变，为文学作品的解读提供了更加丰富的理论支持。

（二）实践中的跨学科批评

实践中跨学科批评已成为文学研究的重要方法，弗朗茨·卡夫卡的《变形记》被以心理学和社会学批评相结合的方式解读，揭示了作品中主人公格雷戈尔·萨姆萨的心理异化现象。心理学批评利用弗洛伊德理论解析了萨姆萨的孤独感和焦虑感，而社会学批评则关注他所处的家庭和社会环境如何加剧了这一心理状态。在《1984》的分析中，历史学和政治学的结合使读者能够理解乔治·奥威尔对极权主义的深刻批判及其与冷战时代政治氛围的关系。跨学科批评在这些实例中体现了它在丰富文学理解和增强批评深度方面的实践价值。将不同学科的理论和方法应用于文学作品，批评者能够全面揭示文本的多层次含义和复杂背景。

（三）跨学科方法的具体应用策略

应用跨学科方法时，首先需要明确研究的目标和问题，以选择适当的学科视角。在研究乔治·艾略特的《米德尔马契》时，可以结合社会学和哲学视角。社会学方法可用于分析小说中人物的社会背景和阶级问题，如社会期望对角色行为的影响；而哲学视角则可以探讨角色在面对自由选择和存在虚无感时的伦理困境和自我实现。具体应用策略包括文本分析和理论对接两方面。在文本分析方面，通过细致解读文本中的社会背景、心理动因及历史语境，结合不同学科的理论框架，进行综合分析；在理论对接方面，通过将社会学理论中的阶级分析、心理学中的人格理论或历史学中的时代背景等与文学作品相结合，形成多维度的批评视角。这种方法不仅丰富了文学批评的内容，还提高了对文学作品全面性的理解。

（四）跨学科批评的挑战与应对

跨学科批评虽然提供了多元化的分析视角，但也面临着诸多挑战。学科间的理论差异可能导致分析上的不一致。社会学与心理学对同一文学作品的解读可能存在理论上的矛盾，这需要批评者在综合时慎重处理。跨学科批评需要批评者具备广泛的知识背景和理论素养，这对研究者的专业能力提出了较高要求。跨学科批评的复杂性也可能导致分析结果的模糊性，难以形成统一的解释框架。应对这些挑战的方法包括：加强学科间的对话与合作，确保理论的兼容性；提高批评者的综合素养，通过系统的学习和培训提高跨学科研究的能力；在分析过程中，明确界定各学科理论的应用范围，避免过度解读或理论冲突。这些措施可以更有效地应对跨学科批评中的困难，提升其理论和实践的有效性。

跨学科批评理论的形成与发展标志着文学研究方法的多样化与深化，从最初的社会学与马克思主义文学批评的结合，到后来的心理学、历史学和政治学的融入，跨学科批评逐渐形成了一套综合的分析框架。通过对弗朗茨·卡夫卡《变形记》、乔治·奥威尔《1984》等作品的分析，跨学科批评展示了其在揭示文学文本多层次意义和复杂背景方面的实践价值。在具体应用策略方面，明确研究目标和问题，结合社会学、心理学、哲学等不同学科的理论框架进行文本分析，是有效的跨学科批评方法。然而跨学科批评也面临诸如学科间理论差异、研究者专业能力要求高以及分析结果模糊性等挑战。通过加强学科间的对话与合作、提升研究者的综合素养和明确理论应用范围等措施，可以有效应对这些挑战，从而提升跨学科批评的理论和实践有效性。跨学科批评不仅丰富了文学批评的内容，也为文学作品的全面理解提供了更加丰富和多元的视角。

三、跨学科批评对文学创新的影响

在当代文学领域，跨学科批评已成为推动文学创新的重要力量。通过结合心理学、生态学、性别研究、社会学以及历史学等多个学科的视角，文学创作和批评正在经历深刻的变革。新兴的批评方法不仅为作家们提供了丰富的分析工具，还激发了他们对人类经验的多维度探索。心理学批评使作家可以深入挖掘人物内心的复杂性；生态批评则引导文学创作关注人类与自然环境之间的关系；社会学和性别研究的结合则推动了对社会结构和权力关系的深入探讨。这些跨学科的视角和方法，不仅重塑了文学叙事的结构和主题，也为文学创作的实践带来了创新性的突破。

（一）新兴批评方法对文学创作的推动

新兴批评方法，如心理学批评、生态批评和性别研究，极大地推动了文学创作的创新[①]。心理学批评，尤其是弗洛伊德的潜意识理论，为作家们提供了深入探索人物内心冲突和动机的工具。弗朗茨·卡夫卡的《变形记》可以被解读为对人类内心焦虑和自我异化的深刻反映，这种解析方式为文学作品提供了新的解读角度。生态批评则引导文学创作关注自然环境和人类的关系，推动了环保主题的文学作品创作。玛格丽特·阿特伍德的《使女的故事》不仅探讨了权力和性别的问题，还通过设定一个环境破坏后的反乌托邦社会，展示了生态危机对人类生活的深远影响。这些新兴批评方法激发了作家们对人类经验的多维度探索，推动了文学创作的丰富性和深度。

（二）跨学科视角对叙事结构的重塑

跨学科视角，尤其是结合心理学、社会学和历史学的分析方法，对叙事结构的重塑起到了重要作用。心理学和社会学的结合，使叙事结构可以更好地反映人

[①] ROBINSON D M. Financializing epistemic norms in contemporary biomedical innovation[J]. Synthese, 2019, 196(11): 4391-4407.

物心理和社会背景。托妮·莫里森的《宠儿》通过非线性的叙事结构，深入探讨了历史创伤对个人心理的影响。此书不仅运用了历史学的背景，还结合了心理学对创伤记忆的研究，使叙事结构既复杂又富有层次感。历史学视角的加入，能够为叙事提供更广泛的社会背景，使作品对历史事件的反映更加立体。跨学科的视角使得文学叙事不再局限于传统的线性发展，而是通过多角度、多层次的结构，呈现出更为丰富和复杂的故事情节。

（三）跨学科分析对文学主题的拓展

跨学科分析不仅推动了文学主题的多样化，还促使文学作品对社会问题的深入探讨。结合社会学和性别研究的分析方法，促进了对性别角色和权力关系的探索。艾丽斯·沃克的《紫色姐妹花》在探索女性主义主题时，运用了社会学和历史学的分析方法，揭示了种族和性别压迫对女性个体的影响。社会学的视角使该作品能够详细探讨性别和种族交织的社会结构，推动了女性主义文学的创新和发展。类似地，结合医学人文学科的分析，也使文学作品能够探讨健康、疾病及其对个人生活的影响。阿尔贝·加缪的《鼠疫》不仅是一部关于疫情的小说，它还通过对人类生存状态的深刻反思，探讨了人类在面对灾难时的伦理和存在主义问题。这种跨学科的分析方法拓展了文学主题的广度和深度，使得文学作品在社会和文化背景下具有了更大的意义。

（四）跨学科批评带来的创新实践

跨学科批评促进了文学创作实践的创新，为文学创作开辟了新的领域和方法。以数字人文学科为例，数字技术的运用为文学研究和创作提供了新的工具和方法。通过数据挖掘和文本分析，学者们能够识别和分析文学作品中的模式和趋势，通过计算机分析小说中的语言风格和叙事结构。赫尔曼·梅尔维尔的《白鲸》被数字人文学科重新审视后，研究者发现了其中隐含的多重象征和结构特征，这些发现推动了对梅尔维尔作品的新理解。另外，跨学科的创新实践也体现在文学作品的创作过程中。结合虚拟现实技术和文学创作的实践，作家们能够创造出沉浸式的叙事体验，使读者能够以全新的方式参与故事。这种创新实践不仅扩展了文学的表现形式，也提供了新的叙事可能性，使文学创作在技术进步的背景下不断演变和发展。

跨学科批评对文学创作的影响深远且广泛，从新兴批评方法的应用到跨学科视角对叙事结构和主题的重塑，再到创新实践的推进，这些因素共同促进了文学的多样性和深度，为作家提供了全新的视角，激发了对人类内心、自然环境和社会结构的深入探索。数字技术和虚拟现实等创新实践，也为文学创作提供了全新的表现形式和叙事可能性。这些变革不仅增强了文学的表现力，也为未来的文学创作开辟了新的领域和可能性。跨学科批评不仅推动了文学创作的创新，还为文学研究和实践注入了新的活力和深度。

四、跨学科批评的传承价值

跨学科批评作为一种文学分析的方法，通过将文学作品置于多种学科的框架中进行探讨，逐渐成为现代文学研究的重要工具。它打破了学科之间的界限，将心理学、社会学、哲学和历史学等不同领域的理论和方法融合进文学分析中，为经典文学作品的解读提供了新的视角。通过跨学科的视角，能够揭示文本中隐藏的复杂社会和心理层面，进一步丰富对文学作品的理解。这种方法也在文学教育中发挥了重要作用，帮助学生从多维度、深层次地解读作品，提升了他们的综合分析能力和批判性思维能力。

（一）跨学科批评理论对经典文学的再解读

跨学科批评理论通过将文学作品置于不同的学科框架中进行分析，为经典文学作品提供全新的解读角度。采用心理学的视角对莎士比亚的《哈姆雷特》进行分析，可以揭示哈姆雷特内心深处的冲突和精神状态，这种分析方式超越了传统的文学文本分析。心理学批评能够探讨角色的心理动机和潜在的精神障碍，从而为读者提供更加深入的理解。同样，社会学批评则可以探讨《福尔摩斯探案集》中社会阶层和权力结构的反映。这些跨学科的方法不仅丰富了经典文学的解读，也揭示了文本中隐藏的社会和心理层面的复杂性，使读者能够从更多维度理解文学作品的意义。

（二）跨学科批评在文学教育中的应用

在文学教育中，跨学科批评的应用极大地丰富了学生对文学作品的理解。在《红楼梦》的教学中，教师不仅从文学艺术性的角度分析小说的叙事结构、语言风格和人物塑造，还可以引入历史学、社会学和文化学的视角，以全面解读这部经典作品。通过历史学的视角，教师可以探讨《红楼梦》所反映的清代社会制度、经济状况及其对家庭和个人生活的影响；社会学视角则帮助学生理解书中所描绘的社会阶层、性别角色和人际关系；而文化学视角则可以挖掘其中的文化符号、价值观念及其与中国传统文化的关系。这种跨学科的教学方法，不仅帮助学生掌握《红楼梦》的深层次社会背景和文化意义，还激发了他们的批判性思维能力。通过将文学作品与多学科的知识进行结合，学生能够从更广泛的角度进行分析，提升其对文本的全面理解能力。在课堂讨论和作业设计中应用跨学科批评，能够鼓励学生探索不同的分析方法和视角，从而激发他们的创造性思维。跨学科批评在文学教育中的应用，不仅丰富了学生的学习体验，也提升了他们的文学素养和综合分析能力。

（三）传统与现代批评理论的融合

传统与现代批评理论的融合为文学研究提供了更全面的分析视角，传统批评理论，如形式主义，专注于作品的语言艺术性、结构形式和美学价值。这种方法强调文本的内部结构和技巧，能够深刻解析作品的形式特征。然而现代批评理论，如后殖民批评和心理分析，则关注作品背后的社会、文化和心理因素。将形式主义批评与后殖民批评结合，可以对简·奥斯汀的《骄傲与偏见》进行更为全面的分析。形式主义方法可以解析书中的语言技巧和叙事结构，而后殖民批评则可以探讨书中反映的社会阶级、性别角色及其对殖民主义和帝国主义的隐含评论。通过这种融合，研究者不仅可以理解文本的艺术魅力，还能够揭示其在社会历史背景下的深层含义。这种综合的方法不仅丰富了批评理论，也推动了文学研究的创新，使批评视角更加多元和深刻，从而推动文学研究理论的不断演进。

(四) 跨学科批评对未来文学发展的影响

跨学科批评对未来文学发展的影响深远而广泛。随着学科边界的逐渐模糊，文学研究不仅依赖于传统的文学分析方法，还借助心理学、社会学、哲学和历史学等领域的理论和方法。这种跨学科的整合方法，不仅丰富了文学理论的发展，还推动了文学创作的创新。举例来说，当代作家可能会结合神经科学对人类情感和行为的理解，创造出更加复杂和真实的人物形象。这种方法使文学作品在表现人物内心世界和心理状态时，更具科学性和深度。社会学和哲学的视角也能使文学作品更好地反映社会变迁和哲学思考。跨学科批评不仅提升了文学研究的深度和广度，也注入了新的活力，使文学创作更加贴近现实、多元文化需求，并推动了文学领域的持续创新和发展。

跨学科批评对文学研究和教育的影响深远。在对经典文学作品的再解读中，跨学科批评能够提供全新的分析角度，揭示作品中的社会和心理复杂性。通过心理学的视角分析《哈姆雷特》，可以更深入地理解哈姆雷特的内心冲突；社会学批评则能揭示《福尔摩斯探案集》中的社会阶层和权力结构。这种方法不仅丰富了对经典作品的理解，也使文本的社会和心理层面更加清晰。在文学教育中，跨学科批评的应用极大地拓宽了学生的视野。以《红楼梦》的教学为例，通过引入历史学、社会学和文化学的视角，学生能够从多角度理解这部作品的社会背景、文化意义及其对传统文化的反映。这种综合性教学方法不仅提升了学生的文学素养，还激发了他们的批判性思维和创造性分析能力。传统与现代批评理论的融合，以及跨学科批评对未来文学发展的影响，进一步证明了跨学科批评在推动文学研究创新和创作中的重要作用。随着学科边界的不断模糊，跨学科批评不仅提升了文学理论的发展深度和广度，也为文学创作注入了新的活力，使其更加贴近现实和多元文化的需求。

第四节　文学批评的社会功能与影响

一、批评在文学传播中的角色

文学批评在文学传播中扮演着至关重要的角色，它不仅推动了文学作品的公众认知与接受，还促进了作品的广泛传播与讨论。通过深入分析与评价，文学批评帮助读者理解作品的主题、风格及文化背景，并在不同的时代背景下引发新的讨论。文学批评为读者提供了一个多样化的讨论平台，通过传统媒体与数字媒体的结合，增强了读者的参与感，并深远地影响了读者对作品的评价与兴趣。

（一）推动文学作品的公众认知与接受

文学批评在推动文学作品的公众认知与接受方面起着至关重要的作用，通过对作品的分析、评价和解读，文学批评能够引导读者理解作品的主题、风格和文化背景。鲁迅的作品在初出版时并未得到广泛关注，但通过文学评论家的分析与讨论，尤其是对《呐喊》和《彷徨》中的社会批判和人道主义精神的解读，使公众对其作品的认识逐渐深化。批评不仅帮助读者识别文学作品的价值，还使他们能够更好地理解作品所反映的社会现实与人性复杂性。这种解读和引导不仅提升了公众对文学的兴趣，也促进了文学作品的社会接受度。因此批评家通过撰写书评、发表评论文章等形式，使一些经典作品得以重新被认知。

（二）促进文学作品的广泛传播与讨论

文学批评还在促进文学作品的广泛传播与讨论方面发挥了重要作用，当一部作品受到批评界的高度关注时，它往往会引发社会各界的讨论。莫言的《蛙》在获得诺贝尔文学奖后，相关的批评与解读作品如雨后春笋般出现。这些批评不仅仅局限于文学评论，还涉及社会学、历史学、政治学等多个领域，使《蛙》的讨论不仅在文学圈内展开，还扩展到社会舆论和学术研究中。批评者通过对作品的多角度解读，引导读者进行思考，从而促进了作品的传播。这种现象不仅提升了作品的知名度，也使读者群体的讨论热情空前高涨，形成了一种良性循环，使作品在更大范围内被接受和讨论。

（三）构建文学评论平台与媒体的作用

文学批评的一个重要功能是构建文学评论平台与媒体，提供讨论和交流的空间。在当今数字化时代，各类社交媒体、博客以及在线文学平台成为文学评论的重要阵地。豆瓣、知乎等平台为读者提供了一个分享阅读体验和评论的场所，使每一位读者都可以发表自己的见解和观点。这样的互动不仅增强了读者之间的联系，也推动了文学评论的多样化。与此同时，传统的文学期刊和报纸也通过文学批评栏目，将专业的文学评论传播给更广泛的读者群体。这些评论平台和媒体不仅帮助读者获取不同的视角，还促进了对文学作品的深入讨论，进而提升了公众对文学的关注度和参与感。

（四）影响读者对文学作品的评价与兴趣

文学批评对读者对作品的评价与兴趣具有深远影响，批评者的观点和解读能够极大地影响了读者的看法和感受。张爱玲的小说在某些批评家的评价下，被认为是对女性命运的深刻洞察，使更多女性读者对其产生共鸣。批评不仅在学术上给予作品分析，还在情感上引导读者的认知与兴趣。通过分析作品中的人物、情节及其背后的文化意涵，批评能够激发读者的兴趣，引导他们深入挖掘作品的内涵。批评的多样性也让读者能够接触到不同的解读方式，丰富他们的阅读体验，进而提升对文学作品的欣赏能力和参与度。这种影响在当今信息爆炸的时代尤为重要，批评作为桥梁，将作品与读者紧密连接在一起。

文学批评不仅推动了文学作品的公众认知度和社会接受度，还促进了作品的广泛传播与跨领域讨论。通过建立评论平台与媒体，批评扩展了文学讨论的范围，并影响了读者的评价与兴趣。批评者的深刻解读和多样化观点丰富了读者的阅读体验，增强了读者对文学作品的理解与欣赏。

二、批评对社会文化的引领

文学批评不仅对作品本身进行深入分析，还对社会文化产生了深远的影响。通过对文学作品的解读，批评能够反映并引导社会热点问题的讨论，推动社会文化观念的变革与更新，同时对社会伦理与价值观产生重要影响。这些作用使文学批评成了连接文学与社会的重要桥梁，通过对作品的深度剖析，批评能够启发公众对社会现象的思考和对文化价值的重新认识。

（一）反映与引导社会热点问题的讨论

文学批评在反映与引导社会热点问题的讨论中发挥了重要作用。批评不仅能够捕捉社会的敏感话题，还能通过作品的解读引导公众关注和讨论这些问题。社会变革中的性别问题在文学作品中经常被反映，并引发批评界的广泛讨论。莫言的《丰乳肥臀》就涉及性别、权力与社会变迁的问题，文学评论家对其内容进行了深入分析，揭示了其中对女性地位与社会压力的深刻描绘。这种批评不仅帮助读者更好地理解作品，还促使社会对相关话题进行更广泛的讨论，推动了对性别问题的关注与思考。批评界通过对文学作品的解析，引导了公众对热点社会问题的关注，使文学成为社会问题讨论的重要平台。

（二）推动社会文化观念的变革与更新

文学批评在推动社会文化观念的变革与更新方面起到了引领作用，通过对文学作品的批评和解读，批评界能够挑战传统观念，促进新的文化观念的形成[1]。20世纪初的现代主义文学对传统观念进行了深刻的反思与颠覆，如批评家T. S. 艾略特在其作品中探索了现代人的孤独与困境，并在文学评论中对这些主题进行深刻的剖析。此类批评推动了对现代生活的重新认识，引发了对传统文化观念的反思，并推动了现代文化观念的更新。文学批评通过揭示作品中隐含的文化变革，促使社会在文化观念上进行调整和更新，从而影响了更广泛的文化思潮。

---

[1] ROBERT S.Doubling Up:Modes of Literary Collaboration in Contemporary British Innovative Poetry[J]. Yearbook of English Studies,2021,51247-51264.

(三) 增强公众对文学及文化价值的理解

文学批评在增强公众对文学及文化价值的理解方面发挥了重要作用。通过对文学作品的深入分析和解读，批评者能够揭示作品中隐含的复杂情感和文化内涵，使原本深奥的作品变得更加易于理解。朱自清的《背影》通过细腻的笔触展现了父爱的深沉与细腻。批评者通过对该作品的详细分析，不仅揭示了作品中父爱的深刻表现，还讨论了其文化背景，如父爱的普遍性和时代背景下的父子关系。这种分析帮助读者更全面地理解作品所传达的情感与文化价值。批评通过这种引导，提升了公众对文学的欣赏水平，使文学作品不仅被视为艺术品，更被看作文化理解的重要途径。通过文学批评，读者能够更深入地认识到文学在社会文化中的重要性，从而更好地理解和欣赏文学作品的文化意义。

(四) 批评对社会伦理与价值观的影响

文学批评在塑造社会伦理与价值观方面具有深远影响，通过对文学作品的道德和伦理问题的探讨，可以影响公众对社会规范和价值观的看法。陀思妥耶夫斯基的《罪与罚》在探讨罪与罚、良知与悔恨等伦理问题时，引发了批评界的广泛关注。批评者对作品中的伦理困境和人性复杂性的分析，不仅促使读者思考自身的道德观，还对社会伦理观念的形成与变迁产生了影响。这种影响通过文学作品的分析与讨论，逐步渗透到社会的道德观念中，促使公众对社会伦理和价值观进行深刻的反思与调整。批评不仅是对文学的评价，更是对社会伦理与价值观的引领与塑造。

文学批评在社会文化引领中扮演了不可或缺的角色，从反映社会热点问题、推动文化观念的变革，到增强对文学及文化价值的理解，再到塑造社会伦理与价值观，批评的作用无处不在。通过对作品的细致分析，批评不仅揭示了作品中的深层含义，还引导了社会对相关话题的关注和讨论。它促进了公众对文学作品及其文化价值的更深刻理解，并在道德和价值观的形成中发挥了重要作用。文学批评通过多维度的探讨，持续推动着社会文化的发展和进步。

三、批评对文学创作的反馈

文学批评在文学创作中扮演着至关重要的角色，它不仅为作家提供了宝贵的创作建议和改进方向，还对创作风格、主题选择和作品质量的提升产生深远影响。通过对作品的细致分析和反馈，批评者帮助作家识别作品中的不足，并激发其创新灵感，使每部作品都能更好地展现其艺术价值和思想深度。下面将探讨文学批评如何通过提供建议、影响创作风格、监控创作质量以及促进创作过程，推动文学艺术的发展和进步。

（一）提供创作建议与改进方向

文学批评在创作过程中扮演了指导者的角色，为作家提供了宝贵的创作建议与改进方向。批评者通过对作品的详细分析，不仅揭示了作品中的优点和不足，还提出了具体的改进建议。这些反馈帮助作家识别作品中的问题，如情节安排的不合理、人物刻画的不足或语言表达的欠缺，从而进行有效的修正。以鲁迅的《呐喊》为例，初期的批评指出其语言风格尚需磨炼，批评者建议在语言表达上更加简练有力。这些建议促使鲁迅对后续作品进行更加精细的打磨，最终形成了更具冲击力的文学风格。批评者的反馈还常常激发作家的创作灵感，引导他们探索新的创作领域或风格。通过批评，作家能够不断完善自己的作品，提升创作质量。

（二）影响作家的创作风格与主题选择

批评不仅对作品的细节进行评价，还会对作家的创作风格和主题选择产生深远的影响。文学评论中的趋势和观点常常会引起作家的关注，从而影响其创作方向。20世纪初的现代主义文学批评强调对传统观念的突破和创新，这一观点深刻影响了作家如詹姆斯·乔伊斯和弗朗茨·卡夫卡的创作。他们的作品，如《尤利西斯》和《变形记》，在批评的推动下，探索了人类存在的异化和心理的复杂性。批评界对这些作品的高度评价进一步强化了作家对现代主义主题的探索，推动了更多关于人类孤独与社会疏离的讨论。因此批评不仅对作家的个人创作产生影响，还对文学创作的整体趋势产生指导作用，塑造了文学风格的发展方向。

（三）批评对创作质量的监控与提升

文学批评在监控和提升创作质量方面具有重要作用，通过对文学作品的评价，批评者能够识别出作品中的潜在问题，如结构上的不完善、主题表达的模糊或人物刻画的单一。这种反馈不仅有助于作家在创作过程中进行及时的修正，还推动了文学作品整体质量的提升。海明威的《老人与海》在创作过程中，曾受到批评界对其简洁风格的赞誉和细节处理的建议。这些反馈促使海明威对作品进行深思熟虑，确保了作品在语言的简练性和情节的紧凑性上的高水平表现。批评的监控作用确保了作品在发布前经过充分的打磨，提升了作品的文学价值和社会影响力。通过持续地批评与反馈，文学创作不断进步，从而推动了文学艺术的整体发展。

（四）反馈机制对创作过程的促进作用

文学批评的反馈机制对创作过程起到了积极的促进作用，通过对作品的评价和讨论，批评不仅帮助作家识别创作中的不足，还激发了其对创作的进一步探索和改进。这一过程不仅是作家与批评者之间的互动，也促进了文学创作的动态发展。普鲁斯特的《追忆似水年华》在创作过程中，批评者对其复杂的叙事结构和细腻的心理描写给予了高度评价。批评者的反馈促使普鲁斯特在作品的后续部分进一步深化了对记忆和时间的探讨，使作品呈现出更加成熟的艺术风格。反馈机制通过这种互动关系，使作家能够从中获得启发，优化创作过程中的各种元素，从而不断推动文学作品的创新和质量提升。批评的反馈不仅是对作品的评价，更是对创作过程的激励与推动，促进了文学创作的全面发展。

通过具体的改进建议，批评帮助作家提升作品质量，优化创作风格，并对文学创作的整体趋势产生深远影响。批评的反馈机制促使作家不断探索和深化创作内容，从而推动了文学艺术的持续创新和发展。总的来说，批评在文学创作中的作用是不可或缺的，它不仅提升了作品的艺术价值，也促进了文学创作的全面进步。

四、批评在文化传承中的责任

在文学与文化的传承中，批评扮演着不可或缺的角色。文学批评不仅是一种分析和评价文学作品的工具，更是维护和延续文化遗产的重要途径。通过深入研究和评价经典文学作品，批评者能够揭示这些作品的历史背景、文化价值以及社会风貌，从而为现代读者提供了宝贵的文化资源。批评者也通过重新审视历史文学作品，推动其新的解读和评价，使这些作品在当代社会中焕发新生。在全球化背景下，批评者的创新性解读与跨文化比较研究也促进了传统文化的适应与创新，以及不同文化间的交流与融合。下面将探讨批评在文化传承中的多重责任，包括其在维护文学传统、促进历史文学的重新评价、推动传统文化的创新解读和促进跨文化交流中的作用。

（一）维护和传承文学传统与文化遗产

文学批评在维护和传承文学传统与文化遗产方面发挥着重要作用，通过对经典文学作品的研究与评价，批评者不仅帮助读者理解这些作品的历史背景和文化价值，还确保了这些传统文学资源的有效传承。批评者通过对文学传统的深入分析，揭示了作品中反映的社会风貌、思想观念和文化特色，从而让现代读者能够更好地理解和继承这些文学遗产。对《红楼梦》的研究不仅揭示了其在中国古代小说中的地位，也探讨了其中蕴含的儒家伦理、家族制度和女性角色等文化因素。批评者的努力使《红楼梦》不仅成为文学研究的经典，同时也为后代读者提供了宝贵的文化资源。通过这种方式，批评有助于保持文学传统的延续，让文化遗产在现代社会中继续发挥其重要作用。

（二）促进历史文学的重新评价与诠释

批评在促进历史文学的重新评价与诠释方面起到了关键作用，历史文学往往随着时间的推移被赋予新的意义和解读。批评者通过对这些文学作品进行重新审视，提出新的见解和评价，推动了对其历史和文化背景的再认识。莎士比亚的作品在其创作时期可能未被完全理解，但随着历史的发展，批评者对其作品的重新评价使《哈姆雷特》和《麦克白》等作品被赋予了新的解读层面。现代批评者通过分析莎士比亚的文本与当代社会、政治和心理学的联系，使这些经典作品在今天的语境下重新焕发出生命力。这种重新评价不仅丰富了读者对历史文学的理解，也使其在当代文化中继续发挥影响力。

（三）推动对传统文化的创新解读与适应

批评不仅有助于传承传统文化，也推动了传统文化的创新解读与适应。在全球化和文化多样化的背景下，批评者对传统文化进行创新性的解读，使其能够与现代社会的需求和价值观相适应。经典的中国古代诗词，如杜甫的《春望》、李白的《将进酒》，在现代批评的影响下，被重新解读为对当代社会和个人生活的映射。这种创新解读不仅保持了传统文化的核心价值，还将其融入现代文化语境中，使其在新时代中继续发挥作用。批评者通过将传统文化与现代问题相结合，推动了文化的持续创新，使传统文化不仅不被遗忘，还能够在现代社会中找到新的表达方式和价值。

（四）批评在跨文化交流中的角色与影响

批评在跨文化交流中扮演了桥梁的角色，促进了不同文化之间的理解与融合。通过对各国文学作品的评析和比较，批评者能够揭示文化差异和共同点，推动跨文化对话和交流。东亚文学与西方文学的比较研究，不仅帮助读者理解中国古代文学与西方文学传统的异同，还促进了对两者相互影响的认识。在《百年孤独》的批评研究中，拉丁美洲的魔幻现实主义被介绍给了世界各地的读者，帮助他们理解这一文化现象的独特性和普遍意义。批评者通过这种跨文化的比较和交流，不仅增进了对不同文化的理解，也促进了全球文学的融合与发展，使不同文化之间的相互学习和欣赏成为可能。

批评在文学和文化的传承过程中具有多重关键作用。通过对经典文学作品的深入研究和评价，批评者不仅维护了文学传统，也确保了文化遗产的有效传承。批评在历史文学的重新评价和诠释方面，推动了对这些作品的新理解，使其在现代社会中继续发挥重要作用。批评者通过创新性的解读，推动了传统文化的现代适应，使其在全球化背景下依然具有生机与活力。通过比较和对话，促进了不同文化间的理解和融合。这些功能共同体现了批评在文化传承中的重要性和影响力，展示了其在保持和创新文化遗产方面的独特贡献。

第六章
当代文学的未来发展与传承展望

第一节 当代文学的发展趋势

一、文学与科技的融合发展

在数字化时代的浪潮中，文学领域正经历着深刻的变革。科技的进步，尤其是数字化、虚拟现实与增强现实技术、人工智能及社交媒体的兴起，正在重塑文学创作和传播的方式。数字化文学形式的普及使作品的传播变得更加迅速和广泛，而虚拟现实和增强现实技术则提供了沉浸式的阅读体验，拓展了文学的表现空间。人工智能的应用不仅提升了创作和批评的效率，还为文学领域带来了新的创作灵感和分析视角。社交媒体平台的兴起，更是打破了传统的传播模式，实现了文学作品的全球化传播。下面将深入探讨这些科技进步如何推动文学的融合发展，带来全新的创作与阅读体验。

（一）数字化文学形式的兴起

随着科技的不断进步，数字化文学形式的兴起已成为当代文学发展的一个显著趋势。数字化文学不仅改变了传统的文学创作和阅读方式，还为文学创作提供了全新的平台和可能性。电子书、在线连载和互动式小说等数字化形式，使得文学作品能够在全球范围内迅速传播。《哈利·波特》系列的电子书版本让这一文学经典更加广泛地被全球读者所接触，而平台如 Kindle 和 iBooks 等也提供了便捷的阅读体验。数字化文学还使作者能够通过网络直接与读者互动，获取即时反馈，从而改进和调整作品内容。这种形式的兴起不仅提升了文学作品的传播速度和范围，还开辟了新的文学创作空间，使文学创作变得更加多元和创新。

（二）虚拟现实与增强现实中的文学创作

虚拟现实和增强现实技术的进步为文学创作带来了革命性的变化，这些技术不仅提供了沉浸式的阅读体验，还使文学作品能够在虚拟环境中得以实现。通过虚拟现实技术，某些虚拟现实作品允许用户在虚拟的环境中探索文学作品的场景，与故事中的角色互动，从而获得全新的感官体验。而增强现实技术则可以将虚拟元素叠加到现实环境中，使读者能够通过手机或增强现实眼镜在现实世界中看到文学作品中的元素。这种技术的发展使文学创作不再局限于传统的文本形式，而是能够通过多感官的方式进行展示，开拓了文学表现的新领域。

（三）人工智能在文学创作与批评中的应用

人工智能在文学创作和批评中的应用正在逐步改变文学领域的格局，人工智能技术能够生成文本、分析文学作品的风格和主题，甚至进行创意写作。人工智能程序如 GPT-4 可以生成各种风格的文学作品，提供创作灵感和文本生成支持。在文学批评方面，人工智能能够通过分析大量文本数据，识别作品中的模式和趋势，提供更加客观和系统的评价。举例来说，人工智能工具可以分析经典文学作品中的语言使用模式，帮助研究者深入了解作者的创作风格和作品的文化背景。这种技术不仅提高了文学创作和研究的效率，也为文学批评提供了新的视角和方法。

（四）社交媒体平台对文学传播的影响

社交媒体平台对文学传播产生了深远的影响。这些平台不仅改变了读者获取和分享文学作品的方式，还影响了文学创作的形式和内容。平台和微信公众号使得作者能够直接与读者互动，进行即时的反馈和推广[1]。一些作家利用社交媒体平台进行连载，将小说分章节发布，从而吸引读者的关注和参与。社交媒体的分

---

[1] ZOU Z, GAN T, YI X. Form Deconstruction of Chinese Contemporary Landscape Architecture-Take the Design of Wuhan University of Technology Innovation and Entrepreneurship Park as an Example[J]. E3S Web of Conferences, 2021, 23605026.

享机制和推荐算法使优秀的文学作品能够迅速传播，获得更广泛的读者群体。文学作品的传播不再依赖传统的出版渠道，而是通过社交媒体平台实现了更为高效和广泛的传播。这种趋势使文学创作和阅读变得更加互动和多样化，也推动了文学作品的全球化传播。

科技的快速进步正在为文学领域带来前所未有的变革，数字化文学形式不仅提高了作品的传播速度和范围，也开辟了新的创作平台。虚拟现实和增强现实技术为文学创作提供了沉浸式的体验，而人工智能则在创作和批评中发挥了重要作用。社交媒体平台的影响使文学作品的传播方式变得更加高效和互动。这些科技进步使得文学创作和阅读方式变得更加多元和创新，推动了文学作品的全球化传播。文学与科技的融合不仅提升了文学的表现力，也扩展了其影响力，为未来的文学发展提供了无限可能。

二、文学与社会的深度互动

文学作为一种重要的文化表达形式，不仅反映了社会的变迁和人们的思想情感，还与社会变革、社会问题和公共舆论紧密相连。通过对社会变革的回应与表达，文学作品能够揭示社会现实和问题，为社会发展提供深刻的洞察。文学中的社会问题与人文关怀展现了作者对社会困境的关注和对人性的深刻理解。文学创作与社会运动之间的互动关系表明，文学不仅记录了社会运动的过程，还可能在一定程度上推动社会变革。文学对公共舆论和社会政策的影响展示了其在公共讨论和政策制定中的重要作用。下面将探讨文学与社会的深度互动，揭示文学在社会发展中的独特作用和广泛影响。

（一）文学对社会变革的回应与表达

文学作品常常作为社会变革的镜子，回应并表达社会变迁中的各种现象。文学不仅反映了社会现实，还能够揭示深层次的社会问题，引发公众对这些问题的关注和思考。鲁迅的《阿Q正传》通过描绘阿Q这一底层人物的悲剧，批判了当时社会的封建陋习和民族劣根性，激发了读者对社会改革的思考。在当代，文学作品如韩寒的《青春》也通过生动的描绘和个性化的叙述，反映了青年一代对社会变革的期盼与困惑。这些作品不仅记录了时代的风貌，也推动了社会的反思与变革，彰显了文学在社会发展中的独特作用。

（二）文学作品中的社会问题与人文关怀

文学作品深刻地揭示了社会问题，并展现了人文关怀的深度。艾米莉·勃朗特的《呼啸山庄》不仅仅是一个充满激情的爱情故事，它更通过复杂的人物关系和阶级冲突，探讨了社会阶层的分化与人性的阴暗面。书中的人物，如希刺克厉夫的痛苦和复仇，折射出当时社会对个人命运和阶级差异的压迫，进而引发读者对社会不公的深思。在中国当代文学中，贾平凹的《废都》则通过描绘城市化进程中的人文困境，揭示了现代社会变迁对个体的心理冲击和社会压力。小说中对都市生活的剖析，不仅展示了城市化带来的经济繁荣，也暴露了由此产生的道德滑坡与人际冷漠。贾平凹以细腻的笔触和现实的描绘，深刻地反映了社会变迁中的人性挣扎和社会问题，触及了读者的情感和理智。这些作品通过生动的叙事和深刻的分析，不仅关注个体的命运，还关注社会的整体状况。它们以文学的力量引发读者对社会现实的关注，并通过对人性和社会结构的深入探讨，体现了文学对社会问题的敏感和对人文关怀的承载。

（三）文学创作与社会运动的互动关系

文学创作与社会运动之间存在密切的互动关系，社会运动往往为文学创作提供了丰富的题材，而文学作品也能够影响和支持社会运动的进程。20世纪60年代的民权运动期间，美国作家詹姆斯·鲍德温通过其作品《如果比尔街能讲话》深刻揭示了种族歧视的问题，激发了公众对平权运动的支持。在中国，如《鲁迅文集》中的一些批评性文章，也反映了社会对民主和自由的渴望。文学作品不仅记录了社会运动的过程，还能够在某种程度上推动社会变革，促进社会进步。

（四）文学对公共舆论与社会政策的影响

文学作品对公共舆论和社会政策有着重要的影响力，通过对社会问题的深刻洞察和批判，文学作品能够引发公众对相关议题的广泛讨论，从而影响政策制定和社会舆论。乔治·奥威尔的《1984》通过描绘一个极权社会的恐怖景象，警示了人们对集权政治的警惕，间接影响了对权力监督的公共讨论。在中国，莫言的《蛙》通过描写计划生育政策的社会影响，引发了公众对该政策的反思与讨论。这些作品不仅丰富了公共舆论的内容，也在一定程度上推动了社会政策的调整和改善。文学通过其独特的表达方式，对社会舆论和政策产生了深远的影响。

文学与社会的互动展现了文学作品在社会变革、社会问题、人文关怀、社会运动及公共舆论中的重要角色，文学通过对社会变革的回应，准确捕捉并表达了时代的脉搏，推动了社会反思和进步。文学作品中的社会问题和人文关怀揭示了社会的不公和个体困境，引发公众对人性和社会现状的深刻思考。文学创作与社会运动的互动关系表明，文学不仅反映了社会运动的动态，也能够影响和支持这些运动的进程。最终，文学对公共舆论和社会政策的影响进一步体现了其在社会议题讨论和政策形成中的独特作用。通过对这些方面的探讨，可以更深入地理解文学在社会中的综合功能及其推动社会进步的潜力。

三、文学形式的多样化探索

在当代文学的不断演变中，文学形式的多样化探索为创作和阅读带来了前所未有的变革。从跨媒体叙事到混合文体创作，从互动小说的兴起到实验性文学的实践，各种创新形式不断打破传统的文学界限，丰富了作品的表现力和阅读体验。跨媒体叙事通过不同媒介平台的融合，使故事体验更加立体和全面；混合文体则通过融合不同的文体和风格，开拓了文学表现的新领域；互动小说和游戏文学的结合使读者和玩家可以更深入地参与故事发展；而实验性文学形式则通过突破传统规范，为读者提供了全新的阅读方式。这些探索不仅展示了文学创作的无限可能，也推动了文学与其他艺术形式的交融和发展。

（一）跨媒体叙事与文学作品的新形式

跨媒体叙事是当代文学中一种重要的新兴形式，它通过在不同的媒介平台上讲述同一故事，丰富了叙事的维度和层次。跨媒体叙事不仅包括书籍、电影、电视、游戏等传统媒体，还可以涵盖社交媒体、虚拟现实等新兴平台。一个典型的例了是《哈利·波特》系列的跨媒体叙事。J. K. 罗琳的原著小说通过电影、游戏、戏剧和主题公园等多种形式扩展了故事的世界，增强了读者和观众的沉浸感。这种多平台的叙事方式不仅增加了作品的传播范围，也使故事的体验更加全面和立体。跨媒体叙事打破了传统文学的界限，为文学作品提供了新的表达和传播方式，使文学创作能够在更广泛的环境中与受众互动。

（二）混合文体与跨文体创作的尝试

混合文体和跨文体创作是当代文学创作中的重要创新，乌尔斯拉·K. 勒古恩的《黑暗的左手》将科幻文学与社会学、心理学深度结合，不仅展示了未来世界的奇幻设定，还探讨了性别与社会结构等复杂主题，形成了独特的叙事风格。这种融合使作品不仅有科幻的奇异性，还有深刻的人文思考。中国作家韩寒的《后会无期》在小说与电影剧本之间架起了一座桥梁，通过跨文体的叙事模式，创造了新颖的叙事体验。书中的故事不仅以小说形式呈现，还结合了电影剧本的结构，使读者能体验到文学与电影的双重感受。混合文体和跨文体创作不仅打破了传统文学的界限，还拓宽了读者的视野，丰富了文学作品的表现力。这种创新尝试挑战了文学的传统定义，为读者提供了更为多样化的阅读体验。

（三）互动小说与游戏文学的融合

互动小说与游戏文学的融合代表了文学形式的新发展方向，这种融合通过将读者的选择融入叙事中，使文学作品具有了更高的参与感和互动性。互动小说，如《选择你自己的冒险》系列，通过让读者在关键情节节点作出选择，从而影响故事的发展和结局，创造了独特的阅读体验。许多现代视频游戏，如《巫师3：狂猎》也融入了复杂的叙事元素，使玩家不仅是故事的接受者，更是故事的参与者。这样的融合打破了传统文学的单向叙事模式，开辟了新的叙事领域，使文学作品能够与玩家建立更为紧密的互动关系。

（四）实验性文学形式的探索与实践

实验性文学形式是对传统文学形式的突破与创新，它通过探索新颖的叙事手法和表现形式,挑战了文学的传统规范。詹姆斯·乔伊斯的《尤利西斯》通过采用意识流技术,打破了线性叙事的局限,展示了人物内心的复杂性。近年来,像 House of Leaves 这样的实验性作品通过非线性的叙事结构和多重文本层次,创造了一种全新的阅读体验。中国作家蔡崇达的《命运》通过打破传统小说结构,采用碎片化的叙事方式,探索了叙事形式的边界。实验性文学的探索不仅丰富了文学的表现形式,也拓展了文学创作的边界,为读者提供了更多独特的阅读体验。

文学形式的多样化探索代表了当代文学创作的前沿趋势,跨媒体叙事通过多平台的扩展,提升了文学作品的传播力和沉浸感,使故事体验更加全面。混合文体与跨文体创作则挑战了传统文学的界限,为作品注入了新的表现方式和叙事深度。互动小说与游戏文学的融合打破了单向叙事模式,赋予了读者和玩家更多的参与感和互动性。实验性文学形式通过突破常规叙事手法,丰富了文学表现的可能性,拓宽了文学创作的边界。这些创新尝试不仅推动了文学的发展,也为读者提供了更加多样化和丰富的阅读体验,预示着文学在未来将持续地演变和革新。

四、文学主题的当代性拓展

当代文学正处于一个快速变革的时代,其主题和创作方向在全球化、科技进步和社会变迁的背景下不断拓展。全球化带来了频繁与深刻的文化交流,同时也暴露了文化认同与冲突的复杂性。科技与未来主义主题则探讨了科技进步对社会的深远影响和未来世界的可能性,而社会不平等与身份认同问题则聚焦于个体与社会之间的矛盾与挑战。生态文学与环境保护主题的兴起则呼唤对自然环境的保护与珍视。这些文学主题不仅展示了当代社会的多样性和复杂性,也为读者提供了深刻的思考和理解。

(一)全球化背景下的跨文化主题

全球化背景下的跨文化主题在当代文学中越来越受到关注,这种主题探讨了不同文化之间的互动、冲突与融合,反映了全球化进程中的复杂现实。全球化不仅使不同国家和地区的文化交流变得更加频繁,也带来了文化认同和文化冲突的问题。著名作家海明威的小说《战地钟声》深入探讨了中国文化与西方文化在战乱背景下的交融与冲突。书中讲述了一位中国记者在美国和中国之间的文化挣扎，展现了文化碰撞中的个人困境与成长。这种跨文化主题不仅展示了全球化对个人生活的影响，也反映了不同文化间的相互理解与误解。作家金宇澄的《繁花》通过描绘上海这座城市的多元文化，探索了传统与现代、东方与西方的交织，为读者提供了一个多角度了解全球化背景下城市文化的视野。跨文化主题的文学作品通过丰富的故事和细腻的情感描写，让读者更深刻地理解全球化带来的文化变化及其对人类生活的深远影响。

（二）科技与未来主义主题的兴起

科技与未来主义主题在当代文学中正成为一种重要的创作方向，这类主题探讨了科技进步对社会、人类及未来世界的深刻影响，展现了科技变革带来的机遇与挑战。科幻作家刘慈欣的《三体》系列就是一个典型例子。小说描绘了人类与外星文明的接触，探索了科技进步对人类社会的重大影响，尤其是对人类未来发展的深刻思考。《三体》不仅引发了对未来科技的畅想，也对科技可能带来的伦理和社会问题进行了深入的探讨。玛格丽特·阿特伍德的《使女的故事》则以未来反乌托邦为背景，探讨了科技在极权社会中的滥用对人类生活的影响。科技与未来主义主题的兴起不仅让文学作品充满了对未来世界的预见，也激发了对现有科技发展及其可能后果的深思，使读者在探索虚构世界的同时也对现实中的科技进步有了新的认识。

（三）社会不平等与身份认同的探讨

社会不平等与身份认同的主题在当代文学中广泛受到关注，这类主题关注社会阶层的差异、少数群体的处境以及个人在社会结构中的身份定位[1]。作家托

---

[1] WEIWEI W. Research on the Development Path of Russian Teaching Innovation in Newly-elevated Undergraduate Colleges in Contemporary Old Industrial Bases Based on the Analysis of Big Data[J]. Journal of Physics: Conference Series, 2021, 1744(4): 042003.

妮·莫里森的《宠儿》通过讲述一位黑人母亲在奴隶制下的痛苦经历，深刻探讨了种族歧视与身份认同的问题。小说不仅描绘了历史上社会的不平等，也展示了个人如何在压迫中寻求身份认同和自由。另一个例子是朱利安娜·巴根的《浮世绘》，该书通过讲述一位女性艺术家在性别与社会期望中的挣扎，探讨了性别不平等和个人身份的形成过程。这些作品通过对社会不平等和身份认同的深入剖析，引发读者对当下社会问题的反思，并促使人们关注社会中的不平等现象以及如何实现更公平的社会环境。社会不平等与身份认同的探讨不仅丰富了文学创作的主题，也加强了对现实社会问题的认识和讨论。

（四）生态文学与环境保护主题的发展

生态文学与环境保护主题在当代文学中逐渐获得关注，它探讨了自然环境保护与人类活动之间的关系，以及环境问题对人类生活的影响。生态文学通过对自然环境的描绘，唤起读者对环境保护的意识。著名作家爱德华·阿比的《沙漠中的猩猩》以其生动的自然景观描写和对环境破坏的批判，成为生态文学的经典之作。书中详细描述了沙漠环境的脆弱及人类活动对其造成的伤害，引发了对环境保护的深刻思考。生态文学不仅让读者感受到自然的美丽与脆弱，还促使人们关注环境保护的重要性。随着全球环境问题的日益严重，生态文学的兴起不仅为文学创作提供了新的方向，也为读者提供了对环境保护的深刻理解和行动的激励。

当代文学的主题呈现出多样化和深刻化的趋势，全球化背景下的跨文化主题探讨了不同文化的互动与冲突，反映了全球化带来的文化变迁与挑战。科技与未来主义主题则激发了对科技进步及其伦理与社会影响的深思，展示了对未来世界的想象与探索。社会不平等与身份认同的探讨则关注了社会阶层差异与个体在社会结构中的定位，促使读者对社会问题进行反思。生态文学与环境保护主题则强调了环境保护的重要性，激发了对自然环境的关注。这些当代文学主题不仅丰富了文学创作的内涵，也为读者提供了对当下世界及其未来的多维度理解。

第二节　文学传承的未来挑战与机遇

一、文化传承在全球化背景下的挑战

在全球化背景下，文化传承面临着前所未有的挑战。全球化不仅加速了文化的交流与融合，同时也对本土文化产生了深远的冲击。随着信息技术的迅猛发展和国际交流的增加，来自不同国家的文化迅速传播，既带来了机遇，也引发了对传统文化的威胁。文学领域尤为显著，传统文学形式在全球化进程中逐渐被边缘化，而文化同质化现象则威胁着文学的多样性。语言和文化差异也为文学作品的全球传播带来了困难。下面将探讨全球化对本土文化的冲击、传统文学形式的边缘化风险、文化同质化对文学多样性的影响，以及语言和文化差异带来的传承困难，以期为应对这些挑战提供深入的见解。

（一）全球化对本土文化的冲击

全球化的迅速推进对本土文化产生了深远的影响，尤其是在文学领域。西方流行文化和娱乐产业的大规模进入，致使本土文化的传播渠道受到挤压。传统文学作品如中国古典小说《红楼梦》或《西游记》在全球化背景下往往难以获得足够的关注和推广，西方流行文学占据的市场份额致使本土文学逐渐被边缘化。全球化带来的文化产品往往侧重于商业价值，导致传统文学的精神内涵和艺术价值被忽视。这种冲击不仅影响了本土文学的传播，也削弱了传统文化在全球文化格局中的地位。

（二）传统文学形式的边缘化风险

传统文学形式正在面临边缘化的风险，这主要体现在读者群体的减少和创作人才的流失。以古典诗词和传统戏剧为例，古典诗词，如楚辞或唐诗宋词，在当下的文学教育和大众阅读中占据的比重日益减少，年轻人对这些古老形式的兴趣

逐渐淡薄，更多地倾向于现代小说和影视剧。古代戏曲如京剧，虽然在艺术上具有极高的价值，但其复杂的表演形式和历史背景使其在现代快节奏的生活中显得格格不入，观众群体逐渐萎缩。京剧的传承面临着严峻挑战，不仅因为年轻人对其缺乏兴趣，还因为相关的创作和表演人才流失严重。这种边缘化现象不仅影响了传统文学形式的传承，也对这些艺术形式的保护和发展带来了困境。如何在现代化的背景下保持这些传统形式的活力，是当代文化传承中的重要课题。

（三）文化同质化对文学多样性的影响

文化同质化现象的加剧使文学作品的多样性受到威胁，全球化进程中，市场和文化的主流趋向于趋同，使来自不同文化背景的文学作品在内容和形式上趋于一致。这种现象可以从现代小说的类型化趋势中看到，许多作品都在模仿西方流行的悬疑、科幻等类型，导致各国文学的独特性受到削弱。中国当代作家在创作中常常受到西方畅销书的影响，作品内容趋向商业化和国际化，而忽视了本土文化和传统价值的展现。这种文化同质化现象不仅削弱了文学的多样性，也影响了不同文化之间的相互理解和交流。

（四）语言和文化差异带来的传承困难

语言和文化差异在文学传承过程中确实带来了诸多困难，不同语言之间的翻译不仅要转化文字，还要传达原作的文化背景和情感色彩，这往往是一项挑战。《鲁迅全集》的翻译虽努力保留原意，但由于中文与其他语言在表达方式、文化背景上的差异，部分文学风格和细腻的文化背景常常难以完全传达给非中文读者。这种翻译上的障碍使读者可能无法充分理解鲁迅作品中独特的社会批判和文化意涵，从而影响这些作品在国际上的传播和认同度。缺乏有效的翻译策略和跨文化交流机制，致使许多深具文化底蕴的文学作品在全球范围内的影响力受到限制。解决这些问题需要更加精确的翻译技巧和更加深入的跨文化对话，以确保传统文学能够在全球范围内更好地传播和发扬光大。

全球化的进程对文化传承产生了深刻的影响，其中本土文化面临着显著的冲击。西方流行文化和娱乐产业的广泛渗透，致使传统文学作品的传播渠道受到挤压,导致本土文学逐渐被边缘化。与此同时,传统文学形式如古典诗词和戏剧也面临着读者群体减少和创作人才流失的风险,这些传统形式在现代社会中逐渐被忽视。文化同质化现象的加剧,使全球文学趋向于趋同,削弱了文学的多样性和各国文学的独特性。语言和文化差异在文学传承中带来了诸多困难,致使许多具有深厚文化底蕴的作品难以在国际上获得应有的理解和认同。应对这些挑战需要在全球化背景下积极探索有效的保护和传承策略,以确保传统文学能够在全球范围内持续传播和发扬光大。

二、新媒体对文学传承的影响与机遇

新媒体技术的飞速发展正在深刻地改变文学传承和传播的方式,数字化档案、社交媒体平台、虚拟现实和增强现实等新兴技术,不仅为传统文学作品的保存和传播提供了前所未有的机遇,也对文学创作和批评方式产生了显著的影响。数字化技术使珍贵的文献得以高效保存并广泛传播,社交媒体则为文学作品的推广提供了新的渠道,虚拟现实和增强现实技术则为文学体验带来了全新的维度。新媒体工具的出现也促使文学创作与批评的方式变得更加多元化和互动化。这些变革在信息时代为文学的传承和创新注入了新的活力,促进了全球范围内的文化交流与理解。

(一)数字化档案与在线文献的保存

数字化档案与在线文献的保存为文学传承带来了前所未有的机遇。通过数字化技术,传统纸质文献可以被转化为电子格式,存储在数据库中,使珍贵的文学作品能够被更好地保存和传播。哈佛大学的中国古典文学数字化项目"China Biographical Database"就通过数字化方式保存了大量古代文献,研究人员和爱好者可以在线访问这些文献,从而进行深入的研究和学习。许多图书馆和学术机构,如纽约公共图书馆和英国国家图书馆,也开展了数字化工程,将经典文学作品和手稿进行高质量扫描并在线发布。这种数字化存档不仅提高了文献的保存效率,还使全球范围内的读者能够更方便地获取和研究这些重要的文化资产。数字化档案的建立,不仅防止了原始文献的物理损坏,也促进了全球范围内的文化交流,使传统文学能够在信息时代继续发挥其重要作用。

(二) 社交媒体平台对传统文学的传播

社交媒体平台为传统文学的传播提供了新的渠道和机会。通过平台如微博、微信,文学作品可以迅速传播到广泛的受众群体。中国作家余华的小说《活着》在社交媒体上的讨论,引起了大量读者的关注和阅读热潮。社交媒体不仅使文学作品能够被更多人看到,还为读者提供了参与讨论和分享的机会。书评、读书笔记和讨论群体的形成,使传统文学作品能够在年轻人中获得新的关注和认同。尤其在全球化背景下,社交媒体还帮助非母语读者接触到本土文学,缩短了文化交流的距离。《西游记》的英译版在社交媒体上获得了广泛的讨论和推广,使这一经典文学作品的影响力在全球范围内得到了进一步扩大。通过社交媒体,传统文学作品的影响力和传播范围得到了显著提升,进一步促进了不同文化之间的交流与理解。

(三) 虚拟现实和增强现实中的文学体验

虚拟现实和增强现实技术为文学体验带来了创新的方式,通过虚拟现实技术,读者可以身临其境地体验文学作品中的场景。某些文学作品改编的虚拟现实体验可以让用户"进入"《傲慢与偏见》的乡村庄园中,体验19世纪英格兰的生活场景。增强现实技术则通过将虚拟元素叠加到现实世界中,增强了文学体验的互动性和沉浸感。某些图书馆和博物馆利用增强现实技术,在经典文学作品的展览中加入虚拟角色和情节重现,使观众能够与文学作品中的人物进行互动,增强对作品的理解和体验。这些技术的应用不仅为读者提供了新的互动体验,也为文学作品的展示和传播开辟了新的方向,使文学作品能够在现代科技环境中焕发新的活力。

(四) 新媒体工具对文学创作与批评的创新

新媒体工具的出现对文学创作和批评方式带来了显著的创新,博客、在线写作平台和电子书出版系统,改变了传统的文学创作模式,使更多的作家能够直接与读者互动。作家村上春树在个人博客上分享了他的创作过程和新作,直接获得了读者的反馈和建议,这种互动性极大地丰富了文学创作的方式。社交媒体上的文学批评也呈现出新的形式,在像知乎和豆瓣这样的平台上,读者可以发表对文学作品的个人见解和评论,这种去中心化的批评方式打破了传统文学评论的壁垒,使更多的声音能够被听见。这些新媒体工具不仅扩展了文学创作和批评的空间,也促使文学创作与批评更加多元化和民主化,让更多的创作者和评论者能够参与到文学的讨论和发展中。

新媒体的进步对文学传承和创新产生了深远的影响,数字化档案和在线文献的保存提高了文学作品的保存效率和可及性,确保了文化资产的长久保存和全球传播。社交媒体平台拓宽了传统文学的传播渠道,使文学作品能够迅速触及更广泛的受众,促进了不同文化之间的交流与认同。虚拟现实和增强现实技术则为文学体验提供了创新的方式,让读者能够身临其境地感受文学作品的情境,提升了互动性和沉浸感。新媒体工具的出现也推动了文学创作与批评的创新,使创作过程和批评方式变得更加开放和多元。这些新兴技术不仅为文学的保存和传播注入了新的动能,也为文学创作与批评开辟了新的可能性,使文学在现代科技环境中焕发出新的生机。

三、文学传承在教育领域的创新路径

在当代教育领域,文学传承面临着创新的挑战与机遇。传统的文学教育模式需要适应新时代的要求,通过引入多种创新路径来提升教育效果和学生的学习体验。下面将探讨四种主要的创新路径,分别是跨学科教学方法的应用、数字化教育资源的融合、文学课程中的创新传承策略以及教育机构与文化机构的合作模式。这些路径不仅为文学教育注入了新活力,还有效地促进了文学的传承与发展,为学生提供了更为丰富和多样化的学习体验。

(一)跨学科教学方法在文学教育中的应用

跨学科教学方法在文学教育中的应用,能够打破学科界限,使学生从多个角度深入理解文学作品。将文学与历史、哲学、心理学等学科结合,通过多元视角解析文学作品的背景和深层含义。在讲解莎士比亚的《哈姆雷特》时,可以与心理学结合，探讨人物的心理状态和行为动机，同时结合历史背景分析当时的政治和社会环境。这种方法不仅提高了学生对文学作品的理解深度，也促进了综合分析能力的培养。通过跨学科的教学，学生能够更全面地把握文学作品的多重维度，提升批判性思维和创新能力。

（二）数字化教育资源与传统文学的融合

数字化教育资源的引入为传统文学教育带来了前所未有的变革，借助数字化平台，教师和学生能够更便捷地获取丰富的电子书籍和在线课程，这些资源为文学教学提供了更广泛的材料和信息。许多经典文学作品现在可以在网上找到电子版本，使得学生无须依赖纸质书籍即可随时阅读。在线文学课程不仅包含了课程视频和讲义，还提供了互动学习工具，如在线测验和讨论板，帮助学生更好地理解文学作品和提高分析能力。尤其值得一提的是，虚拟现实技术的应用极大地增强了文学教学的沉浸感。某些教育平台利用虚拟现实技术重现了《简·爱》中的经典庄园场景，学生可以通过虚拟现实"步入"19世纪的庄园，身临其境地体验小说中的环境和氛围。这种技术的融合使文学作品不仅在视觉和听觉上得到了呈现，也在感官体验上创造了新的维度。这种数字化资源与传统文学的结合，极大丰富了教学手段，不仅提升了学生的学习兴趣和参与度，还推动了文学教育的现代化进程，使传统文学在新的教育环境中焕发出新的生机。

（三）文学课程中创新传承策略的实施

文学课程中的创新传承策略可以通过引入项目式学习和实践活动来实现，可以设置以经典文学作品为主题的创意写作项目，鼓励学生创作与经典作品相关的现代版本，或者进行文学改编。这种方法不仅培养学生的创造力，还帮助他们更深入地理解经典文学的核心主题和艺术风格。通过组织文学剧本的实际演绎和改编活动，学生可以在实践中体验文学创作的全过程，从中获得更深刻的文学体验和理解。这些创新策略能够有效地将传统文学的精髓传承给新一代学生，并激发他们对文学的热情。

（四）教育机构与文化机构的合作模式

学校可以与博物馆、图书馆以及文学艺术中心合作，组织学生参观文学展览、参加作家讲座和文学工作坊。这样的合作模式不仅让学生接触到更多的文学资源，还能够通过实践活动增强他们的学习体验。与地方文学艺术中心合作，可以组织学生参与当地作家的创作讨论会和作品发布会，提供实地学习的机会。这种合作模式不仅扩展了文学教育的渠道，也促进了文化的传承和发展，使学生能够在多元的环境中深入理解和体验文学。

文学教育在面对新时代的挑战时，通过多种创新路径得到了显著的提升。跨学科教学方法的应用，打破了传统的学科界限，使学生能够从更广泛的视角深入理解文学作品，提高了综合分析能力和批判性思维。数字化教育资源的引入，为传统文学教育提供了丰富的在线资源和沉浸式体验，极大地激发了学生的学习兴趣和参与度。创新的传承策略，如项目式学习和文学改编，帮助学生更好地理解和继承经典文学，同时激发了他们的创造力和热情。教育机构与文化机构的合作模式，丰富了文学教育的内容和形式，拓展了学生的学习渠道，并促进了文化的传承和发展。通过这些创新路径，文学教育不仅适应了现代教育的需求，也为传统文学的传承和创新奠定了坚实的基础。

四、文学传承与社会发展的互动关系

文学与社会发展的互动关系深刻且多维，文学传承不仅塑造了社会文化认同，也在社会变迁中展现了其动态适应能力。从古典文学对民族身份的强化，到现代文学在全球化与数字化时代的创新，文学不断反映和影响社会的变迁。文学在社会政策制定中的作用，体现了其对价值观和伦理观念的深远影响。通过这些维度，可以更好地理解文学如何在社会发展的过程中发挥重要作用。

（一）文学传承对社会文化认同的作用

文学传承在社会文化认同中发挥着至关重要的作用，传统文学作品不仅是民族历史和文化的反映，也是社会价值观和集体记忆的载体。中国古典文学作品如《红楼梦》和《西游记》，在传承过程中，不仅帮助人们了解传统文化，还强化了民族身份和文化认同。这些经典作品通过深入人心的故事和人物，成为文化认同的象征，帮助不同代际的中国人建立共同的文化记忆。文学作品中的人物和情节经常被引用，影响了社会的价值观和行为规范，如《红楼梦》中的贾宝玉和林黛玉的爱情故事，成为中国人对爱情和家庭价值观的一个重要参照。文学作品中反映的传统习俗和社会伦理，也为当代社会提供了宝贵的文化资源，帮助维系社会的稳定和文化的一致性。

（二）社会变迁对文学遗产的影响

社会变迁对文学遗产的影响深远而复杂，随着社会的发展和变化，文学作品和文学形式也在不断演变。19世纪末的工业革命带来了社会结构的剧变，这种变迁在文学作品中得到了深刻反映。查尔斯·狄更斯的小说《雾都孤儿》就描绘了工业化带来的贫困和社会不公，反映了那个时代人们的生活状况和心理困境。社会变迁不仅影响了文学作品的内容，还改变了文学的传播方式和接受方式。现代社会的数字化和全球化使文学作品可以通过网络迅速传播，这既带来了更多的读者和影响力，也挑战了传统的文学传播方式。文学遗产在这种变迁中可能面临被忽视或扭曲的风险，但也有机会通过新的形式和平台重新获得关注和传承。

（三）文学传承在社会政策制定中的角色

文学传承在社会政策制定中可以发挥重要作用，文学作品往往反映了社会的价值观和伦理观念，这些观念对政策制定者在制定社会政策时具有重要影响。美国作家菲茨杰拉德的《了不起的盖茨比》不仅是对20世纪初美国梦的批判，也影响了人们对社会不平等的思考。这种文学作品在一定程度上促进了对社会政策的反思和改革。近年来，许多国家在制定文化和教育政策时，也越来越重视文学的作用。政府和教育部门在课程设置中引入经典文学作品，旨在通过文学作品提高学生的社会意识和批判性思维能力。这种政策不仅有助于文学的传承，也通过文学影响了社会的整体政策方向和价值观。

（四）社会发展背景下的文学创新与适应

在社会发展背景下，文学不断创新与适应，以反映新的社会现实和需求[①]。

---

① SNIR R．Contemporary Arabic Literature：Heritage and Innovation［M］．Edinburgh University Press：2023－03－13．

现代社会的快速变化，特别是科技进步和全球化，对文学创作提出了新的挑战和机遇。科幻文学的兴起反映了人们对科技未来的思考，如刘慈欣的《三体》系列，通过描绘未来世界和外星文明，探讨了科技进步对人类社会的影响。这种文学创新不仅吸引了大量读者，也促使文学作品与现代社会的发展紧密结合。网络文学的兴起也是一种适应社会发展的表现。网络文学平台如起点中文网，通过大规模的用户创作和互动，开创了新的文学创作和消费模式。这种创新形式不仅丰富了文学的表现形式，也使文学更贴近当代社会的需求和趋势，显示了文学在现代社会中的适应性和活力。

文学的传承与社会发展之间的互动关系展示了文学在文化认同、社会变迁、政策制定和创新适应中的重要作用，文学不仅保留了文化的根基，还在不断的社会进步中实现自我革新与适应。通过对传统经典的传承与现代创作的创新，文学不仅反映了社会的历史与现状，也在不断塑造未来的发展方向。这种互动关系强调了文学在维系文化连续性和推动社会进步中的关键角色。

第三节　文学创新与传承的共生策略

一、创新与传统在文学中的融合

在当代文学创作中，传统与创新的融合已成为重要的创作策略。传统叙事手法、经典题材、语言形式的创新，以及跨时代文学的融合，展现了文学作品在现代背景下的多样化发展。这种融合不仅保留了传统文学的核心精髓，还赋予了作品新的时代感，使文学在不断变化的社会环境中焕发出新的活力。下面将探讨传统叙事手法与现代风格的结合、经典文学题材的新解读与表现、创新语言和形式的传统文学运用，以及跨时代文学作品的融合创作，揭示这些策略如何在文学中实现创新与传承的平衡。

（一）传统叙事手法与现代风格的结合

传统叙事手法与现代风格的结合是文学创新的重要策略之一，传统叙事技巧如回溯法、内心独白和多重视角等，能够为现代作品提供丰富的叙事层次与深度。莫言的《蛙》就将中国传统的叙事技巧与现代社会问题相结合。小说采用了多重视角和回忆交错的手法，通过讲述计划生育政策对中国农村的影响，融合了传统的叙事手法与现代的社会关怀。这种结合，使传统技法焕发出新的活力。这种创新使古老的叙事技巧能够适应现代读者的需求，形成了独特的文学风格。

（二）经典文学题材的新解读与表现

经典文学题材的新解读与表现，展示了如何将传统题材与现代观念相结合。经典题材如爱情、英雄主义和人性探索，随着时代的变迁，能够通过新的视角和方法重新演绎。杰克·凯鲁亚克的《在路上》对现代都市生活进行了创新性的解读，虽然其核心题材仍是自由与探索，但通过20世纪50年代的反叛精神与现代文化背景重新呈现，给予了经典题材新的生命力。中国作家余华的《活着》对中国社会的苦难与人性的探讨，借助现代文学的手法，对传统的生死题材进行了深刻的新解读。这种创新不仅保留了经典题材的核心意义，还使其更加贴近当代读者的生活和情感。

（三）创新语言和形式的传统文学运用

在文学创作中，创新语言和形式的传统文学运用是实现创新与传承的重要途径。现代作家通过使用创新的语言和叙事形式，赋予传统文学新的表达方式。鲁迅的《呐喊》通过现代汉语的创新运用，突破了传统文学的语言桎梏，成功表达了社会的批判和个体的挣扎。在当代，网络文学中的"弹幕"评论和"连载"形式也是对传统文学表现形式的创新，这些形式使传统文学作品以新的方式呈现给读者。晋江文学城的网络小说，通过实时互动和读者反馈，创新了传统文学的呈现方式，使传统文学内容更加贴近现代读者的阅读习惯和需求。

（四）跨时代文学作品的融合创作

跨时代文学作品的融合创作，体现了古今文学元素的融合与创新。通过将不同历史时期和文化背景的文学元素结合，创作出具有时代交融特色的作品。村上春树的《1Q84》将20世纪的现代主义与20世纪初的传统文学元素结合，通过对双重现实的描绘，创造出一个独特的跨时代文学世界。中国作家桐华（本名任海燕）的《步步惊心》通过将清朝的历史背景与现代爱情元素融合，构建了一个既具历史深度又贴近现代读者的小说世界。这种跨时代的创作不仅丰富了文学的表现形式，也使得不同历史和文化背景的文学元素得以互补和融合，为读者提供了全新的阅读体验。

文学创作中的传统与创新融合，体现了丰富的创作可能性和深刻的时代感。从传统叙事手法与现代风格的结合，如莫言《蛙》所展示的叙事深度，到经典文学题材的新解读与表现，如余华《活着》的现代性探讨，这些都为传统题材注入了新的生命力。创新语言和形式的运用，如鲁迅《呐喊》的现代汉语突破，以及网络文学的"弹幕"评论和"连载"形式，展示了传统文学的现代表达方式。跨时代文学作品的融合创作，如村上春树《1Q84》的时代交融和桐华《步步惊心》的历史与现代结合，更是拓宽了文学的表现领域。通过这些融合策略，文学作品不仅保持了传统的深度与广度，也紧跟时代步伐，为读者提供了更加丰富和多样的阅读体验。

二、文学创新与传统文化的对接

在当代文学创作中，传统文化与现代文学的融合不仅是对文化遗产的传承，更是对其在当代语境下的重新诠释与创新。传统文化元素的再现、文学创新对传统文化的现代诠释、传统文学主题的当代创新表达以及传统文化资源与现代文学创作的整合，都是现代文学中不可忽视的趋势。这种融合与创新，不仅让传统文化在现代社会中焕发新的生命力，也为文学创作提供了丰富的素材和灵感。通过对传统文化的深刻挖掘与现代化转化，作家们在保留传统文化精髓的同时也赋予了其新的形式和意义，从而推动了文学的多样化和发展。

（一）传统文化元素在现代文学中的再现

传统文化元素在现代文学中的再现，现代文学作品通过融合传统文化元素，展现了文化的延续性和现代性。金庸的武侠小说通过对中国古代文化、历史和武侠传统的再现，不仅让传统的侠义精神和古代风貌在现代文学中焕发新生，也将这些元素融入现代的叙事风格。作品《射雕英雄传》在刻画人物性格和情节发展时，既保留了古代侠客的忠诚与英勇，也加入了现代读者喜闻乐见的情感波动与心理描写，使传统文化以现代化的形式展现在读者面前。类似地，当代作家如张爱玲在《红玫瑰与白玫瑰》中，通过对传统文化中的男女关系和社会习俗的描写，展现了传统文化在现代社会中的碰撞与融合。这样的再现使传统文化元素不仅在文字中得以保存，还与现代社会背景产生了深刻的对话与互动。

（二）文学创新对传统文化的现代诠释

通过新的视角和形式重新审视和表达传统文化，使其在当代社会中焕发新的光彩。例如，韩寒的《三重门》通过现代青年的视角，对传统教育体制和社会风尚进行深刻的反思和批判。小说中的叙事风格、人物设定和情节推进，都带有强烈的现代感，与传统文化背景中的教育观念形成对照。这种创新性的诠释，不仅揭示了传统文化中存在的问题，也为现代读者提供了新的思考方式。又如，作家阿来（本名杨永睿）在《尘埃落定》中，通过对西藏传统文化和宗教信仰的现代叙事，突破了传统文化的固定框架，用当代语言和情感展现了西藏文化的独特魅力。这种现代诠释方式，让传统文化的精髓得以在当代社会中继续存在，并且吸引了更广泛的读者群体。

（三）传统文学主题的当代创新表达

传统文学主题的当代创新表达，通过现代叙事手法和创作技巧，对经典主题进行新的解读和表现。李清照的《如梦令》作为古代词作的经典，通过现代文学的改编和重新演绎，展示了当代对古典爱情主题的理解。在现代作家的作品中，如韩少功的《马桥词典》，以传统的乡土文学为背景，通过现代文学的形式对乡村生活进行深入描绘，展现了传统文学主题在当代社会中的变化与延续。这种创新表达不仅保留了传统主题的核心价值，还通过现代化的叙事方式和语言风格，使其更加贴近现代读者的情感和生活体验。通过这种方式，传统文学主题得到了丰富的再创造，并且在当代文学中找到了新的位置。

（四）传统文化资源与现代文学创作的整合

传统文化资源与现代文学创作的整合，体现了将传统文化元素与现代创作技法相结合的艺术实践。如余华在《兄弟》中，通过对中国社会的历史变迁和家庭关系的描写，将传统的家庭伦理和社会观念融入现代叙事中。这种整合不仅保留了传统文化的精髓，也通过现代的叙事技巧和风格，使其在新的社会背景下得以呈现。又如，阎连科的《丁庄梦》通过对中国乡村的描写，将传统的民间故事和风俗习惯融入现代小说的框架，展现了传统文化在当代社会中的再现与创新。这种整合方法，不仅使传统文化资源在现代文学创作中得以有效利用，还促进了文化的传承与创新，为文学创作提供了丰富的资源和创作灵感。通过这样的整合，传统文化与现代文学之间形成了新的对话和互动，使文学作品在保持传统文化底蕴的同时也具有了现代性的表达和影响。

传统文化元素在现代文学中的再现，以及文学创新对传统文化的现代诠释，展现了传统文化与当代文学的深度融合。通过对传统文学主题的当代创新表达和传统文化资源与现代创作的整合，作家们不仅保持了传统文化的核心价值，还通过现代的叙事技巧和语言风格，使其与现代社会背景产生了新的对话与互动。这种融合不仅丰富了现代文学的内涵，也为传统文化的延续和发展注入了新的活力。文学创作中的这种跨越时空的整合和创新，为传统文化的现代化转型提供了有力的支持，同时也为当代读者提供了更加丰富和多元的文化体验。

三、文学传承与创新的社会支持体系

在当今社会，文学传承与创新依赖于多层次的社会支持体系。政府和文化机构通过资助与保护措施维护传统文学的完整性和活力；社会组织和企业通过奖项和平台推动文学创作的多样性与现代化；公众文化活动则通过广泛的参与和互动促进文学作品的传播和传承。学术研究与实践平台为文学创新提供了理论支持和实际操作的机会。这些支持体系共同作用，确保了文学在传承与创新中的持续发展。

(一) 政府与文化机构对文学传承的资助与支持

政府和文化机构在文学传承中扮演着至关重要的角色,通过设立专门的基金和奖项,政府鼓励作家和学者对传统文学的研究与创作。中国的"国家图书馆古籍保护中心"致力于古籍的修复和保存,确保珍贵文献的长期保存。文化和旅游部还定期举办"中华文化传承发展工程"系列活动,资助对传统文学的研究和推广。这些资助不仅帮助学者和作家获得经济支持,还促进了文学经典的再出版与传播,确保传统文化在现代社会中的活力。

(二) 社会组织与企业对文学创新的参与

社会组织和企业在文学创新中发挥着至关重要的作用,企业通过设立奖项和资助项目,积极推动文学创作的多样性和创新性[①]。阿里文学设立的"阿里文学奖"专注于支持和奖励新兴作家的原创作品,这一举措不仅激励了年轻作家的创作热情,还推动了网络文学的发展。企业如腾讯、阅文集团等也通过设立各种文学奖项和平台,为创新型文学作品提供了展示的机会。社会组织如文学艺术协会、文化基金会等,也在推动文学创新方面发挥了积极作用。它们组织了大量创作研讨会、文学比赛和创作交流活动,提供了年轻作家和新兴文学形式展示的舞台。中国作家协会定期举办的"全国优秀短篇小说评选"以及各类文学创作工作坊,为作家提供了宝贵的反馈和指导。这些活动不仅促进了文学创作的多样性,还推动了现代文学的发展,使传统文学和新兴文学形式在当代社会中得以有效融合。通过这些方式,社会组织和企业在提升文学创新活跃度、促进文学创作现代化方面发挥了重要作用。

(三) 公众文化活动对文学传承的促进作用

公众文化活动对文学传承具有显著的促进作用,这些活动为文学作品的推广和传承提供了直接的接触机会,增强了公众对文学的认知和参与感。每年举办的

---

① RIO O BAM .Transcultural Insights into Contemporary Irish Literature and Society:Breaking New Ground[M].Taylor and Francis:2023-12-19.

"北京国际图书博览会"作为中国最大规模的书展之一，吸引了大量的读者、出版商和文化工作者。通过展览、讲座和签名会等形式，书博会不仅展示了丰富的书籍资源，还特别注重古典文学的推广。这样的活动让公众能够直接接触经典文学作品，感受到其深厚的文化底蕴。文学节和读书会等活动也发挥了重要作用，"北京文学艺术节"汇聚了大量文学爱好者、作家和学者，通过讲座、座谈会和文艺演出等形式，深入探讨和展示传统文学的魅力。这些活动不仅增强了公众对传统文学的兴趣，还促进了对其历史背景和文化价值的理解。公众通过参与这些文化活动，能够更好地继承和发扬传统文学，使其在现代社会中焕发新的活力。通过互动交流，传统文学得以在当代语境中重新被认知和珍视。

（四）学术研究与实践平台对文学创新的推动

学术研究与实践平台在推动文学创新方面发挥着重要作用，通过学术研讨会、文学创作课程和研究项目，研究者和创作者能够深入探讨文学的最新发展趋势。清华大学的"文学与文化研究中心"定期举办关于当代文学的学术会议，为学者和作家提供交流平台。这样的研究平台不仅帮助人们深入了解文学理论，还促进了新的文学形式和风格的产生。实践平台如文学创作工坊，则提供了创作技巧培训，帮助作者不断突破自我，推动文学创新的边界。

文学传承与创新的社会支持体系展现了政府、文化机构、社会组织、企业和公众文化活动在促进文学发展中的综合效应，政府和文化机构通过资助和保护传统文学的经典，确保其在现代社会中的活力。社会组织和企业则通过多样的奖项和创作平台激励新兴文学形式和创新。公众文化活动通过书展和文学节等形式，增强了公众对文学的兴趣和参与感。学术研究与实践平台提供了深入探讨和实际创作的机会。各方面的支持共同推动了文学的传承与创新，使其在当代文化中不断焕发新的生命力。

四、文学创新与传承的可持续发展路径

在全球化和数字化快速发展的背景下，文学的创新与传承面临着前所未有的机遇和挑战。为了实现文学的可持续发展，必须建立多元化的文学创作与传承机

制。这些举措不仅有助于丰富文学创作的形式和内容，也能够有效保护和传承传统文学，进一步推动文学在国际文化交流中的重要作用。通过综合运用这些策略，可以为文学的未来发展奠定坚实的基础，使其在不断变化的时代背景下保持活力和影响力。

（一）建立多元化的文学创作与传承机制

建立多元化的文学创作与传承机制，是实现文学创新与可持续发展的关键。应鼓励文学创作形式的多样化，将传统文学与现代科技相结合，探索数字文学、网络文学等新兴形式。以中国网络文学为例，平台如阅文集团通过网络小说的连载模式，不仅拓宽了文学创作的渠道，也让更多年轻读者接触到文学作品。要建立健全的传承机制，包括通过专题研究、学术刊物和经典再版等形式，使传统文学得到系统性保存和传播。国家图书馆古籍保护中心的工作就涵盖了对古籍的修复与保护，通过这些举措，古代经典文献得以长期保存，并为后代研究者和读者提供了珍贵的资源。文学创作与传承的机制还应包括支持文学创作的基金和奖励计划，设立文学奖项和资助项目，鼓励优秀作品的创作与出版，从而促进文学创作的繁荣与传承。

（二）推动文学教育与传承的长效发展

推动文学教育与传承的长效发展，需要从基础教育到高等教育各个层面入手。在基础教育阶段，应将文学教育纳入课程体系，通过阅读经典作品、分析文学作品等方式，培养学生的文学素养和欣赏能力。新课程标准中增加了对经典文学作品的教学，帮助学生在早期就接触到中国古典文学和世界文学经典。高等教育阶段，应设立专门的文学研究和创作课程，通过培养专业人才，为文学传承与创新提供理论支持和创作实践。北京大学的中文系和文学与文化研究中心不仅提供了扎实的文学基础课程，还开设了文学创作工作坊，为学生提供实践机会。社会和教育机构还应加强对文学传承的宣传和普及，如举办文学讲座、读书会和文学比赛等，激发公众对文学的兴趣，从而形成良好的文学教育氛围。

（三）促进文学创作与文化产业的协同发展

文学创作与文化产业的协同发展是推动文学创新与传承的重要路径，文化产业的发展为文学创作提供了新的平台和市场，同时也促进了文学作品的传播和商业化。影视改编是文学作品进入市场的重要途径，如《红楼梦》和《三国演义》的影视剧改编，不仅使这些经典文学作品重新焕发活力，也让更多观众接触到原著。文学与文化产业的结合还体现在图书出版、动漫改编和主题公园等方面。企业如腾讯影业和阿里巴巴影业，通过投资文学作品的影视化改编，为原创文学作品提供了广阔的展示平台。文化产业的支持也能带动文学创作的繁荣，通过资助、奖项和推广活动，激励更多优秀作品的诞生，从而实现文学创作与文化产业的良性互动。

（四）探索全球视野下的文学创新与传承模式

在全球化背景下，探索文学创新与传承的全球视野模式至关重要。首先应加强国际文学交流与合作，通过举办国际文学节、书展和创作交流活动，推动不同文化之间的对话和融合。世界文学大会和国际书展为各国作家和读者提供了交流平台，促进了跨文化文学的传播与理解。要注重借鉴和融合国际文学创新成果，将全球文学的先进理念和技术引入本国文学创作中。借鉴欧美国家在数字文学和多媒体文学方面的创新经验，将其应用于本土创作中，推动本国文学形式的多样化。鼓励翻译和传播本国文学作品，使其在全球范围内获得认可与传播。翻译项目如"中国文学翻译计划"通过将中国文学作品翻译成多种语言，拓展了国际读者群体，从而促进了全球文学的多元化和互鉴。通过这些措施，能够在全球视野下实现文学的创新与传承，推动文学在国际文化交流中发挥更大作用。

文学创新与传承的可持续发展需要从多个层面进行综合考虑和实施。一是建立多元化的创作与传承机制，通过整合传统与现代手段，促进文学形式的丰富性和多样性。二是推动从基础教育到高等教育的文学教育和传承，以培养新一代的文学爱好者和创作者。三是将为文学作品提供更广阔的展示平台和市场，进一步推动其商业化和传播。通过国际交流和合作，借鉴先进经验，扩大文学作品的全球影响力。通过这些综合措施，能够在保持传统文学精髓的同时推动文学在现代社会中的创新和发展，实现文学的可持续繁荣。

第四节　当代文学的传承使命与未来展望

一、文学在文化传承中的核心地位

文学在文化传承中占据着核心地位，既是艺术创作的高峰，也是文化遗产的宝贵保存媒介。自古至今，文学作品不仅记录了人类社会的发展变迁，还深刻反映了不同历史时期的社会风貌、思想观念和风俗习惯。通过古老经典如《诗经》到现代文学名著如鲁迅的作品，文学不仅延续了文化的记忆，还塑造了民族的文化认同和价值观，并在全球文化交流中扮演着关键的桥梁角色。下面将探讨文学在文化传承中的四个核心功能，包括作为文化遗产的保存媒介、对文化认同与价值观的塑造、对传统故事与符号的延续作用，以及在全球文化交流中的桥梁角色。

（一）文学作为文化遗产的保存媒介

文学不仅是艺术创作的表现形式，更是文化遗产的核心保存媒介。从古代的《诗经》到近现代的鲁迅作品，文学作品记录了不同时期的社会风貌、风俗习惯和思想观念。《红楼梦》不仅是一部文学巨著，更是一部展现清代社会生活的百科全书，通过书中的细腻描绘，得以窥见当时的生活细节、家族结构以及社会风俗。文学作品通过文字的传递，保存了人类文明的宝贵记忆，使其在现代社会中依然能够感受到历史的脉动，了解先辈们的思想情感与生活方式。

（二）文学对文化认同与价值观的塑造

文学作品在塑造文化认同和价值观方面具有重要作用，它们不仅反映了一个民族的精神风貌，还影响了人们的世界观和人生观。托尔斯泰的《战争与和平》通过对俄国社会和历史的深刻描绘，不仅塑造了俄罗斯民族的文化认同感，也对全球读者提供了关于人类共同价值观的思考。中国明代作家吴承恩的《西游记》以其丰富的宗教、哲学内涵和英雄主义精神，不仅塑造了中国传统文化的价值观，还影响了东亚文化圈的认知和审美观。文学的力量在于通过感人的故事和深刻的主题，唤起读者的情感共鸣，并引导他们形成更为深刻的文化认同。

（三）文学对传统故事与符号的延续作用

传统故事和符号的延续，是文学不可或缺的功能之一。许多文学作品在继承传统的同时注入了新的元素，形成了独特的文化表现形式。莎士比亚的戏剧虽然根植于古希腊和罗马的戏剧传统，但他通过独特的语言和情节创新，使这些古老的故事在不同的时代中焕发出新的生命力。中国现代作家如莫言在《丰乳肥臀》中重新演绎了中国农村的传统故事，运用现代的视角和语言，使这些传统符号在当代社会中继续发挥作用。这样的文学创作不仅保持了文化的连续性，还让传统故事在新的历史背景下获得了新的意义。

（四）文学在全球文化交流中的桥梁角色

文学在全球文化交流中扮演着重要的桥梁角色，不同国家和民族的文学作品通过翻译和传播，促成了文化的相互了解和交流。村上春树的《挪威的森林》不仅在日本获得了极大的成功，还在全球范围内引发了读者的广泛关注。这种跨文化的交流不仅扩大了文学作品的影响力，也促进了不同文化之间的对话与融合。文学的国际传播打破了语言和地域的障碍，让不同文化背景的人们能够通过共同的文学体验，增进对彼此文化的理解和尊重。通过文学这一桥梁，各国文化的多样性和独特性得以展示和共享，为全球文化的共同发展贡献了力量。

文学作为文化传承的重要载体，发挥着多重核心作用。它作为文化遗产的保存媒介，通过记录和描绘不同历史时期的社会和文化面貌，使人类文明的宝贵记忆得以传递。文学对文化认同和价值观的塑造具有深远的影响，它不仅反映了民族的精神风貌，还在全球范围内引发对共同价值观的思考。通过创新和再演绎，使传统文化在现代社会中焕发新生。文学在全球文化交流中发挥了桥梁作用，通过翻译和传播，不同国家和民族的文学作品促进了跨文化的理解与对话。文学不仅是文化传承的核心元素，更是推动全球文化互动与发展的重要力量。

二、当代文学对未来的想象与塑造

当代文学在描绘未来社会形态、科技进步的影响、社会变革与创新以及人类情感与伦理等方面，展现了其独特的想象力与前瞻性。通过对未来的设想与预测，文学不仅提供了对未来世界的多样化展望，还反映了当前社会对未来的忧虑与期盼。从对极权社会的警示到对科技发展的探索，再到对社会变革的思考和伦理困境的探讨，当代文学通过丰富的创作，为未来社会的构建与发展提供了宝贵的思考维度。

（一）对未来社会形态的文学预测与描绘

当代文学常通过丰富的想象力和创造力，对未来社会的形态进行预测与描绘。从经典的《1984》到另一部现代作品《雪崩》，这些作品不仅描绘了未来的社会环境，还深刻地探讨了社会发展对人类生活的影响。乔治·奥威尔的《1984》描绘了一个极权主义社会的未来图景，通过对全面监控、信息控制和思想审查的描述，警示了未来社会中可能出现的极端主义倾向。《雪崩》由尼尔·斯蒂芬森创作，设定在一个虚拟现实和现实世界高度融合的未来社会，探索了数字化进程对人类社会和个体生活的深远影响。这些作品不仅提供了对未来社会形态的多样化展望，还引发了对技术发展与社会结构变迁的深刻思考。

（二）科技进步对文学想象的影响

科技的飞速进步对文学创作产生了深远的影响，推动了文学想象的边界扩展。科幻文学作为科技进步的前沿阵地，常常以未来科技为背景，探索其对人类社会的潜在影响。阿瑟·克拉克的《2001：太空奥德赛》通过描绘人类与人工智能之间的关系，探讨了未来科技对人类智慧和道德的挑战。现代作家如刘慈欣在《三体》中，凭借对物理学和宇宙学的深入理解，创作了复杂的宇宙文明冲突故事，展现了科技进步可能引发的星际危机。科技不仅为文学创作提供了新的素材，也推动了文学形式的创新，如虚拟现实和增强现实技术的融入，使读者能够以全新的方式体验文学作品。

(三) 未来主义文学中的社会变革与创新

未来主义文学关注社会变革与创新，探索未来世界中的社会结构和生活方式变迁。作品往往设想在科技进步、环境变化等背景下的社会变革。奥尔德斯·赫胥黎的《美丽新世界》描绘了一个以科学管理为基础的反乌托邦社会，通过对基因工程、社会工程和消费主义的批判，探讨了未来社会中的个人自由与社会控制的矛盾。近年来，玛格丽特·阿特伍德的《使女的故事》也通过设定一个基于极端宗教主义的未来社会，探讨了性别不平等与权力滥用的问题。这些作品通过设定新的社会结构和创新机制，推动了对未来社会可能出现的变革的思考，并对现实世界提出了深刻的警示。

(四) 文学对未来人类情感与伦理的探讨

当代文学在探讨未来社会形态的同时也关注人类情感和伦理的演变。未来主义文学作品通过设定未来情境，探讨技术发展与人类情感的互动，以及伦理道德的挑战。菲利普·K. 迪克的《机器人梦见电子羊吗?》探讨了人类与仿生机器人之间的情感关系，挑战了对"人性"的传统定义。现代作家如艾丽丝·门罗在《逃离》一书中，通过描绘科技和社会变革对个人生活的影响，讨论了人类情感的复杂性和伦理困境。文学通过这些设定，深入探讨了未来社会中的伦理问题，如人工智能的道德地位、虚拟现实对人际关系的影响等，提供了对未来伦理道德挑战的前瞻性视角。这些探索不仅揭示了未来社会可能面临的伦理困境，也引发了对当下社会伦理的反思。

当代文学在对未来的想象与塑造中，发挥了至关重要的作用。通过对未来社会形态的预测与描绘，文学作品不仅提供了对未来世界的多种可能性和挑战的展望，还促进了对当前社会问题的深刻反思。科技进步对文学的影响，使创作题材更加丰富，表现形式更加多样，而未来主义文学中的社会变革与创新则推动了对未来社会结构和生活方式的深入思考。文学对未来人类情感与伦理的探讨，揭示了科技发展带来的伦理困境和情感挑战。这些探讨不仅拓宽了对未来的认知，也为当下社会的发展提供了前瞻性的启示。通过这些文学创作，人们得以窥见未来社会的复杂图景，并对人类未来的走向进行更为深入的思考。

三、文学传承与人类文明的发展

文学作为人类文化的重要组成部分，扮演着记录历史、塑造文明和传递思想的多重角色。从古至今，文学作品不仅以其独特的艺术形式展现了人类的情感和智慧，还深刻地影响了社会的价值观念和文化传承。文学不仅记录了历史的风云变幻和社会的变迁，更通过传承和创新，推动了文明的发展和思想的进步。在这一过程中，文学成为连接古今、跨越文化的桥梁，体现了人类对自身存在和社会结构的持续探索。

（一）文学对人类历史和文明的记录功能

文学不仅是艺术表现的形式，更是历史的记录者和文明的见证者。从古希腊的荷马史诗《伊利亚特》到中国的《红楼梦》，文学作品均提供了对古代社会、文化和习俗的宝贵见解。《三国演义》不仅是史实的再现，更描绘了那个时代的政治、军事和人际关系，其影响远超书本，而成为理解中国古代历史的重要参考。这些作品通过丰富的叙述和细致的描绘，将特定时期的社会风貌和人们的精神世界呈现出来，为后人提供了不可多得的历史文献。

（二）文学传承对文明发展的影响力

文学的传承对文明发展具有深远的影响，古代文学作品不仅展示了当时社会的风貌和思想，也为后代提供了丰富的文化资源和智慧。莎士比亚的戏剧不仅以其卓越的语言艺术和人物刻画在文学史上占据重要地位，更深刻地影响了西方社会对人性、道德和权力的理解。莎士比亚作品中的复杂角色和情节，挑战了传统道德观念，推动了对人类行为和社会结构的深刻反思。文学不仅传递了历史背景中的思想和情感，还在文化教育中扮演了重要角色。经典文学作品作为教育的重要组成部分，通过对人类情感、道德选择和社会关系的探讨，帮助读者形成了对世界的理解和价值观。文学作品通过传承文化和思想，塑造了社会的核心价值观，并促进了不同文化之间的交流与融合。《圣经》不仅对基督教文明产生了深远影响，也在全球范围内传播了其道德观念和哲学思考，成为跨文化的伦理基础。通过这些文学作品的传承，文明得以延续和发展，文化得以丰富和升华。

（三）文学作品中的人类普遍价值与哲学思考

文学作品常常蕴含着对人类共同命运和普遍价值的深刻思考，乔治·奥威尔的《1984》探讨了极权主义对个人自由的压制，提出了有关权力、自由和真理的哲学问题。这些作品通过虚构的故事和生动的角色，反映了人类社会中的普遍困境和价值观，使读者能够感同身受地深入思考人类的本质和社会的理想。这种通过文学表达的哲学思考不仅丰富了个人的精神世界，也推动了社会的思想进步。

（四）文学在全球文明进程中的作用与贡献

在全球文明进程中，文学作为一种跨文化的表达方式，促进了不同文明之间的理解与交流。《一千零一夜》不仅在阿拉伯世界享有盛誉，其故事中的奇幻元素和人性描写也对西方文学产生了深远影响。通过翻译和传播，文学作品能够跨越地域和语言的障碍，将不同文化的智慧和经验传递给全球读者，促进了文化多样性的交流与融合。文学还能够反映全球化背景下的共同问题和挑战，成为人类共同面对困境和寻找解决方案的有力工具。

文学的传承不仅是文化遗产的延续，更是文明进步的推动力。文学作品如古希腊的荷马史诗《伊利亚特》与中国的《红楼梦》，通过细腻地叙述和生动地描绘，记录了历史的变迁和社会风貌，为后人提供了宝贵的历史文献。古代文学作品通过其丰富的内涵和思想，深刻影响了后代文明的发展，如莎士比亚的戏剧对西方社会的思想和道德观念产生了深远的影响。文学作品中的哲学思考，如乔治·奥威尔的《1984》，不仅反映了人类社会的普遍困境，也推动了对人性和社会理想的深入探讨。通过翻译和传播，促进了全球文明的理解与交流，使不同文化的智慧得以共享。文学的这些功能和影响力，展示了其在全球文明进程中的重要作用和贡献。

四、当代文学的传承愿景与期待

在当代文学的背景下,传承与创新是两个不可或缺的要素。快速发展的社会环境和技术变革要求重新审视文学的传承模式。建立全新的文学传承体系,不仅要融合数字技术和全球视角,还要加强文学创作与文化教育的互动。推动跨文化文学交流与合作,以及实现文学传承与社会发展的双赢局面,是现代文学传承的关键策略。这些措施将帮助保护文学遗产的适应性并引领时代的变迁。

(一) 建立全新的文学传承体系与模式

当代文学的传承面临着快速变化的社会环境和技术进步的挑战,建立全新的文学传承体系和模式显得尤为重要。数字技术的迅猛发展为文学的传播和保存提供了新的途径。电子书、在线平台和数字档案馆等工具,可以将经典文学作品以更便捷的方式呈现给读者。新兴的互动技术也可以融入文学传承体系中,虚拟现实和增强现实技术可以将文学作品中的场景和角色以沉浸式的方式呈现,让读者获得更加生动的体验。近年来,增强现实应用将经典文学作品中的场景与现实世界相结合,为读者提供了全新的阅读体验。这种结合现代技术的传承模式,不仅保留了文学的原貌,还能够吸引更多年轻人参与其中从而扩大文学的影响力。全新的文学传承体系还应注重全球视角,融合不同文化的文学遗产。

(二) 加强文学创作与文化教育的互动

文学创作与文化教育的互动是促进当代文学传承的重要途径,加强这种互动不仅有助于文学作品的推广和普及,也有助于培养新一代的文学创作者和读者。教育机构应积极融入当代文学作品的教学,通过分析和讨论现代文学作品,帮助学生理解和欣赏文学创作中的创新性和多样性。许多中学和大学已经将当代作家的作品纳入课程,以丰富学生的文学视野,并激发他们的创作灵感。通过这样的教学模式,学生不仅能更好地理解文学作品的背景和主题,还能从中汲取创作的养分。文学创作者与教育机构的合作也是推动文学传承的重要手段,许多作家通过举办讲座、写作工作坊和交流活动,与学生和教师分享他们的创作经验和创作理念。诺贝尔文学奖得主村上春树曾在各地大学举办讲座，分享他的创作经历和文学观点，这种交流不仅丰富了学生的文学知识，也激发了他们对创作的兴趣。通过加强文学创作与文化教育的互动，可以建立起一个多层次的文学传承体系，使文学作品的价值和影响力得以持续扩展。

（三）推动跨文化文学交流与合作

推动跨文化文学交流与合作是实现文学传承全球化的重要途径，在全球化背景下，不同文化间的交流与合作不仅能够丰富文学创作的多样性，也能促进不同文化之间的理解与融合。国际文学节和书展是促进跨文化交流的重要平台。法兰克福书展作为世界上最大的书展之一，为来自不同国家的作家、出版商和读者提供了一个广泛交流的机会。在这样的活动中，不同文化的文学作品被广泛展示和讨论，促进了全球文学的互动与合作。翻译和出版合作也是推动跨文化文学交流的重要手段，通过将不同语言的文学作品翻译成其他语言，可以让更多人了解和欣赏外国文学。《千与千寻》作为日本作家的作品，通过多语种的翻译和传播，赢得了全球观众的喜爱。翻译不仅使外国文学进入新的市场，也帮助不同文化之间建立起了联系和对话。

（四）实现文学传承与社会发展的双赢局面

实现文学传承与社会发展的双赢局面需要在保护和传承文学遗产的同时积极适应和促进社会的发展。文学作品能够反映和回应社会问题，通过文学创作和讨论，推动社会进步。诺贝尔文学奖得主奥尔罕·帕慕克的作品《雪》，不仅展现了土耳其社会的复杂性，还引发了对民主和自由的深刻思考。这种文学作品不仅保存了社会的历史和文化，也促使人们对社会现状进行反思和改进。文学的创新和发展也能够推动社会的发展，现代科技的发展，如数字出版和网络平台，为文学创作和传播提供了新的机遇。通过这些新技术，文学作品能够更快、更广泛地传播，触及更多读者。文学作品也可以成为社会文化创新的重要源泉，如近年来兴起的科幻文学和网络文学，展现了现代社会对科技和未来的探索。文学传承与社会发展的双赢局面还体现在文化产业的繁荣上，文学作品的广泛传播和成功改编，如《哈利·波特》系列的影视改编，不仅丰富了文化市场，也推动了相关产业的发展。这种双赢局面不仅保证了文学遗产的保护和传承，也促进了经济和社会的全面发展。

  当代文学的传承需要在多个层面上进行创新和适应，通过结合数字技术和全球化视角，建立新的传承体系，可以使经典文学作品以全新的方式呈现给读者，有助于培养新一代文学创作者和读者。推动跨文化文学交流和合作，不仅丰富了文学的多样性，也促进了不同文化间的理解与融合，将有助于文学在不断变化的社会中保持活力，并为未来的发展奠定坚实基础。

结 语

在全球化与信息化的迅猛发展背景下，当代文学正经历着深刻的变革。通过本书对当代文学创新与传承的系统研究，不仅揭示了文学创作和批评的当前趋势，也对其未来的发展进行了展望。各章节的深入探讨，从多元化的创作趋势到具体的创新实践，从作家的创作理念到文学批评的演变，均为理解当代文学的复杂性和多样性提供了宝贵的视角。第一章通过剖析当代文学的多元发展与传统传承，明确了创新与传承的辩证关系，为后续讨论奠定了理论基础。第二章则具体探讨了小说、诗歌、戏剧及网络文学中的创新实践，展示了文学形式如何在传统与现代之间找到新的表达途径。第三章则通过分析当代作家的作品和跨文化交流，揭示了个体创作如何在全球化的背景下形成独特的文学现象。第四章深入探讨了作家的创新理念和传承意识，强调了他们在全球化背景下所肩负的社会责任。第五章的研究则集中在当代文学批评的创新视角和传承维度上，探讨了批评方法的演变及其对文学理论的影响。第六章展望了当代文学的未来发展趋势，讨论了文学创新与传承的共生策略，提出了面对未来挑战与机遇的理论建议。

本书的研究不仅填补了当前文学领域中的一些空白，也为未来文学的发展提供了理论支持。通过对当代文学的全面分析，不仅关注其创新实践，也强调对传统文学的尊重与传承，力求在创新与传统之间找到平衡点。期望本书能够促进对当代文学现象的深入理解，推动文学领域的学术讨论，为文学的持续发展做出贡献。希望读者在阅读过程中能够获得启发，为未来的文学创作与研究开拓新的思路。

参考文献

[1] 丹珍草.原创·互融·多元——当代藏语文学的传承创新发展[J].西藏研究, 2023(5):43-52.

[2] 黄晓娟,郑雪竹.当代满族女性文学的传统文化传承与创新——以全国少数民族文学创作骏马奖获奖作品为例[J].民族文学研究,2021(1):8.

[3] 贺仲明.在民族文化传承创新中建构中国当代文学经典[J].中国文学批评, 2023(1):114-123.

[4] 张芳.浅论中国现当代文学对传统文化的探寻与传承[J].牡丹,2022(10).

[5] 本刊评论员.传承与创新[J]. 2021(3):79-82.

[6] 杜又涛.在民族文化传承创新中建构中国当代文学经典[J].东方娱乐周刊, 2023(12):0144-0146.

[7] 莫海燕.民族文化传承创新中建构中国当代文学经典[J].牡丹,2023(20).

[8] 王佳妮.中国优秀传统文化在现当代文学中的传承体现[J].作家天地,2023(20):25-27.

[9] 戴学慧.浅论中国现当代文学对传统文化的探寻与传承[J].芒种,2021,000(10):115-118.

[10] 刘一静,惠欣,王思雨.当代陕西外国文学研究的传承与创新——以代表性学者为例[J].名家名作,2022(2):114-116.

[11] 徐翔.传承与重构:延安文艺经验与陕西当代文学发展[J].延安大学学报:社会科学版,2021,43(1):6.

[12] 张一帆.浅论中国现当代文学对传统文化的探寻与传承[J].今古文创,2021(7):16-19.

[13] 陈昊.现当代文学对传统文化的探寻及其传承[J].文学少年,2021(25):40-41.

[14] 申朝晖.直面历史叙事中的矛盾和纠葛——以陕西当代文学为例[J].当代文坛,2021(6):184-189.

[15] 谢昭新.老舍文学经典的生成及其当代意义[J].首都师范大学学报:社会科学版,2020(1):8.

[16] 王筱丹.中国最美线装书设计的传承与创新研究[J].常州工学院学报:社会科学版,2020,38(6):5.

[17] 席艺璇.共情与重塑——古代文学教学法的革新[J].语文教学与研究,2019(16):2.

[18] 李枢密.乡贤文化的传承与创新思考——基于乡村振兴背景[J].大观(论坛),2019(10):155-156.

[19] 陈秀碧.以徐渭与鲁迅为例谈现当代文学对古代文学的继承与创新[J].文学少年,2021(12):49-49.

[20] 王海燕.论晓苏民间叙事的传承与创新[J].中国当代文学研究,2020(1):9.

[21] 张宇.当代文学在古典文学传统中的寻根与创新[J].新传奇,2023(17):13-15.

[22] 杨雪清.中国古代文学经典与当代文化传承[J].小说月刊(下半月),2023(10):114-116.

[23] Chemistry; Reports by W.F. Li and Co-Researchers Describe Recent Advances in Chemistry (The Guidance of the Development of Chinese Ancient Literature On the Innovation of Intercultural Teaching Mode In Chinese As a Foreign Language)[J]. Chemicals & Chemistry,2019(17):36-39.

[24] Global Views - Philosophy; New Philosophy Findings from Creighton University Discussed (Financializing epistemic norms in contemporary biomedical innovation)[J].Politics & Government Week,2019,194-197.

[25] ROBINSON D M.Financializing epistemic norms in contemporary biomedical innovation[J].Synthese,2019,196(11):4391-4407.

[26] ROBERT S.Doubling Up:Modes of Literary Collaboration in Contemporary British Innovative Poetry[J].Yearbook of English Studies,2021,51247-51264.

[27] ZOU Z,GAN T,YI X.Form Deconstruction of Chinese Contemporary Landscape Architecture-Take the Design of Wuhan University of Technology Innovation and

Entrepreneurship Park as an Example[J].E3S Web of Conferences,2021,23605026.

[28] WEIWEI W.Research on the Development Path of Russian Teaching Innovation in Newly-elevated Undergraduate Colleges in Contemporary Old Industrial Bases Based on the Analysis of Big Data[J].Journal of Physics:Conference Series,2021,1744(4):042003.

[29] SNIR R.Contemporary Arabic Literature:Heritage and Innovation[M].Edinburgh University Press:2023-03-13.

[30] RIO O BAM.Transcultural Insights into Contemporary Irish Literature and Society:Breaking New Ground[M].Taylor and Francis:2023-12-19.